古龍自署

國際學術研討會

古龍武俠小說 領先時代半世紀

【記者賴素鈴／報導】江湖代有才人出，這廂古龍凋零二十載，那廂今朝懸賞百萬獎新秀，浪淘不盡，唯有武俠熱愛，不隨時間變易，在學術研討會上更見分明。以「一代鬼才：古龍與武俠小說」爲主題，淡江大學第九屆文學與美學國際學術研討會昨起在國家圖書館，展開爲期兩天的議程，紀念武俠小說家古龍逝世二十周年，新生代學者與古龍故舊齊聚一堂，以文論劍話武俠。

日前與淡大中文系教授林保淳共同發表《台灣武俠小說發展史》，武俠小說評論家葉洪生昨天在專題演講中，直批胡適1959年底發表「武俠小說下流論」是「胡說」，學界泰斗的不當發言以及隨即展開的「暴雨專案」，反而促成1960年起台灣武俠新秀的繁興，「武俠小說迷人的地方，恰恰在門道之上。」，葉洪生認定，武俠小說審美四原則在文筆、意構、雜學、原創性，他強調：「武俠小說，是一種『上流美』。」

集多年心血完成《台灣武俠小說發展史》，葉洪生認爲他已爲從十歲起迷上武俠小說的半世紀畫上完美句點，並且宣布他「以後決心退出武俠論壇，封劍退隱江湖」。

雖然葉洪生回顧武俠小說名家此起彼落，套太史公名言「固一世之雄也，而今安在哉？」，認爲這是值得深思的嚴肅課題，昨天意外現身研討會而備受矚目的溫世禮，則爲了紀念同是武俠迷的哥哥溫世仁，推出第一屆「溫世仁武俠小說百萬大賞」，即日起至今年10月3日截止收件，經兩階段評選後於明年12月7日公布首獎得主，預料將會是一場武林新秀的龍虎爭霸戰。

看明日誰領風騷？風雲時代出版社發行人陳曉林眼中的古龍，其實領先他的時代半世紀，以致如今雖然古龍逝世20年，陳曉林認爲大家對古龍的了解仍然有限，預言未來世代更能和古龍的後設風格共鳴。

昨天這場研討會，也凸顯武俠小說作爲一項文學研究門類，仍有待開發學習空間。多位與會者都指出，武俠小說的發表、出版方式和管道具考證難度，學術理論與論文格式的建立待加強。而武俠名家的版權之爭、市場競爭力，也增加出版推廣困難，古龍武俠小說的版權糾紛、司馬翎作品的版權官司也成爲研討會的場外話題。

與

武俠小說

第九屆文學與美
一代鬼
古

古龍兄為人慷慨豪邁、跌蕩自如，變化多端，文如其人，且復多奇氣，惜英年早逝。余與古兄當年交好，且喜讀其書，今既不見其人，又無新作可讀，深自嗟惜。

金庸

一九九六、十、十一、香港

金庸

劍毒梅香

(下)

附新出土的《神君別傳》

古龍精品集52

劍毒梅香(下)

目錄

古龍精品集52

劍毒梅香

(下)

目・錄

卅七　靈空大師

孫倚重只好漏夜趕回少林，他將辛捷的劍法和平凡上人的形貌描述一番，智敬大師忽然喜極流淚道：「我佛有靈，靈空祖師已成不壞之身，現在仍在人間，必是那平凡上人無疑——」

於是，少林寺所有的重要人物傾寺而出，齊趕向大戢島——

這群和尚悄悄地趕著路，卻不知已被人盯上了梢——

那金魯厄和他師兄加大爾到中原來時，他們師父只對他們說：「中原武學有限得很，只有一派叫做少林寺的和尚比較厲害，你們要想威震中原就先得打垮這些和尚。」

——當然，他們的師父並不知百年來武林形勢大異，少林寺已是默默無聞的了。

所以「無爲廳」大會天下英雄時，那渾人加大爾一進來就四處尋人，正是想尋他師父所謂的「少林和尚」，結果當苦庵上人出場的時候，他大喜以爲是少林僧人，但聽得懂漢語的金魯厄告訴他苦庵上人並非少林乃是峨嵋時，加大爾大覺失望。

金魯厄被辛捷挫敗之後，恆河三佛聽了他們的描繪，也猜到大戢島主身上，於是他們三人由金魯厄帶路入了中原——

他們正愁不知大戢島所在時，金魯厄卻偷聽到少林僧人的談話，知道他們也要去尋大戢島主，於是就暗暗尾隨著少林和尚，這四人的功力深厚，少林僧人竟茫然不知。

到了大戢島，兩隊人都撲了空，因為平凡上人正帶著辛捷在小戢島上和慧大師賭勝，結果恆河三佛反和少林僧動上了手……

——辛捷雖是憑想像，但是配合平凡上人所說的，他料想的和以上所述竟是差不多。

天上的星兒眨著眼，海濤聲在這恬靜的夜中格外清晰，周遭都是黑的，只那海岸邊緣上一條細狹的浪花在泛著白光——

平凡上人住了目，仰天觀望，白髯隨風而動，像一尊石像般一語不發。

辛捷悄聲問道：「那個老方丈靈鏡大師呢？」

平凡上人沉聲道：「師兄仍在——不，靈鏡大師他仍在人間！」

雖然他立刻改口，但這「師兄」兩字已識明了他正是那靈空大師！

辛捷暗道：「那靈鏡大師既是平凡上人之師兄，想來必也練成不壞之身，是以仍在人間——啊！對了，當年在小戢島上乘鶴而來喚走平凡上人的老和尚，難道就是那靈鏡大師？」

讀者必然記得，當日辛捷在小戢島上走出「歸元古陣」後，正當平凡上人與慧大師拚鬥時，一個騎鶴老僧飛來將平凡上人喚去，臨行時還對辛捷吟道：

「虎躍龍騰飛黃時，鶴唳一聲瀟湘去。」

這些話辛捷還記得清清楚楚，但是卻莫解其意。

驀然——

少林和尚。

海邊一條船悄悄地靠上了岸，船上走下一批人來，一共是十八人，走近時，只見正是那群

少林群僧自平凡上人拉著辛捷跑掉以後，只得乘著船照著平凡上人的方向尋來，然而大海茫茫，他們又不知小戢島之所在，一直摸到此刻才算找到了小戢島。

當辛捷發現了這批和尚時，那爲首的和尚也瞧見了辛捷及平凡上人，他們歡呼一聲，飛奔而來。

平凡上人吃了一驚，起身就想回跑，但是忽然他的僧袍被一人緊緊扯住。他忙回頭一看，扯衣袖的正是辛捷。

只見辛捷臉上顯出凜然之色，低聲道：「上人，您絕不能再躲避——」

平凡上人不禁一愣，只此緩得一緩，那幾個少林和尚好快腳程，已縱到眼前。

一十八人撲地一聲又齊齊跪下，爲首仍是那少林掌門智敬大師，那「武林之秀」孫倚重卻跪在最後。

智敬大師叩頭道：「靈空祖師，您——您還要隱瞞弟子麼——」

平凡上人急得雙手亂搖，大聲道：「不是，不是，告訴你們我老人家不是靈空大師就不是靈空大師——」

智敬大師想是訥言於口，啊了兩聲卻說不出話來，見平凡上人又要起身，急得叩頭流淚道：「弟子無能，只——只望祖師看在——看在佛祖份上——」

平凡上人大叫道：「有話好說，有話好說，快莫哭，一哭就膿包了——」

智敬大師被弄得哭笑不得，他想到少林寺千年聲威的重擔，心中一陣熱血上湧，哇地一聲吐出一口鮮血來。

平凡上人一看大驚，搶前在智敬大師背上拍了一掌，又在他胸前揉了兩下，嘆了一口氣道：「唉！你們這是何苦呢？我——我告訴你們吧，我正是那靈空大師——」

智敬一聽平凡上人承認自己是靈空大師，不禁喜得一躍而起，但隨即又跪下道：「弟子——弟子不知該說什麼好，祖師——祖師——這些年來可安好？唉！天可憐見——」

說到這裡，他又不由自主流下淚來。

平凡上人的臉上閃過一絲激動的表情，但隨即又恢復冷漠的面容。

智敬大師顫聲道：「弟子斗膽請祖師回寺——」

說到這裡，他抬頭焦急地注視著平凡上人，其他少林寺的和尚也都凝視平凡上人，辛捷也同樣——

平凡上人仰首觀天，一語不發。

智敬大師只好又道：「弟子智敬率少林門人請祖師瞧在佛祖份上，隨弟子回去——」

平凡上人忽然長嘆一聲，低聲道：「我老人家做了百年的野和尚，要我回去是不可能的了——」

少林群僧聽到這裡都是心中一沉，不料平凡上人又接著道：「只是，只是我老人家究竟是出自少林寺門，平生武學雖然大多自己所創，但是基本卻是從藏經閣中悟得的，是以我一定將這百年帶走的少林絕學歸還給少林——」

智敬大師還想說什麼，但立刻爲他背後一個老和尙扯衣止住。

平凡上人又繼續道：「我瞧這娃兒甚是聰明可教，就著他留在我島上，我定然把所有少林絕學傾囊相授。」說著指了指跪在最後的孫倚重。

智敬大師見平凡上人如此說，知道要請他回寺是不可能的了，但平凡上人既答應傳孫倚重絕藝，那麼少林寺絕學重現總算有了希望，於是站了起來。

辛捷忽然見那智敬大師十分尷尬地瞧著自己，似乎想說什麼，他冰雪聰明，立刻知道智敬大師是因爲自己身分而爲難，因爲智敬大師以爲他是平凡上人的徒弟，那麼他就成了少林眾僧的前輩，而他年齡又恁小，是以他立刻巧妙地上前對孫倚重道：「孫兄，恭喜你啦，你竟得了平凡上人老前輩的青睞，這真是千載一遇的奇緣哩。」

孫倚重聽他稱平凡上人爲「老前輩」而不稱「師父」，不禁大奇道：「怎麼辛——」

辛捷笑道：「兄弟哪有這份福氣做上人的徒弟，上人不過略爲指點兄弟罷了——」

這句話就明白說出他並非平凡上人之徒，於是智敬大師道：「倚兒，你千萬得好好跟著祖師練功，咱們少林寺的光大全在你身上啦——祖師，弟子們這就回去啦——」

平凡上人微微一笑，點了點頭。

智敬又對辛捷合十道：「辛施主，咱們後會有期——」

接著率領門人，一行十七人匆匆而去。

平凡上人望著這群「後輩」上船而去，才輕輕嘆了一聲。

忽然，轟然一聲巨響，一片黑影如烏雷蓋地般落向三人頭頂——

原來那根石筍吃恆河三佛掌力削去頂端，又被無恨生以上乘內力打在根部，表面雖然無異，其實根部已是折斷，這時竟轟然倒下——

辛捷大喝一聲，雙掌向外一劃，陡然一合，一股狂飆捲出，轟然又是一聲巨響，那石筍竟倒成千萬碎塊，漫天飛出！

辛捷這招乃是新近從平凡上人學來的「空空掌法」中的一招，喚作「飛浪排空」，乃是空空掌法中威力最強的一式。

平凡上人喝采道：「娃兒，真好掌力！」

最驚的莫過於「武林之秀」孫倚重了，兩個月前他還和辛捷交過手，不料兩個月不見，他的功力似乎又精進了一大截！

天漸漸亮了，曙光普照，小戢島上，曉風殘月——

平凡上人左手攙著辛捷，右手攙著孫倚重，緩緩走向海濱。

船到大戢島，平凡上人和孫倚重上了岸，辛捷卻留在船上道：「晚輩尚有急事要回中土，就此告別，異日有暇——」

平凡上人笑道：「娃兒既有『要事』，走就是了，不要來什麼異日不異日的一套啦——好！倚兒，咱們走！」

說著一抓孫倚重，兩個起落，就消失在樹林中。

辛捷怔怔地望著兩人背影消失，一轉身，扯起帆兒，划入海中。

晨風甚緊，船行如箭，辛捷披襟擋風，頓覺心曠神怡，他引吭長嘯，如龍吟般的嘯聲隨著海風傳出老遠——

忽然，淡淡的霧氣像輕紗般從四海升起，縹緲裊裊之中，使周圍景物迷迷糊糊。

霎時，霧濃了起來，周圍都是白茫茫一片。這驟起的大霧正是東海群嶼間的一大特色，而這種時起的大霧也為世外三仙避去不少騷擾與麻煩。就是世居東海的漁夫們都萬分顧忌這種漫天濃霧。

辛捷心想：「縱使霧大，但此時風向非常穩定，我只要把定舵向，好歹能航到中原沿岸。」

於是他懶散地坐了下來，任那小艇平穩而輕快的前進。

偶爾，他俯下身去，伸手掐了掐海水，修長靈巧的手指在海水中劃起幾道細短的白線，瞬即消失——

大霧中，船在疾行，辛捷無聊地胡思亂想著。

於是，他想到了那嬌艷無比的菁兒——

但此時張菁呢？辛捷不敢想像，這毫無經驗過人心險惡的純潔少女，長期涉足江湖——

好長一段時間辛捷如此躺著，又坐起。霧愈來愈濃，即使以他超人的目力，五丈以外已是渾沌一片了。

艇側浪頭變成有規律而高昂地順著船頭向前衝去，遠處傳來搏浪之聲，使辛捷直覺感到離海岸近了。

一股莫名的振奮使他從艇中站立起來，一雙神目緊緊注視著正前方，期待陸地突然出現的那一剎那——

霧似更濃，辛捷什麼也看不見，空中變幻莫測無倫的水氣，在他眼前顯出各式各樣的幻影。

突然一陣槳擊水聲——

就在離船頭十丈左右飛快掠過一條黑影，看來倒像是條小艇，若非有這樣大，辛捷也看不見了。

此時辛捷因靠岸在即，又逢如此大霧，風帆早已落下而速度也大減，不禁奇怪什麼人敢在這大霧中如此飛快地划艇？

正當他一念至此，突然前面又一龐大黑影掠過，像是艘巨大海船。以它也盡速前進的模樣看來，好似正緊追那前面小艇。

想是船上之人正注意前面逃逸者，又遇到這大霧，竟沒有發覺從旁悄悄而來的辛捷。

辛捷剛好趕到那大船船尾，一把拉住舵上的纜繩，好奇心的趨使，令他不由自主想跟上看看。

大船的速度大約較前行小艇快些，順著擊水聲，不久即愈追愈近，從聲音聽來已不足五丈了——

突然一陣笑聲從大船上暴出，緊接著一個嘶啞的聲音操著生硬漢語說道：「小妮子乖乖地別再跑了，我徒兒看上你實是你天大榮幸呢！」

附在大船下的辛捷一聽這聲音，竟嚇了一大跳。

「原來是恆河三佛！被追的人會是誰？聽他稱謂應是一個女子。」辛捷暗忖道，一看手中握著的繩索，果然編織得不似中原所產。

「什麼女子會被金伯勝佛看上了？」辛捷心中發了一個問號。

前面的小艇中人並不應答，只聽槳聲更急，但操舟人似乎用力過久，手勁已不甚雄厚，所以老是逃不遠去。

又一個年輕的口音，道：「姑娘何必急急逃走呢？我們又不會吃你，有話好好講呀？」

辛捷一聽即知是金魯厄，不禁恍然大悟，心想：「除非是金魯厄看上了前面小舟中的女子，『恆河三佛』還會對何人如此將就麼？」

原來「恆河三佛」對其門下甚爲嚴厲苛刻，但這排行最後的金魯厄卻是大得師父及師叔伯的恩寵，不僅因他聰明伶俐，更因他面容俏俊而善於口舌之功，所以金魯厄在眾師兄弟中，真可謂任所欲為而無往不利的了。

「哼！蠻夷之民如何配得上咱們中原禮儀之邦的兒女？」

辛捷對金魯厄已有成見，當然為那女子抱屈了。

金魯厄刺耳的聲音又從船頭傳過來，道：「姑娘還守著那臭漢子無微不至作啥，看他傷得這樣重，還有什麼希望可活？扔到海裡餵魚算了！」

「我金魯厄在天竺富可敵國，姑娘跟我去有什麼不好？」金魯厄竟想以利誘惑，也許他以為中原的女子會像他本國人一般重財輕義吧。

前面逃逸者雖仍加勁鼓槳，但也忍不住罵了一聲，道：「好狠心的狗蠻子，姑娘誓必報此殺夫之仇！」微哽的泣語，卻突然使旁觀的辛捷如中巨槌，一隻手緊緊抓住纜繩不放，口中喃喃說道：「是她？竟會是她？……」

驀然，衝動的天性使他忘我起來，這件事情也像變成他自身的事情一般，突然他一踴身，輕飄飄地翻上船尾——

此時霧氣大濃，船頭上的「恆河三佛」與金魯厄俱被霧隱住，辛捷摒住氣，放心大膽一步步躡足前進，果然行不到五丈，前面已顯出四條人影——

當中站立的一位身材高大，必是伯羅各答無疑，旁一儒生當是自命不凡的金魯厄了。

四人全神貫注在前面的逃逸者，誰也未注意到後面掩至的辛捷。

想是前面操舟者對附近海岸相當熟悉，此時槳聲突然向右一轉，辛捷記憶中此方向正是朝向岸邊。

立刻「恆河三佛」連舵也不用，六足往右一壓，偌大船隻竟硬生生被他三人轉折過去，仍緊跟在小艇身後。

突然伯羅各答爆出一連串喋喋夷語：「吉里摩訶防達，勿釋合庵！」

並且手中竟舉起一碩大鐵錨作遙擲狀，旁邊金魯厄急得連忙攔住——

此時前面霧氣突地大盛，辛捷得平凡上人告訴過這正是進入峽灣內的現象，因爲峽灣三山環陸，霧氣極不易發散，故愈積愈濃。這時已快至伸手不見五指的地步了。

辛捷不自覺更逼近了一些，距離恆河三佛等已不足三丈，如非他四人俱全神貫注在搜尋逃走之小艇，還會不發現辛捷麼？

驀地金魯厄又開口喝道：「姑娘速速停止，否則我師伯即要以鐵錨投擲過去了！」敢情他也發覺形勢突變，濃霧使得四人快失去逃船的蹤影。

雖然不一會兒前逃者蹤跡已渺，但循水聲「恆河三佛」仍以其超凡的功力，鼓風而行緊迫在小艇後面。

伯羅各答性最急躁，此時早已將錨高舉在手，只要一無把握追得上前船，他即要憑槳聲將對方擊沉，以免恆河三佛追凌弱女的訊息，傳入江湖受人恥笑。

誰知就在這緊張的一刻，突地小艇槳聲消失了，立刻四周除了海濤洶湧之外，一絲聲息也無，金伯勝佛與盤燈孚爾也連忙雙手一撲一拂，減去前衝速度緩緩停下來。

金魯厄正站在船弦邊，驀地大叫起來，道：「當心！右弦暗礁！」當然他是以梵語說的。

雖然大船速度已是大減，但前進的衝力，仍足以被暗礁將船撞擊得四分五裂——

「轟隆！」

在「恆河三佛」還未能來得及停船的當兒，整個船軀已穩穩架上暗礁，就是「恆河三佛」再有多大功力也別想將它移動分毫。

伯羅各答正想破口大罵，金伯勝佛卻一揮手將他制止，面容閃過一絲猙獰笑容——

「姑娘好生聰慧，我金伯勝佛深感欽佩！」金伯勝佛操著生硬漢語說完，立刻向伯羅各答打了一個手勢，「恆河三佛」心靈早通，伯羅各答當然明白他的思想。

辛捷心性機警，早已洞悉金伯勝佛的鬼計，一躬身形如狸貓般又跨前三步，離金伯勝佛等已很近了——

金魯厄等正注意著前方，何況大霧是如此濃，幾乎伸手不見五指的地步，怎會料到敵人從後方掩來，何況又是機智絕倫的辛捷。

果然不一會兒，離船約十丈處，一個冷冷的女子聲音說道：「好個蠻狗，現在可嚐到姑娘手段吧，等下叫你們一個個去餵魚蝦。」

金伯勝佛哈哈一笑，右手一揮處，伯羅各答鐵錨已擲出手——

伯羅各答功力幾與平凡上人相彷彿，這一盡勢而爲，勁力有若奔雷，只見那鐵錨挾著「絲絲」破空之聲，直向發話處擊去。

辛捷早料到如此，驀地發難，一個身子飛快朝鐵錨去向撲出，抽空竟向「恆河三佛」等四人各劈出一掌——

金伯勝佛等突覺背後勁風暗襲，都不自覺轉過身來，雙手護住胸前，打定先保住身軀再說。

辛捷正要他們如此，乘四人一窒間，一溜身形早趕出船頭，緊緊追在鐵錨後面——

四人發覺受騙時已攔擊不及，其中金魯厄對辛捷印象最深，雖短短一瞥，已看清是辛捷，不覺脫口呼道：「是他？這小子！」連忙將此人是辛捷告訴「恆河三佛」等。

這突變只不過一剎那時間，不說「恆河三佛」在後大聲咒罵，而辛捷飛出船頭五丈已趕上鐵錨。

辛捷在先前已記清發聲處，此刻真氣一換，雙足灌滿真力狠狠往鐵錨上一頓，自己身體被反作用力激得高高騰起，不過鐵錨卻也因辛捷這一腳，稍微向下偏去——

「撲通！」

鐵錨落水聲，緊接著一下女子驚呼聲，辛捷在空中一連換數個身形，減去前飛速度，逕往發聲處落下。

此時大霧瀰漫，辛捷雙目緊緊注視著足下，仍是看不見落足點——

船上人剛才大概被鐵擊聲勢駭得心驚膽寒，此時又聞頭頂勁風呼呼，不禁將手中木槳一扳，整個船身硬往左移開五尺——

辛捷盡量使雙足縮起，但直待他離水面尚不足兩尺，才發覺自己腳下竟是白茫茫一片波濤，何來小舟？

辛捷大驚之下，雙袖奮力向下一壓，整個身子藉著水面反震之力，憑空又躍起三丈，這下他再也不敢大意，連忙開聲呼道：「堃妹？是你嗎？」

立刻有一根木槳伸過來，辛捷穩穩落在槳上，心中暗驚這濃霧如此之大，居然身隔咫尺仍不能發現身旁三尺之外的小船——

辛捷得到木槳的助力，一晃身落入船內，濛濛霧氣中，正有一雙清澈的大眼，緊張地注視著他，目光中哀怨的神色像包含著無比辛酸與痛苦。

辛捷立在船頭，似乎在未得允許前不敢冒入小艇，此時他心中升起莫名的恐懼，既怕對方不是心目中所想像的方少堃，而又害怕是！

「堃妹！是你嗎？我可以下來嗎？」辛捷在此大霧中，只覺此女郎輪廓已像極方少堃，但瀰漫霧氣遮掩下她卻是如此冷，冷得辛捷不敢啓口——

那女子久久不答，辛捷也久久立在船頭，相持了好一會兒，那女子才開口平靜說道：「不錯！捷……辛大哥，是我！想不到會在此碰見你！」但辛捷聽得出她語氣中包含著絕大的痛苦與激動。

「吁！」

辛捷長長緩一口氣，自嘲地笑笑，然後步下船艙，舟中橫板上正坐著令他難忘的方少堃。

「但她是這麼冷冰冰！」辛捷心想，接著打算緩和一下周圍冰凍的氣氛，但總想不出什麼適當的話，只好苦笑道：「方妹，真高興能見到你，你這些日子——」

辛捷說到此，突然遠處傳來數聲驚呼，緊接著聽得金魯厄叫道：「師父！快！快跳上這礁石——」

又一陣梵語的咒罵聲，還有伯羅各答憤怒的吼叫聲——

方少堃至此才露出一絲淒涼的笑容。

辛捷抓住這機會，立刻讚道：「堃妹真聰明，這計策我真佩服得很。」

方少堃淡淡一笑，道：「辛大俠過獎了——」

辛捷聽出她語中隱隱含有暗刺，他對方少堃除了萬分抱歉外，只有無比的憐惜了，更何況他對方少堃並不是完全忘情。

「堃妹！我——我對不起你，以前的事情別提了，堃妹近來生活好嗎？」

方少堃突然掩面痛哭起來，驀地她雙槳一划，向右橫過六、七丈，突然縱身後抱起一人，一點船身即向外躍去。

辛捷大驚，尙以爲她要尋短見，立刻也跟蹤躍起，但當他落下時卻發現腳下竟是乾沙實地——

此時方少堃早已隱身濃霧，辛捷微一停頓，立刻辨清方向循聲追去。

卅八 往事如煙

辛捷功力高出方少堃許多，何況她手中尚提著一人，所以辛捷不久就追及她，只見方少堃將那人抱得緊緊的，一路啼哭地抱著——

辛捷只好牢跟在她後面，出聲安慰道：「堃妹！難道不能給我解釋的機會嗎？」

方少堃頭也不回，仍繼續奔跑，就這樣在崇山峻嶺中，迴轉約有兩三個時辰，竟奔至一洞口——

方少堃毫不停步直奔進去，而辛捷也毫不猶豫立刻跟進——

一奔進洞竟是一個寬敞的大岩穴，內中再分許多小曲道通入更深層，方少堃對地形甚是熟習，逕揀當中一條向內深入——

轉了好幾個轉，前面竟出現一石室，內中石床、石凳、石桌、石椅一應俱全，方少堃將手中人輕放在石床上，驀地轉過身來。

辛捷停在石屋門口，疑惑地看著內中一切——

「辛大俠一路跟來作甚？」方少堃微哽地道。

辛捷臉上痛苦地抽搐了幾下，嘆聲道：「堃妹！別這樣對我，縱使我有對不起你的地方，相隔這樣久你也應諒解我啊！」

方少堃冷哼一聲，道：「你——你沒有什麼對不住我的，也沒有什麼要我諒解的。」短短的數語卻像支支利劍般穿透辛捷的心，如果不是他對方少堃抱有愧恨，以他性格早要頓足走了。

辛捷看看方少堃身後靜躺在石床上的那人，只見他滿頭亂髮遮去大半臉，怪異的裝束使人看來覺得不倫不類，為了要找出繼續耽在此地的理由，於是辛捷說道：「他是誰？看來受傷很重，讓我幫你將他醫好吧！」

方少堃奇怪地一笑，臉上閃過一絲極不自然的神色，說道：「不敢有勞辛大俠，此人是誰大俠也無須知曉，就請您趕快離開這兒！」

這左一聲大俠，右一聲大俠，叫得辛捷慚愧而無地自容——

辛捷不能再言語，晶瑩的淚珠在他眼眶中滾動，他終於沒有讓它滑跌下來，但那種神色，不僅包含哀傷，還有一絲微微的憤怒，雖然辛捷確曾有負過方少堃的地方，但經過這麼多折磨，她也應諒解他，給他稍微慰藉才對。辛捷想著，嘴唇發著顫，一直抖動老半天才脫口而出，道：「堃妹！你……你……唉！」說時兩手微張著，眼中充滿希冀被幻滅的目光，臉上一片呆癡與悲憐——

這一聲「堃妹」像一支巨槌，重重擊在方少堃心扉，被理智壓住的感情，一發再也不可收拾，只見她也淚如泉湧，伸手掩面泣道：「捷哥！捷哥！為什麼又讓我碰見你呢？……」

辛捷僵硬的臉上綻開了笑容，一絲寬慰的歡欣溶化了他鬱積的愁結，至少方少堃還沒忘記他啊……

「堃妹！我實在對不起你，唉！當年的事不談也罷！你……你已……嫁人了嗎？」辛捷說時指了指石床上受傷的那人。

方少堃點點頭，面上浮起淡淡一絲苦笑。

「是誰？」辛捷奇異地問道，因爲他不明白……

方少堃幽怨的一瞥辛捷，極不願出口地說道：「金欹！」

辛捷驚得突然緊緊抓住方少堃雙肩，懷疑地再問她道：「是金欹？『天魔』金欹？」

還沒待方少堃點頭答是，辛捷已一晃身搶至石床前——

方少堃以爲辛捷尚未忘記前仇，急得大叫道：「捷哥！你不能……我不許你傷他！」說時一把拉住辛捷左手。

辛捷右手輕輕一拂，掃開覆在那人面上的亂髮，駭然一個難以忘懷的面容呈現在他眼前——這人不是金欹是誰？辛捷心中暗思。深而長的兩道刀痕在鼻樑上劃了個交叉，當他想到金欹抓住吳凌風落下懸崖時瘋狂的面孔，不禁使辛捷打個寒噤。

辛捷嘆了口氣，順手探了探金欹鼻息，倒甚均勻有力，於是搖了搖頭，道：「還好，傷得不甚重，大概再休息個把時辰即可以清醒過來。」

辛捷轉臉望著正關切注視金欹的方少堃，心中不禁奇怪他兩人怎麼會結合爲一塊的？又怎會跑到這荒僻的海邊岩區來住呢？

方少堃驀地發覺辛捷正疑惑地看著自己，不禁紅飛雙頰，輕輕笑道：「你想不到我會嫁給他是嗎？」方少堃瞟了床上的金欹一眼。

辛捷點點頭——

方少堃又淡淡苦笑，拍拍旁邊石椅請辛捷坐下，然後娓娓道出一段事蹟來——

「你知道那天我投江後……」方少堃含羞地望望正預備聆聽的辛捷，腦中又浮起那使她終生也不能忘懷的一幕。

辛捷當然知道她說的是什麼，慚愧的表情使他臉色顯得甚是難看，方少堃又使他想起失蹤而久未聯繫的金梅齡——

「唉！捷哥……」方少堃知道辛捷心中一定很難過，而自己又何嘗不難過呢？初逢時的驚喜，繼之強迫自己對他的冷淡，已使她多年對辛捷的恨意完全勾消，並且如果嚴格說來，自己也有負於他呀！方少堃心想，因爲她不是也嫁給以往最痛恨的人——金欹？

「齡姐姐如何了？」方少堃自己也不知爲何會喊出「齡姐姐」的，但看辛捷痛悔的表情，多少也猜出些端倪。

辛捷沒有回答，只木然搖搖頭，心中對方少堃的放過金梅齡也寬慰了不少——

方少堃不願再問起使辛捷痛心的事，仍繼續先前話題道：「那天我投水以後，我恨一切，我也恨我自己，於是我摒住氣拚命要往水下鑽，想讓江水將我淹沒，永遠淹沒，但是浪是如此大，我支持不了幾口氣即昏絕過去——」

辛捷隨著她的敘述，思潮又溯到昔日，想著方少堃在大江之中隨波逐流，慢慢遠，終至消逝無蹤——

方少堃的聲音很平靜，很委婉，除了道出數年來流浪的經過外，盡量避免引起辛捷痛苦的回憶。

「不知過了多久，我醒了過來，周身是如此濕，我想大概是冷醒的吧！」方少堃一直說下去，偶爾眼中閃過一絲眷戀昔日情景的目光……

此時天已黑了，黯淡的星光在天上閃爍著，我感覺四肢懶散已極，心靈的麻木與肢體疲勞使我除了沉靜外，連指頭也不想動動——

我平仰著身子，也不知自己是在水上？還是在陸上？或在船中？因爲這種種對我都毫無關係。

突然我覺得身側遠處火光一亮，接著一個孩子口音呼道：「奶奶！那位姑姑就在那邊！」

接著一個婦人的口音：「乖孩子，你先跑去看看，不要讓這可憐的人凍壞了。」

又聞小孩應了聲，立刻方少堃覺得有人很快跑到自己身側。

「奶奶！她已經醒了，啊，你看她全身都濕透了。」

這時婦人也走了過來，看看方少堃除了身體顯得虛弱外一切尚好好的，不禁鬆口氣，道：

「唉！小福真虧了你的……姑娘！你感覺好嗎？」敢情她也發覺方少堃醒了。

方少堃雖然心中感激這位婦人的好心，但內心的一切都變成絕望，一切都變得漠然，以致對著這好心婦人的臉是這般冰冷。

方少堃說到此處，辛捷突然打斷話題問道：「你漂到什麼地方？」

方少堃看看辛捷臉上關切的神情，心中也覺得甜滋滋的，尤其他目光中萬縷柔情不是還像往昔一般嗎？

「當時我也不知道，後來聽那救我的漁婦說，才知竟是距離武漢百餘里的『楊邏』。」

方少堃安慰地笑道。

辛捷嘆道：「你命運比我還好些……唉！我……」

方少堃的淚水又湧出眼眶，數個時辰前的恨意早已被柔情所化，只見她輕輕握了握辛捷的手，故意裝出笑臉，溫柔地道：「捷哥，別想以前了吧！讓我告訴你以後的事情——」

辛捷點點頭，輕撫著方少堃淩亂而細長的秀髮，心中說不出是什麼滋味，唯一使他安慰的是堃妹已經有了「歸宿」，不管是誰，多少對他的內疚有了補償。

方少堃繼續說道：「自從我被那漁婦救後，漁婦憐我孤苦無依，何況她也僅有祖孫兩人相依爲伴，所以就讓我留居下來……」

「這樣過了近半年，我對一切俱灰心了，我的感情像槁木般永遠死沉過去，但一個人的命運並不如此地簡單……」

「我還記得那天下午，本是初春奔放時節，突然……突然金欹來了……」

辛捷聽得一陣緊張，身子也不自覺仰起。

「原來清靜而恬淡的小茅屋——漁婦的家。」方少堃如此述說著：「突然掀起大風波。」

「這一日我正在陪那好心的漁婦做女紅……」方少堃略帶追憶的神色——

「叩！」敲門的聲音，接著一個男子口音叫著：「開門！堃妹出來！」

我聽見這聲音臉都發白了，刺耳而囂張的嘈叫，不是「天魔金欹」還會是誰？

逃是逃不了，我心裡想著，不禁摸摸一直藏在懷中的匕首，慢慢將門打開——

出現在我面前的是一個襤褸而疲乏的青年，我幾乎認不出他即是最令我厭憎的「金欹」。

「堃妹……堃妹！你害得我好苦！」金欹語氣仍是這麼專橫，一隻手扶住門檻像是要跌下來——

我冷冷說道：「金欹！你給我滾！滾得遠遠的，我永遠不要再見到你……再見到你們兩人——」我自己也不明白爲何多日平靜的心胸會突然激動起來。

金欹嘴微張地望著我，很久沒有理的亂髮遮去他從前的面容，我從未見過他如此低聲下氣過說道：「堃妹，得罪你的人並不是我啊！爲何要連我一併恨上呢？上天可憐才讓我尋得你，我這般深愛你，爲何你總要傷我的心呢？」

我激動得掩面痛哭起來，口中連連呼道：「我恨……我恨你們兩人……啊！金欹你！你怎麼了？」

此時金欹突然扶住胸部，臉上肌肉慘白並連續抽動數下，突然倒在我腳邊——

辛捷忖道：「對了！必是這廝中了我一掌，爲了尋堃妹竟連日跋涉，沒有好好休息過才會如此嚴重，如此看來他對堃妹可是真感情啊。」

且不說辛捷心中起伏，方少堃繼續敘述著：

「堃妹我……我內傷發了。」金欹痛苦地呻吟著，無助地伸出右手——

我驀地心軟了，雖然金欹天性涼薄，對我卻是一片真心，於是我連忙將他扶至床上。

經過數日的治療，他終於好轉過來——

「堃妹！」這一日他已能坐起，誠懇地對我說：「我知道你一定很恨我，恨我的爲人……但是……但是我願意爲你改過自新的，你知道我是多麼的愛你……」

我不得不裝出冷漠的樣子，雖然對他的惡感是少了很多，但我仍搖著頭。

「好吧！我不敢勉強你，雖然這不是我以往的作風。」金欹出奇平靜地道，目光中往日兇戾的神氣一絲也無，只見他繼續道：「但我想知道，你爲何如此討厭我？如此恨我呢？難道僅僅爲著辛捷那小子嗎？」

「我不願他談到你的名字，雖然我心中時常反覆唸著它。」方少堃繼續對辛捷說：「何況爸媽的慘死，那一幕景像又清晰浮上我腦海，像著魔般我突然對他詛咒起來。」

「你……你這惡魔！你連父母都能殺，我還敢喜歡你？」

金欹的臉色變了，我從未看過他如此慚愧過，一種說不出的快感在我血液中奔流著。爸！媽！雖然他們並不是我親生父母，並且強迫我嫁給我不喜歡的人，但他們總有養育我十餘年之恩呀！

「逆子！你這殺親的逆子！你這不容寬恕的逆子！」我不停叫喊著。

「你自稱愛我，願爲我犧牲一切，哼，如果你將你自認爲漂亮的臉上劃兩刀，我就嫁給你。」一時氣憤我竟吐出這句話。

金欹蒼白的臉上，突然露出決然的神色，憤道：「堃妹！當年我犯了滔天大錯不容寬諒，但你說的話可算數？」

我哈哈大笑起來，驀地從懷中抽出匕首交給他道：「劃吧！劃吧！我要看看能殺父母的人能不能劃自己的臉？」

金欹接過匕首，望著我失常的狂態，突然反手兩劍，竟真的在自己的臉上劃了一個十字，他狂叫兩聲「堃妹」，鮮血從他臉上汨汨流下，剛病癒尙虛弱的軀體，受不住這精神與肉體的雙重打擊，立刻昏倒在床上——

我被這意想不到的變化驚得呆了，看著金欹臉上深而紅的兩道十字傷口，一種罪惡的懲罰在我心頭滋長。

「啊！方少堃你作了什麼事啊？」被驚嚇著的我，丟棄了重傷的金欹，掩面飛奔而去，像避罪惡的深淵般，我再也不敢回顧一下那小茅屋——

「於是我又開始流浪了……」方少堃說至此處，早泣得淚濕沾裳，胸部急喘地抽搐，像久經憂患的孩子，遇到親人將心中鬱憤要一吐而盡的樣子。

辛捷拍著她上下抽動的雙肩，撫慰她說：「安靜點！慢慢講！」自從他知道方少堃已屬金欹後，自然的對她只剩下純潔的友情。

方少堃激動一會才繼續說道：「後來我在江湖上流浪，聞得七妙神君要到泰山參加大會，我早已懷疑『七妙神君』必是你，所以我無法自主地向山東方向行去……」

「等我達到泰山腳下時，大會已經作鳥獸散，但我突然發現了金欹，他又是傷得這般重，從岩石邊爬上來，殷紅的刀痕仍醒目地交叉著……」

他也看見了，竟努力掙扎向我爬來，口中尚喃喃唸道：「堃妹，寬恕我！堃妹，再別離開我！」

「至此我感情完全崩潰了，憐惜他的心情使我變成愛他的癡心，於是我帶著他來了此處，這荒涼無人的岩區，永遠離開人群，孤單終其一生……」

辛捷自此才明白方少堃與金欹結合的本末，心中也不知是什麼滋味。

「但你怎會被『恆河三佛』追上呢？」辛捷奇怪金欹的被打傷。

方少堃臉一紅，道：「還不是他！」她指著金欹，道：

「他說在洞裡待得煩了，要出去散散心。」接著又恨聲說道：

「誰知竟碰著那三個老鬼，還有他們那討厭的徒弟……」

辛捷點點頭道：「不錯！那三人的徒弟叫金魯厄，他對你怎樣？」

方少堃恨得牙癢癢的，哼道：「這傢伙不是好東西，如果落在我手上非將他碎屍萬段！」
辛捷已猜出端倪，笑道：「誰叫你長得這麼漂亮呢！」
此時兩人已回復以前般親密和氣，當然親密得有些距離，方少堃被嘲得「啐」一聲，哼道：「這傢伙是蛤蟆想——」
正在此時，突然床上的金欹哼了兩聲，道：「堃妹！堃妹！水！水！」
辛捷與方少堃驀地驚醒，辛捷取笑道：「你看！雄天鵝醒了呢！」
方少堃含羞地一笑，笑容多少含點傷感的意味，只見她連忙過去，口中還繼續道：「你瞧！這就是那最高大的老頭子打傷的！」
「啊！你說的是『伯羅各答』，哼！『恆河三佛』竟是這樣的小人！」辛捷應道。
金欹又連連叫著要水，待方少堃灌了少許水下去，他又朦朧睡去——
「啊！」
突然辛捷輕呼一聲，說道：「堃妹，你聽腳步聲！是『恆河三佛』等來了！」
方少堃功力較辛捷淺了許多，聽了一會仍是聽不出什麼，但她甚明瞭此地氣候，道：「必定是霧散了，否則雖然站立那塊岩石只距海岸不足八丈，他們仍是不會跳過來的。」
辛捷跟隨在方少堃身後奔跑時，正值大霧最濃，當然對附近地勢一點也不明瞭，所以他問方少堃道：「你這岩洞地勢如何，是否很容易被發現？」
方少堃搖搖頭，道：「我們剛找此洞時倒花了不少心力，但經過居住這麼久，四處早留了痕跡，像『恆河三佛』這種老經驗，找想很快就會被他們尋來。」方少堃顯得有些憂慮。

辛捷默默沉思一會，心知帶著負傷的金欹必是逃不過「恆河三佛」的追蹤，只好暗暗決定對策，道：「堃妹！隨我來！咱們可得爲他們準備些東西，免得這些夷族笑我中原無物……」

此時洞外果如方少堃所說，濃霧已消散無蹤，崇高起伏的山嶺，巒疊重峰甚是雄奇，辛捷與方少堃正在洞內忙碌佈置著——

驀地遠遠山巔上突然現出四條人影，這當然是「恆河三佛」與「金魯厄」了。

原來金伯勝佛等被方少堃略施小計，船破舟沉，四人只好立在那毀他船的礁石上，雖然這礁石距岸只不過八丈，但在濃霧中如何知曉？

直待霧散，四人才看清形勢跳上岸來，內中當以伯羅各答恨得最牙癢，立刻催著其他三人加緊追蹤，非要將辛捷置於死地不可——

當然他們立刻發現方少堃與金欹所留下的痕跡，所以很快地跟下來，並且距這洞也不遠了

——

「師父！」金魯厄一邊奔跑一面向金伯勝佛求情：「等下捉著那姑娘，請師父饒她一命吧！」

金伯勝佛冷冷地點頭，雖然他對金魯厄有求必應，但仍不得不擺出些師父的架子，當然金魯厄也明白這點。

四人愈跑離洞口愈近，突然金伯勝佛首先發現辛捷藏身的地方，驀地指著洞叫道：「摩詰

拉訶，孚羅，阿隆黎！」

語意大概是說「他們必定在這兒」吧！

伯羅各答與盤燈孚爾正要搶身進去，突然洞內傳出辛捷冷冷的聲音道：

「蠻夷的尊客此時才到，辛捷已遙候多時。」

四人中只有金面勝佛與金魯厄聽得懂漢語，伯羅各答只聽出是辛捷的聲音，一揚手即要搶攻前去——

金伯勝佛雖是由「天竺」來的，也明白中原武林規矩，如以「恆河三佛」之名，欺壓一個後生小輩，傳出去面子總不好看，除非有把握將他們三人都斃了。

所以他連忙將伯羅各答攔住，然後對洞內辛捷說道：「好小子！有種的給老子滾出來！」

辛捷哈哈笑道：「好一個蠻子，原來你到中國就只學會這幾句罵人的話！」

金伯勝佛一聽辛捷這不正是明明瞧不起自己，但敵暗我明，除非將他們一併誘出，否則冒失進去吃虧讓他們走脫一個，便事關「恆河三佛」面子。

金魯厄在旁倚仗師威，加上只有他漢語流利，所以叫道：「姓辛的出來，咱們再戰三百回合。」

辛捷隱身洞內，仍冷冷說道：「要我出來不難，不過你們『恆河三佛』說話算不算數？」

金伯勝佛不知辛捷為何會出此言，謹慎答道：「咱們『恆河三佛』向來說一是一，說二是二，小子要弄什麼花樣？」

辛捷不答，金伯勝佛繼續問道：「金魯厄，你呢？」

金魯厄一怔，脫口道：「我當然也一樣！」

辛捷冷哼一聲道：「好！說得冠冕堂皇，如果你們被我辛某指出失信的地方，你們可得聽我辛某一句話！」

金魯厄已覺出辛捷必是持著什麼計策，正要警告師父，金伯勝佛已脫出口道：「哼！假如真個如此，莫說一句，咱們十句也聽。」他自以爲這「十句」用得很好。

辛捷一聽三佛果然入圈套，不禁得意地大笑起來，道：「真不愧『恆河三佛』之名，金魯厄！你自己說，你在泰山『無爲廳』對我許了什麼話？哈！哈！」

金魯厄一怔，訥道：「我……我……哦！」突然他記起原來他曾答應辛捷，如果敗給辛捷的話，將不再踏入中原——

辛捷知道這批天竺怪客俱是不太守信的，只好利用他們顧全面子的弱點來誆他們，於是接著道：「現在你們得聽我一言，咱們中國武技上雖勝不了你們蠻子許多，但『歸元古陣』你們總拜領過吧！」

辛捷故意在言辭上將他們折損一番，道：「我辛某雖然武藝沒學好，但師父還教了我一些陣法，足可要要你們。現在我坐在洞穴當中，任你們選一人，只要不毀去或推倒任何東西而能摸著我，咱們三人即任憑處置……」

金伯勝佛不禁猶疑不決，「歸元古陣」他們是領教過了，辛小子的「陣」雖然不會強過它，但卻有條件不許摧毀任何東西，而自己憑著「恆河三佛」的名頭，勢不能在這小子面前低頭。

且不說金伯勝佛在那舉棋不定，金魯厄一見辛捷揭他瘡疤早已憤怒，不待師父決定，突然呼道：「師父讓我將這小子抓出來，諒他有多大能耐困住我！」說著即向洞內步進。

金伯勝佛三人較辛捷算來高了一輩，當不好意思親自出馬，只好讓金魯厄去嘗試了——且說金魯厄一步入洞內，只見洞中石堆林立——正是辛捷與方少堃的成果——而辛捷聲音正從當中傳出。

要知辛捷受「七妙神君」教導，神君除了「色」一妙未授他外，其餘辛捷俱已有青出於藍之勢，「歸元古陣」這麼難的陣法他都大部份懂得，隨便擺個陣法當不成問題。

就這樣金魯厄在陣中轉了數週，因不能摧毀任何東西，所以不一會兒即轉入歧道——前面曾提過此山洞穴徑多而複雜交錯，如走錯路途非叫你繞個十天半月不能出來，金魯厄被辛捷略使手法，即走入岔途。

辛捷故意在陣中冷笑著。「恆河三佛」等了二個時辰不見金魯厄出來，早急得暴跳如雷。

辛捷見時機成熟哈哈一笑，道：「三個老糊塗，你們的乖徒兒別想出來了！」

金伯勝佛所有弟子中，最寵愛這最幼又最聰明的金魯厄，看他進去如此久還未出來，以爲遭了不測，急得大驚道：「姓辛的小子滾出來！我的金魯厄傷了一根汗毛，看我金伯勝佛一掌要你的命！」

辛捷聽後大怒，驀地從洞內飛出，落在「恆河三佛」之前，冷笑道：「好狂妄的口氣，我辛某不才，尚還不在乎大師一掌呢！」

金伯勝佛也是急怒攻心，呼道：「我一掌斃不了你，咱們『恆河三佛』有你在一天，決不再重履中原。」

辛捷哈哈狂笑，道：「此話當真？」

金伯勝佛氣得用力點點頭——

辛捷突向洞內大喊道：「堃妹！將那人帶出來！」

果然不一刻金魯厄隨著方少堃步出，大概走了不少冤枉路，滿面憤怒的神色——

「大師請準備吧！如果一掌擊不倒在下，可就得請前輩回轉天竺，永不再履咱們中原。」

「恆河三佛」、金魯厄俱虎視著辛捷，方少堃在旁也替他緊張，突然辛捷轉身向方少堃說道：「堃妹！快快趁機帶金欹逃吧！再不走，當心他們出爾反爾就來不及了！」

方少堃從辛捷口氣中、目光中得到了她渴望而沒有得到過的柔情，為了辛捷她應該留下，為了金欹她應當逃走，她要作何取捨呢？

卅九　丐幫英烈

辛捷此時抱著不只爲了方少堃，更爲著中原武林而犧牲的精神，面上顯出凜然不懼的威武，但當他看見方少堃嬌小無助的神情，不禁軟化了，只好柔聲道：

「堃妹！快走吧！別令我有牽掛！這蠻子的一掌我還受得了，只恐他不守信，則你們要逃也來不及了！」

方少堃茫然點點頭，眼眶中充滿淚水，緩緩步入洞內，雖然她極不願意，但也不得不帶著尚未完全清醒的金欹走了，當然這不全是因爲「恆河三佛」的原因——

辛捷待方少堃去後，神情爲之一鬆，長吁一口氣靜靜立在金伯勝佛前——

漸漸金伯勝佛的手揚起了，長長的黃毛因功力的運行，竟無風自動，只見他兩眼牢牢注視著辛捷，使得辛捷任何一個動作也逃不過他眼睛——

辛捷將平生功力早已聚集在雙掌，此時他心中什麼也沒有想，唯一的念頭只是要苦撐這一掌——

驀然金伯勝佛「嘿」一聲，雙掌一前一後夾著風雷聲排山倒海般夾擊過來，勁力的雄厚足可開山裂石——

「砰！」

辛捷毫不遲疑，竟全力迎上去，立刻漫天黃沙瀰漫，再也看不見什麼——

慢慢黃沙跌落了，辛捷、金伯勝佛都從迷糊中顯現出來，辛捷臉色古怪地蒼白，搖搖晃晃地，但是，他一步也未曾移動。

金伯勝佛驚異地嘆息一聲，突然一揮手，立刻四人向海岸方向飛馳而去——

辛捷呢，只見他兩手低垂著，而一指掌心卻微微揚起，作出似欲反擊的模樣——

黑夜已降臨，大地上回復到原始的沉靜，天上第一顆星，射出它黯淡的光明——

突然遠遠傳來一陣沉重的腳步聲，使辛捷拚鼓著餘力，驀地振作，朦朧山勢中什麼也看不見，辛捷一口洩了的真氣又勉強提了起來，暗忖道：

「什麼人？是『恆河三佛』？還是萃妹回轉來？」

驀地，山迴處轉出隻碩大山熊，牠漠然地瞥了辛捷一眼，微微張了張大鼻孔，嗅了兩嗅，又掉頭去了。

辛捷心中頓時放鬆，他自嘲自己的多疑，但是他受金伯勝佛的那一掌實在太重了，經過這一陣拚力振作，再也支持不住，哇哇一連吐出三口鮮血，「噗」地跌倒下去——

月光之下，萬星齊放，辛捷靜靜躺著，肉體的痛苦卻遠不及他精神上的愉快——畢竟，他完成了他的使命。

秋意已深，在清晨傍晚，一種肅殺的氣氛，漫揚在北國的原野上，楊柳枯了，燕子南飛，小橋下的流水，枯寂無力的向東流著。

已是初更的時分，高朗的天空，出現了疏疏幾顆小星，淡淡的閃爍著，顯得天路是那麼遙遠，無涯……

在洛城郊五六十里外的小丘上，有一座破舊的古廟，簌簌的山風，吹過那腐朽的窗檻，發出一陣陣的搖晃聲，令人感到淒涼悲愴。

孤燈下，盤坐著一個高大黑面漢子，在他對面坐著一個稚氣滿臉的少年——他雖然長得甚是修長，可是看起來只不過是十二、三歲的模樣。

那黑臉漢子忽道：「鵬兒，咱們丐幫幫主既然傳你大位，統率天下群丐，那鎮幫之寶『百結掌法』必定傳給你了。」

鵬兒點點頭道：「那天師父傳我掌法時，已是身受重傷，他強自支持教了我一遍，便倒地昏了過去，待他再醒來，就從懷中取出一本小冊，叫我照著冊上所載，自己去練。金叔叔，你要不要看看？」說著，他從衣襟中摸出一本小書，遞給黑臉漢子。

那黑漢搖手道：「這百結掌法是丐幫歷代幫主單傳，丐幫弟子，任是誰也不准偷學。」

鵬兒道：「金叔叔，我們現在先找一個地方隱藏起來，好好把武功練強，再去報仇好麼？」

金叔叔道：「鵬兒，我有一件事，一直想跟你說，現在你既然想要練武報仇，正合我的計劃。」

鵬兒道：「什麼計劃？」

金叔叔道：「咱們丐幫，目下零落四散，是步步衰落了。可是丐幫弟子中，忠義之士大不乏人，只要一朝幫主振臂一呼，重新恢復從前盛況，那也是不太難的。」

鵬兒聽金叔叔忽然談起丐幫的前途來，想到自己身負救幫大任，不覺豪氣干雲，他年紀雖小，卻是極有志氣，立刻接口道：「金叔叔，你是要我就去號召天下丐幫弟子，重振幫威嗎？」

金叔叔搖頭道：「現在你年紀這麼小，武功又沒有練成，要想統率這天下第一大幫，那是萬萬不能的，我的意思是先把你送到我一個好朋友邊塞大俠風柏楊家裡去，苦練幾年武功。」

鵬兒急道：「金叔叔，那麼你呢？」

金叔叔道：「我們丐幫的規矩，老幫主一死，他所聘的護法，便算解除職務了。我和老二，自然不能例外。」

鵬兒叫道：「金叔叔我不要離開你，我不要到什麼邊塞大俠家去，你……你教鵬兒的武功不可以嗎？」

金叔叔柔聲道：「傻孩子，那風大俠武功高我十倍不止，你到那兒去，最多五年，不但老幫主傳的功夫可以練成，而且風大俠獨立一派的關外武功也可以學得，豈不勝過跟著叔叔到處流浪嗎？」

鵬兒天性極是淳厚，他孤苦伶仃，除了金叔叔兄弟外，世上再無親人。金叔叔兄弟對他真可謂嚴父慈母，諸般愛護，此時陡然聽到金叔叔要離開自己，心中大是惶急悲痛，強忍著眼淚道：「金叔叔，鵬兒做錯了什麼事嗎，您……您為什麼不再管鵬兒了？」

金叔叔心內也自淒然不捨，但他為顧鵬兒前途，狠下心來，正想正言開導，忽然一聲淒厲嘯聲傳了進來，令人毛骨悚然。

金叔叔急道：「鵬兒，老二遇著強敵了，你……你趕快向東逃走，這裡的事，由我來打發，如果……如果，我金老大能僥倖活著，我自會到洛陽尋你，鵬兒，記著，如果等我們三天不來，你一個人到遼東錦州去找風大俠，就說是我叫你去的。」

鵬兒見他說得斬釘截鐵，心中雖然不願，可是他知金叔叔的脾氣，當下也不辯論，點了點頭。

金老大忽又柔聲道：「鵬兒，你今後可要更加小心了，你金叔叔也許……也許，不再有機會來保護你啦。」

鵬兒這半年來隨金氏兄弟也不知經歷過多少危難，但從沒見金叔叔臉色如此沉重，心知必是遇著極強敵人，他怕金二叔一人不支，反而催促道：「金叔叔，你趕快去幫二叔叔吧！鵬兒在洛陽等你。」

金老大注視了鵬兒一下，只見他臉上愛戀橫溢，稚氣團團，長嘆一聲，飛步奔去。

鵬兒呆立了一會，尋思道：「我此刻去幫叔叔，必然分散他們的心，反而愈幫愈忙，倒不如依叔叔的話，先到洛陽去。」

他拖著沉重的腳步，慢慢地走向東去。

他心不在焉地走著，忽然覺得後面一陣風聲，他回頭一看，一個俊秀青年戛然而立。

那少年道：「小弟，你走路真不留心呀，差一點就撞著我。」

鵬兒心想：「你也太不留心，我走在前面，怎的看不見我？」但見那少年甚是俊雅可親，便道：「我心中正在想事，所以不知自己正走在路中間。」

那少年原也是滿腹心事，是以連鵬兒都沒有瞧見，到了鵬兒身後，這才發覺，立刻運功止住身軀。他開口責問鵬兒，原是未加思索之舉，此時見對方反而表示歉意，心裡很是慚愧。便道：「小弟，你有什麼心事，告訴我，我一定替你想辦法解決。」

鵬兒心想：「剛才他到我身旁，我才發覺，雖說是心不在焉，但此人輕身功夫也實在高明。我何不請他去助金叔叔一臂之力？」

他是小孩心性，也不考慮和別人只是一面之緣，只覺那少年英俊正直，必是俠義心懷，便道：「我兩位金叔叔被壞人攻擊，情勢很是危險，你可不可以去幫忙打一架？」

那少年見他說得天真，心想：「我左右無事，這孩子甚是忠厚，他的金叔叔必定是豪俠之輩，我且去助他一助。」

那少年問道：「你兩位金叔叔在哪裡和壞人打呀？你金叔叔叫什麼呢？」

鵬兒聽他語氣，知他已經允諾，心中大喜道：「我金叔叔就是丐幫護法金老大、金老二……」

那少年聽到這裡，大吃一驚忙道：「快！快，你趕快帶我去。」

鵬兒飛步向來路奔走，那少年一縱身，牽著鵬兒小手，施展上乘輕功，疾馳而去。

他和鵬兒奔了半盞茶光景，聽到林中傳來陣陣叱喝聲，便一提氣，拉著鵬兒，竄進小林。只見林中一塊空地上，四個道士合戰一個長身漢子，那漢子以雙手獨戰三柄長劍和一個空手道士，情勢非常險惡。

鵬兒見金大叔獨鬥五人，金二叔竟不在旁，他知金氏兄弟從來對敵都是兩人齊上，此時不見金二叔，心中大急，忙催那少年道：「你趕快去幫我金大叔，我要去尋找二叔。」

那少年凝望著戰場，似乎沒有聽到他說話，鵬兒無奈，舉目一看，爭鬥已停，四柄長劍指著金叔叔四處要穴，其中一個年老道士獰聲道：「金老大，快把劍鞘交來，否則，哼，貧道可要不客氣了。」

他這一發聲，鵬兒只覺身旁少年身體一抖。

那道士又道：「金老大，你還敢倔強嗎？此刻你們丐幫幫主已落在我弟子手中了，你以為那小幫主逃得到洛陽嗎？哈哈，貧道老早派人在路上恭候了。你如不獻出劍鞘，嘿嘿……」

鵬兒愈聽愈怒，再也忍耐不住，便要去救金叔叔，只聽到身旁風聲一緊，那美少年已竄了出去。

場中六人大吃一驚，剛才因為爭鬥激烈，是以鵬兒和那少年走進樹林，隱伏就在近旁，竟然無人發覺——

那少年道：「赤陽……赤陽賊道，真威風啊！以眾欺寡，好殺氣啊！」他不慣罵人，是以罵得結結巴巴。

那年長道士一見那少年，臉色立變，沉聲喝道：「好，吳小子，又碰著你啦，咱們正好了結一下。」

原來那俊秀少年正是吳凌風，那天他告別蘇蕙芷，遍處尋找阿蘭，從山東到河南，反覆跑了幾遍，也沒有找到一絲線索，這日正想趕到洛陽城投宿，路上碰到鵬兒，一齊奔到林中。林中甚是黯淡，六個人的面貌都模糊不清，他原想立刻加入戰圍，後來愈看那年老道士身形愈熟，心中正是捉摸，場中形勢大變，待他聽到年長道士開口發言，立刻聽出是殺父仇人——赤陽道人，便馬上竄了出來。

凌風道：「你們武當派是慣於以多擊少的，一齊上來吧。」

赤陽道人臉上微紅，暗忖：「就憑這小子在泰山大會露的那幾手，實在有限得緊，何必要我親自出手。」便冷笑道：「小子，你別賣狂，你如能打敗我三個徒兒，道爺便放你走路。」

吳凌風雖得本門師祖雲冰若親傳上乘武功，但到底從未與人正式交手，心內微怯，想道：「先和這四個雜毛試試，倒是不錯，打了小的，還怕老的不成？」

赤陽大喝一聲道：「一鶴，把我這支劍拿去，好好與這小子較量較量，莫要折了武當威名。」說罷把自己手中長劍遞給身旁空手道人，自己卻走到金老大跟前。

凌風心內一急，他怕赤陽乘機傷害金老大，身形微動，已經擋在金老大身前，右手長劍一揮道：「請上吧！」

話未說完，只聽身後「撲」的一聲，金老大已跌坐倒地。原來他真力已耗盡，此時凌風揮劍，光輝耀目，一陣昏眩，跌坐倒地。

忽然樹後奔出一個小孩，哭喊道：「金叔叔，您怎麼啦？」

金老大強自支持，睜開眼厲聲道：「鵬兒，我叫你走，怎的不聽我話。」

鵬兒哭道：「金叔叔，我不要離開你，我要和你死在一塊兒。」

金老大見他急得小臉通紅，雖是涕淚縱橫，神色卻堅毅無比，心知勸也無益，便柔聲道：「鵬兒，別哭啦，金叔叔答應不再離開你了。」

鵬兒心中大喜，指著正著凝神聚氣的凌風道：「金叔叔，他一定會打贏的。」

金老大抬頭一看，只見三個道士站著三個方位，把凌風團團圍住。

突然左邊道士喝道：「看招」，直攻凌風下盤。

凌風向旁一閃，不退反進，長劍疾點右邊道人。那道人見劍勢疾如流星，心內大駭，向後倒退兩步。

凌風不待招式用盡，反手斜劈正前敵人，兩劍一觸，凌風突的撤劍，運走真力，硬接左邊道士攔腰一劍。

他秉賦甚厚，又巧食血果，內力深湛，比起辛捷也只略遜一籌，此時雖只用了五成真力，震得那道士虎口發麻，長劍幾乎脫手。

凌風得勢直上，右手劍走偏鋒，左手施「開山三式破玉拳」，身子在劍幕中穿來穿去，三柄長劍有時差一點刺上身，卻又被他輕輕閃過。

赤陽在旁，愈看愈是心寒，心想：「這小子比起當年他父親，劍術更加老練兇辣，這麼小年紀，也不知是怎樣練的。」

金老大見凌風身法如風，招式如長江大河，滔滔不絕，足踏八卦方位，神態極是瀟脫，根本不像正在對敵，心知他已將太極門「斷魂劍」練至化境，忖道：

「這少年如不是爲護衛我和鵬兒，以守爲攻，那三個臭道士早倒下啦。」

他舉眼一看，場中情勢已變，凌風已佔盡上風，左一劍，右一劍，只殺到三個道士滿頭大汗，自顧不暇，更談不到合攻。

鬥到分際，凌風突然飛起一腳，踢倒一個道士，右手施出斷魂劍法最後三招，「弱絮飄飄」，「點點繁星」，「石破天驚」，只聽見兩聲驚叫，兩個道士雙雙倒地。

原來凌風施到最後三招，那兩個道士只覺眼花撩亂，面上寒氣森森，不覺駭極而叫，驀然足下一麻，都被點中「公孫穴」。

金老大瞧得清晰，心想：「剛才那三招，眼看臭道士們便要命喪劍下，他竟硬硬收回已出劍式，改刺雙足，這俊少年不但武功高極，心地也很是仁慈。」

赤陽鐵青了臉，上前解開三人穴道，硬要替徒兒找回場面。

鵬兒忽道：「金叔叔，你看我說得對不對？」

金老大問道：「什麼？」

鵬兒道：「我早說他能把這些臭道士全部打跑。」

金老大點頭不語，暗自忖道：「赤陽賊道功力深厚，這少年與他好像有大仇，這一交手，非傷即死。赤陽最是無恥，如果與他徒兒聯手攻擊，情勢大是險惡，目下自己全身脫力，無能相助，只能激他一激。」

金老大道：「赤陽賊道，你打不贏他的，大夥兒一齊上啊！」

赤陽明知相激，但心想凌風劍法雖高，內力卻怎麼也勝不過自己數十年性命交修的「混元一氣先天功」，當下盤算已定，便叱道：「賊叫化，你替我安靜，宰這小子，何須別人相助。」

凌風剛才連敗三人，信心大增，見赤陽口口聲聲要宰自己，心內大爲惱怒罵道：「赤陽賊道，休逞口舌之利，今日便叫你歸天。」

赤陽道人大怒，喝聲「接招」，右掌便向凌風右脅劈去。

凌風不敢怠慢，一上手便展開「開山三式破玉拳」，凝神接招。

鬥了半晌，赤陽見凌風雖只是反來覆去的十招，但威力剛猛之極，自己掌法雖是精妙，但每被凌風勁力所迫，竟然遞不出去，不由心內大急，連施數記殺著，逼退凌風兩步，施出武當鎮山之寶「無極神功拳」。

這「無極神功拳」，也是走剛猛路子，刹時之間，拳風虎虎，兩人知是性命相搏，不敢絲毫大意，發招愈來愈快，勁力愈來愈沉。

金老大看看身旁鵬兒，見他目不轉睛的盯著場中二人，神色奮發，神采發揚，像是自己在與人搏鬥一般，不禁心中暗嘆，忖道：「這孩子到底年幼，不知眼前危機，這二人不但自身性命相搏，還關係整個丐幫命運，萬一那少年一招失著，老二生死不明，自己內力未復，丐幫便要毀在這賊道之手。」

他雖長得粗大，但心思卻極細密，此時心情大是緊張，手不由冒出冷汗。

二人鬥了將近百招，凌風內力充沛，毫無倦態，赤陽攻勢凌厲，守勢嚴密，也不見敗象，凌風很不耐，心道：「不用險招，只怕不易取勝。」

他看那赤陽道賊的內力修為，似不在自己之下，假若使用險招，一不小心，大有失手的可能，是以一時仍是遲遲不能下手。

再過得片刻，吳凌風驀然大叱一聲，雙掌一合之下，一吐一閃，左手橫在胸前，右手突變「開山三式」為上一式「五鬼招魂」。

這斷魂劍招乃是昔年河洛一劍吳詔雲的絕技，吳凌風把它用拳招使出，也覺威力甚大，一使出來，招式之間，自然流露出一種狠辣的味道。

赤陽道士冷不防吳凌風變硬打硬撞的招式變化來爭勝，只好雙掌一合，後退一步，準備也採激鬥方式。

吳凌風冷冷一叱，當胸而立的左拳向下一沉，右手閃電地化實為虛，倒撤而回，撤到身前七寸左右，和左手同時一劃圓弧，虛空急搗而出。

同時間裡，吳凌風驀地吐氣開聲，這乃是氣功所集，有若春雷咤空，直可裂石，好不驚人！

赤陽道長在泰山大會天下英雄時曾領教過吳凌風的身手，那時見他的劍法雖是不凡，但倒不足爲懼，哪知半年不見，凌風武藝竟精進如此，不由心中驚駭交加。

但他自恃功力深厚，也是大喝一聲，單掌平推而出，乃是「推窗望月」的式子，同時錚然抽出長劍。

兩股勁道一觸，吳凌風內力突發，但他忽覺得赤陽道士掌力一虛，那股勁道竟然消失無影，而他這一記全力施爲的招式再也收不回來！

這就是赤陽道士經驗老到狠滑的地方，眼看吳凌風一招走空就得落險，旁邊的金老大不禁急得大叱出聲——

凌風經驗雖差，但他稟賦異人，反應快極，在這千鈞一髮之際，硬生生把掌風往左一挪，同時身體極力向右面一轉——

轟然一聲，吳凌風那招「愚公移山」打在左面林上，樹枝泥土被掃起一大片來，而他的身體卻借力從右面滴溜溜轉了一百八十度，曼妙地閃身而退，也是挺劍以待。

赤陽道長瞥了那掃去的枝上一眼，心中不覺駭然，他想不到吳凌風掌力竟也雄厚如斯。

吳凌風飽吸一口氣，揮劍而上，這次他心中有數，膽氣大增，出手就全是「斷魂劍法」中的絕學，一連三招竟將赤陽道士逼退數步。

赤陽道長急怒難卻，抖手也展開武當「九宮神行劍法」中最凌厲的「青雲九式」打算搶回主動。

哪知吳凌風一步也不讓他搶攻不已，他劍術已在赤陽之上，卻因經驗不足，每每不能把握良機，看得金老大冷汗直冒。

疾鬥中，赤陽道士又是詐賣破綻，想引吳凌風上當，吳凌風雖然奸滑不足，但他聰明絕頂，一看就知赤陽用意，他有意屈身而進——

待赤陽以爲他上當，變招突出之際，他陡然施出「斷魂劍法」中的「無常把叉」，一晃身到了赤陽身後，舉劍直刺——

金老大高叫了聲好，以爲赤陽必然無救，哪知赤陽臨危不亂，反手一掌「倒打金鐘」直襲吳凌風腳前，打算以攻制攻！

這一招乃是全力而發，力道非同小可，吳凌風心中一凜，左掌「六丁開山」迎撞而出，右手劍式卻絲毫不受影響地直刺出去！

砰然一聲巨響，吳凌風身子微微一挫，但他右手劍式卻仍飛快刺出，赤陽道長再快也將來不及逃避——

但不知怎地，吳凌風的長劍忽然竟慢得一慢！

赤陽道長何等經驗，連忙拚力前躍，「嗞」一聲，他背上被劃開一條口子，鮮血長流，但總算讓他逃出劍下！

原來吳凌風即將得手之際，突然一種「殺人」的恐懼感覺襲上他心頭，他天性善良無比，一生從未殺過人，雖然眼前是他殺父大仇，但臨刺之時卻自然生出這種感覺，令他的劍式不由自主地一窒！

金老大也怔得一怔，再看那武當道士時，只見他們都跟著赤陽跑得遠了！

吳凌風運了一口氣，覺得身上毫無異狀，待他再舉頭一瞧，赤陽和他三個徒兒，已消失在叢林中！

他天性和平淡泊，心地極是軟慈，自從出道以來，從沒有殺過任何人，此刻眼見赤陽負傷而遁，明知乘勝追撲，定可致赤陽於死命，報得父仇，但卻遲遲不能下手。

他自我安慰，想道：「要殺這賊道，機會還多哩！」如今，他已充滿自信，定能勝過赤陽。但不可否認，他仍有一點後悔之意。

鵬兒見他呆呆立著，只知道他也受了內傷，急道：「你可覺得哪兒不舒服？」

吳凌風搖頭道：「小弟，你放心，那賊道怎能傷我？倒是你金叔叔，內力消耗過度，我這兒有瓶靈泉，可以助他趕快恢復哩。」

說罷從懷中掏出「萬年靈泉」，走到正在閉目調息的金老大跟前。

金老大剛才見吳凌風震傷赤陽道人，赤陽率徒逃走，一直懸起的心，這才算是放下，立刻摒除雜念，作起吐納功夫。

他見凌風走來，睜眼道：「請教閣下大名。」

吳凌風恭身答道：「晚輩吳凌風。」說著，他把手中玉瓶拔開，送到金老大手上道：「這是萬年溫玉所孕靈泉，功效非常神妙，老前輩先服一滴再說。」

金老大見他說得誠懇，便不推辭，接起玉瓶，倒了一滴入口，只覺遍口芬芳，胸中受用無比，又閉起了眼，調運真氣。

過了半晌，金老大一躍而起，拖著鵬兒，一起向吳凌風拱身一揖道：

「吳大俠，你替咱們丐幫抵擋強仇，保護咱們小幫主，此恩此德，丐幫全體弟子不敢稍忘，如有吩咐，水裡火裡，無不從命。」

吳凌風急急還禮，說道：「金老前輩，您快別這樣，晚輩有個拜弟名叫辛捷，常向晚輩提及老前輩的英風高義，晚輩心中真是仰慕得很。」

金老大道：「原來吳大俠是辛老弟的義兄，難怪這好武功，那麼老叫化托個大，也喊你一聲老弟罷。」

吳凌風見他很是豪邁，也就不再拘禮，問道：「丐幫怎也會和武當結仇？」

金老大道：「這事說來話長，現在先尋老二吧！」

吳凌風答道：「正是。」於是三人便向前搜索。

走了十餘丈，只見金老二靠在　棵大樹上，眼睛睜得大大的，雙手緊抓一支長劍，劍身已被他扭起了幾個結。

鵬兒見他臉色蒼白，神態甚是嚇人，上前推一推他雙肩道：「金二叔，鵬兒來啦！」老二毫不理會，鵬兒大奇，反身正想問金老大，只見他呆呆站著，臉上肌肉抽搐，牙齒緊緊咬著下唇。

吳凌風內心瞭然，也自感到淒慘，用手摸著鵬兒頭，低聲道：「鵬兒，你金二叔已死了。」

鵬兒一聽，如焦雷轟頂，伏身抱住金老二屍體大哭起來。

他年紀雖幼，可是已經歷過多次生離死別，此時眼見視己若子的叔叔又遭慘死，埋在小小心田中的悲傷，再也隱藏不住。這一哭，真如鵑啼血淚，吳凌風在旁，也不禁鼻酸不已。

凌風看那金老二，只見他傷在背後，顯然受了武當道士暗算，他手中緊抓著一柄長劍，劍身被扭得彎曲，他掌上卻皮毛不損，正是聞名天下的陰風爪的功夫，那支劍想是方才那空手道士的了。

他反身看那金老大，只見他目光愈變愈呆滯，知他傷心欲絕，心想安慰他幾句，但一時之間不知從何說起。

驀的，金老大仰天長笑起來。笑聲中，數十年來兄弟間相親相愛的情景，一一閃過他腦海……哥兒倆共同創名立萬，一心輔佐丐幫，哥兒倆發誓永不娶親，永不相離……

笑聲漸漸低沉，最後終於變成了飲泣，豆大的淚珠，一顆顆流了下來。

忽然，他止住泣聲，輕撫著金老二抓緊長劍的大手，低聲道：「老二，你別走啊，還有更難的關要咱們去闖，老二，振作些啊，你挺得住麼？」

窸窣風響中，他似乎聽見金老二豪邁的聲音：

「這點小彩算得了什麼？大哥，這筆賬咱們記下了！」

於是他也豪邁地大笑道：「闖吧！」

清風把他的笑聲傳得老遠，又把遠處的迴聲帶了回來，一時滿林子都是他豪邁的笑聲。

驀然，他一把抱起金老二的屍體，拖著鵬兒，向吳凌風一揖，反身頭也不回逕向來路走去。

四十 殞星殞情

吳淩風見他急痛之下，神情近乎昏亂，心中大是放心不下，施展上乘輕功跟了上去。

三人走進破廟，金老大放下肩上的屍體，背對著兩人跪下，低聲禱道：「祖師爺，非是弟子不重信誓，實是奸賊們逼人太甚，弟子雖已發誓不再過問丐幫諸事，可是如今幫主年幼，武功未成，如果弟子這再撒手一走，祖師爺您辛苦手創的威震大河南北數百年的大幫，便要從此瓦解，爲今之計，弟子只有破誓了。」

他禱告完畢，轉過身來，臉色凝重對鵬兒說：「幫主，我金老大既然已決定重入丐幫，就請您再聘我爲護法吧！」

鵬兒搖頭道：「金叔叔，您快別這樣喊我，我……我怎配做幫主呢？」

他畢竟年幼，此時一聽金叔叔要自已執行幫主權力，不覺大感恐慌。

金老大沉聲道：「老幫主傳給你大位時，他可吩咐了你一些什麼？」

鵬兒見他以大義相責，內心一凜，豪氣突增，便道：「金叔叔，鵬兒知錯啦，聘護法是怎麼個聘法？」

金老大飛身跑了出去，折了根樹枝，對鵬兒道：「你拿著這根樹枝，在我肩上碰兩下，然後宣佈我為丐幫第十六代護法，這儀式本極隆重，北方好漢都被請來觀禮。唉！現在只有……只有請吳老弟做個見證吧！」

鵬兒見他臉上悲慘，但神色甚是慫揚，知他也回憶他兄弟第一次被聘為護法的盛況，怕又引起他的哀痛，便道：「金叔叔，我們開始吧。」

金老大點點頭，向著鵬兒跪下。

鵬兒大是惶恐，正待伸手去扶，金老大道：「這是丐幫的規矩，幫主不可違背。」

鵬兒心內無奈，便很快的用樹枝在金老人兩肩點了點，朗聲道：「丐幫第十六代幫主李鵬聘金……金叔叔為幫主護法。」

他不知金老大的名字，而且又喊慣了金叔叔，是以脫口而出。

吳凌風聽他滿口童音，但氣度恢宏，神色莊嚴，大有幫主風格，不禁暗自點頭。

金老大站起身來對吳凌風說道：「老弟，你跟赤陽賊道也有恩怨？」

吳凌風點頭答道：「他是我殺父仇人之一。」

金老大想了一會，忽然大聲道：「江湖上久有傳說『七妙神君』梅山民、『河洛一劍』吳詔雲都被武當赤陽、峨嵋苦庵、崆峒厲鶚等所毀，老弟你也姓吳，可與吳大俠有什麼關係嗎？」

吳凌風莊容答道：「正是家父。」

金老大嘆息道：「河洛一劍吳大俠與咱們老幫主最是莫逆，兩人間在大河南北行俠仗義，唉！想不到都死於奸徒暗算。」

吳凌風問道：「貴幫又怎會和赤陽結樑子？」

金老大道：「這是十多年的事了，那時江湖上出了兩個怪傑，一個是『七妙神君』，一個就是令尊。這兩人武功高極，尤其令尊爲人行事又最是剛正不阿，所以名頭之高，大有壓倒自命爲四大正派的掌門人了。」

吳凌風從已死老僕處已聽過這段歷史，便接口道：「所以這四個自命正派的掌門人，在嫉妒及維護聲名的前題下，就不顧身分聯手對付梅大俠與我爹爹了。」

金老大點頭道：「事情就發生在四大門派合手襲擊七妙神君那次大戰，結果梅大俠力戰身『死』，這四個掌門人躊躇滿志的走了，可是其中崆峒掌門人厲鶚卻遺落了一個劍鞘，這個劍鞘恰好被躲在石後的一名丐幫弟子拾了去。」

吳凌風心想：「難怪赤陽口口聲聲逼著金老大要劍鞘，不過這既是厲鶚之物，赤陽爲什麼要苦苦相逼呢？」

金老大接著道：「這劍鞘本來也沒有什麼，那名丐幫弟子只因見它雕鑿精美，甚是古雅，一時好奇，便揀了起來，想不到最近兩年，江湖上突然傳聞武林前輩怪俠醉道人一生神鬼不測的武功，盡數記載在一本極小私笈上，藏在一個神秘的劍鞘中，而這個劍鞘已落於『丐幫』之手。」

「這個傳說愈來愈盛，那丐幫弟子忽然想到自己十多年前揀到的劍鞘，與傳說中很有相似之處，便把那劍鞘獻給老幫主，老幫主仔細察看，也不見任何奇特之處，但想到江湖人言鑿鑿，必有幾分真實可信，便把劍鞘收在身旁。」

「厲鶚後來也聽到了這個傳說，他略一琢磨，便斷定是他十多年失去的劍鞘，心中既悔又恨，深知自己一生作孽太多，這暮年之時，難保不有高手尋仇，所以對於本門武功不敢一天放下，而且時時想練些神奇功夫，以禦強敵。那劍鞘內既然藏著前輩大俠的武功秘笈，他怎肯放過如此良機？所以便處處與我丐幫為難，想要奪回劍鞘。」

「後來老幫主夜遇仇伏，命喪荒山，我兄弟那時正在山東辦一件大事。老幫主臨終前巧遇鵬……小幫主，便把丐幫幫令及劍鞘傳給了小幫主，那厲鶚不知怎的消息甚是靈通，知道劍鞘已落於小幫主之手，便親自出動，又巧那時咱們丐幫北支出了幾個叛徒，乘老幫主新喪，小幫主年幼，竟想覬覦幫主大位，便和厲鶚連手，夾攻我兄弟和鵬兒，我兄弟見敵人人多勢眾，就請小幫主悄悄單獨去投奔本幫南支陸幫主，我和老二故露痕跡，想引得奸賊叛徒追蹤我兄弟，小幫主就可神不知鬼不覺的避開他們。不料這著竟被奸賊識破，待到我兄弟發覺大事不妙，趕去營救小幫主時，小幫主已經受傷逃到古廟，幸虧遇著辛老弟出手相助，這才救了咱們小幫主一命。」

吳淩風接口道：「那麼赤陽怎麼向貴幫索取劍鞘？」

金老大搖頭嘆道：「我幫與武當素來井水河水不相犯，老幫主在生之時，素知赤陽為人，小氣嫉妒，所以一向告誡幫中弟子，莫與武當弟子發生衝突，以免門戶相爭。唉！這赤陽也不知為什麼，竟下這般毒手暗算老二，只怕是與厲鶚老賊又連上手了吧！」

其實，他哪知道，那日赤陽道人，在「無為廳」中見辛捷大顯身手，力敗強敵金魯厄，身法之奇真是聞所未聞，心中不禁大駭，想到辛捷日後尋仇，自己怎生抵擋得了，這才不顧道義，私自出手搶奪劍鞘。

吳凌風聽完金老大講完經過，點頭不語，內心卻尋思道：「我多月來跑遍了山東河南，也沒有發現阿蘭的蹤跡，她雙目失明，在這險詐百出的江湖中，實在是危險極了，就憑我一個人這樣找下去，那真是大海撈針，也不知要找到哪天，啊！對了，捷弟說過丐幫弟子遍佈天下，請他們出手相助訪尋，希望大得多哩！」

他正想向金老大開口，但忽轉念想到：「現在人家幫內正是多事之秋，我有恩於他們丐幫，這一出口相求，金老大必然不便推辭。唉，罷了，罷了，我何必令別人為難呢？我答應過阿蘭，永遠要陪著她和大娘，我……我無論在天涯海角，一定要把她找回來，如果她遭了不幸，我……我就隨她去吧，總而言之，天下再也沒有什麼力量能將我們分開了。」

月光照進了破朽的窗櫺，金老大見吳凌風臉上閃過一陣堅毅神色——雖然，那只是一剎那，可是，金老大卻能感覺到一種無比的凜然……

吳凌風忽道：「明兒大家都要趕路，咱們這就休息吧！」

鵬兒點點頭，向盯著孤燈發癡的金老大望了望道：「金叔叔，我們睡吧！」

金老大點點頭，吹熄了面前的油燈，站起身來，慢慢走到牆邊。

月光下，他長大的身軀，顯得有些龍鍾！背後的影子，更大得怕人了。

翌晨，吳凌風匆匆別過金老大與鵬兒，他對金老大極是尊敬，對鵬兒也甚喜愛，原想多事逗留，可是一看到金老大將要埋葬金老二，便趕緊告別。

他心想：「從此，這對一生未曾須臾相離的兄弟，便要生死永別了，這是多麼令人悲哀難堪啊！我這一生，歡樂的日子是那麼少——也許永遠不再有了吧，可是苦難的日子，卻是漫漫無盡的，我感情的擔負，已經重得要壓住我的呼吸了，何必要再看這生離死別淒慘的情景？」

他依照著原來的計劃漫步進了洛陽城，已是晌午時分，就找了一家乾淨酒樓，選了一處臨窗桌子坐下。

忽然，整個酒樓上的客人都不約而同的向樓梯望去。吳凌風不覺甚是好奇，舉眼一看，樓梯盡處，俏生生站著一個十五六歲的少女。

吳凌風望了一眼，只見那姑娘雙目深如瀚海，清如秋水，白玉般的面頰，透出淺淺紅暈，還掛著天真的笑意。

這時，整個酒樓都變得靜悄悄的，大家都被這少女絕世容光所震，在她臉上，有一種安詳的氣氛，有一種飄逸的美艷。

年老的酒客心裡都想：「我如果有這麼一個玉雪可愛的女兒該有多好。」

年輕的酒客心道：「我如果有這樣一個可愛的妹妹……」他們並未敢想到其他，因為那少女至美之中，還顯出一種令人望而生敬的高貴。

吳凌風也覺得那少女可愛之極，不由得多看了兩眼。那少女似乎察覺了，微微一笑，走到吳凌風面前道：「喂，你瞧我幹麼？你知不知道我辛大哥現在在哪兒？」

吳凌風發現大家眼光都向他射過來，心中大感尷尬，竟然沒有聽清她的問話。

吳凌風起身問道：「你，你說什麼？」

那少女見他俊臉通紅，本想責問他為什麼沒有聽清自己所講，話到口邊，又忍住了，柔聲道：「我問你一個姓辛……姓辛的大哥，他……他眼睛大大的……」

吳凌風衝口道：「什麼？你問的可是辛捷弟嗎？」

那少女笑靨如花，像是歡喜已極，接口道：「正是辛……辛捷大哥，他是你弟弟，那再好也沒有，你快帶我去找他。」

這時酒樓中議論紛紛，一些忠厚長者，都發出會心微笑，他們都覺得這少女固然如濱水白蓮，明豔不可方物，那少年也如臨風玉樹，俊美已極，真是一對璧人，所以都暗暗為他們二人喜歡。

那些年輕的人，看到那少女湊近那少年有說有笑，心中頗有酸意，但一舉目，只見吳凌風俊臉閃出令人迷惘的光輝，再一打量自己，不覺一個個面如死灰，自愧不如。但一聽到那少女口口聲聲打聽另一個男子，心中都覺驚奇，人人都暗想：

「不知那姓辛的小子是何等人物，竟值得她這麼關心，唉，這樣的姑娘，如果只要……只要有一半這樣關心我，就叫我死，也是心甘情願。」

眾青年不約而同的瞟了吳凌風一眼，微帶挑撥譏諷的一眼，那意思說：

「小子，你別得意，那姑娘另有意中人哩！」

吳凌風不理會眾人目光，低聲道：「你可是姓金，還是姓方？」

那少女大眼一轉，奇道：「我姓張，喂，你怎麼會以為我姓金或姓方呢？」

吳凌風見她滿面焦急懷疑之色，心中聳然一驚，想道：「這姑娘對捷弟甚是關心，那次捷弟病中夢語，只怕是胡言亂語，我切不可說出，傷了這位可愛姑娘的心。」

他乾咳一聲，笑道：「我有……一個姓方的朋友，長得很像你。」

他一見這少女，心裡便有一種說不出的親切，只覺自己應該處處保護她，不讓她受絲毫損害，是以為了安慰她，竟破例說了一次謊。

原來，那少女正是從無極島溜出的菁兒，她自從上次跟父親無恨生、母親繆七娘離島到中原來，雖然匆匆趕回，但她從小從未離過無極島，對中原一切大感興趣，而且又結識了一個大眼睛的哥哥。

一想到那大眼睛哥哥，她心中便感喜悅，後來母女被玉骨魔擒住，點了昏穴，當父親無恨生解開她穴道時，她第一眼便瞧到那雙大眼——那雙充滿了她不能瞭解的情意的大眼，雖然，她不瞭解那眼中的真意，可是在她心底下卻泛起了絲絲甜味。

她隨著父母返回無極島，心中十分不捨，在島上住了一會，只覺島上一切都很無趣，心裡只是想到中原風光與那大眼睛哥哥，最後終於忍耐不住，乘著父母親不注意，偷偷溜了出來。

她本不知辛捷姓名，但在島上無意間聽到父親提起，便牢記心中，一路上，碰著人便問她辛大哥在何處，也不知鬧了多少笑話。她自幼生長海外孤島，又在父母卵翼之下，對於世事可謂一竅不通，落店投宿，從來不知要付什麼錢，吃完住完便走，人家見她天真貌美，都讓她三分，是以一路行來，並沒有吃什麼虧。

這日在酒樓上見吳凌風望她，又覺吳凌風甚是俊秀可親，便向他打聽，沒想到亂碰亂撞，卻正好碰對了人。

菁兒道：「那麼辛大哥現在在哪兒？」

吳凌風見她不再追問自己失言，心中如釋重負，忙道：「捷弟已經跟平凡上人去大戢島去了。」

菁兒喜道：「原來他跟那老和尚伯伯去了東海，和尚伯伯武功可高得很啊！」

吳凌風聽她叫平凡上人爲和尚伯伯，心中暗笑，想道：

「這姑娘天真已極，毫無心機，可是一提到與捷弟相識的姑娘，她便焦急不悅，看來女子的嫉妒之心，是天生就有的，阿蘭，阿蘭，我與那蘇姑娘也不過只是相識，你又何必負氣而走呢？」

他一想到阿蘭，心內便感到傷痛，立刻黯然不語。

菁兒道：「喂，你怎麼不高興了，你姓什麼呀？」

吳凌風道：「我姓吳，名叫凌風。」

菁兒道：「我叫張菁，你就叫我菁兒好啦！」

吳凌風道：「你辛大哥去了已經一個多月了，現在只怕要回來了。」

菁兒急道：「我這就去大戢島。你去不去？」

吳凌風暗忖自己本來就要往河南北方尋訪，正好順路。

便道：「我只能陪你走到江蘇邊境。」

菁兒道：「那也好，咱們就動身罷。」

吳凌風匆匆付了酒賬，便和菁兒向北趕去。

一路上，菁兒談的盡是自家在無極島上的趣事，栽花、種草、捕魚、捉蟲，吳凌風自從離開大娘母女，終日便在刀槍尖上打滾，此時聽她娓娓道來，真有仿若隔世之感。

菁兒道：「無極島真大，上面遍地鮮花，非常好看，只是島上只有爹媽和我，爹爹一天到晚，不是讀書，就是練武，我只有跟媽媽玩，哪天你和辛大哥一起來，住上幾個月陪我玩，那有多好哩！」

吳凌風見她一臉祈求之情，忙道：「我一定常常去看你。」

菁兒嘆了一口氣道：「爹爹不知為什麼，好像很討厭辛大哥，我就怕爹爹不准我和他玩。」

吳凌風道：「不會的，辛捷弟武功既高，人又聰明，你爹爹將來一定會喜歡他。」

菁兒聽吳凌風稱讚辛捷，心中很感受用，接口說道：「我也是這麼想，辛大哥和你都是世界上最好，最好的人。」

吳凌風忽道：「你爹爹名列『世外三仙』，武功一定高得不得了，你這樣聰明，一定得到不少絕學吧！」

菁兒道：「爹爹常罵我不用心學武，媽說女孩子又不要與人動手，不需要武功太高，爹就不迫我練啦，只叫我練輕功。」

吳凌風讚道：「怪不得你輕功真好。」

菁兒嫣然一笑。

兩人曉行夜宿，感情很是融洽，吳凌風處處以大哥自居，細心呵護她，不讓她受絲毫委屈。

行了幾日，菁兒心急趕回，她嫌大路太遠，便和吳凌風施展輕功，翻山越嶺，河南境內，山脈甚是崎嶇，但此兩人何等功夫，是以如履平地。

這日，走過蘇州，已近海邊，兩人見天色已晚，就找了一個山洞，坐下休息。

此時已是初冬，天氣甚爲寒冷，吳凌風劈了幾根樹枝，在洞前生了火來，菁兒從包袱中取出乾糧，分了一大半給吳凌風，兩人就坐在火旁默默吃了起來。

吳凌風見菁兒默然不語，火光照得她的小臉紅紅的，小嘴微翹，神色很是黯然，心知她不捨明日相別。想道：「這姑娘心地真是和善，辛捷弟真好福氣，他日碰到捷弟，我要好好勸他，可要一心一意愛這位姑娘。哼，什麼人會比她更可愛呢？」

他心中又浮起了阿蘭的倩影，「只有阿蘭，才可與她媲美。」他想。

天上第一顆小星出現了，接著，月亮也爬上了山峰。

吳凌風打開貼身而藏的小包，取出一張信紙，他一遍又一遍的看著信上的句子……

「大哥，我不氣你，我真的不氣你……蘇姑娘是很好的姑娘，她是真心喜歡你的，你和她好吧，你千萬不要再惦念我這個傻丫頭了。」

「大哥，我要走了，我雖然走得遠遠的，可是，大哥，阿蘭還是屬於你的，就是千里萬里外，阿蘭還是永遠祝福你們……」

吳凌風看了幾遍，苦思那日與蘇蕙芷相晤情形，再也想不出什麼。

「阿蘭留書出走，一定是聽到我和蘇姑娘說了什麼親熱的話，可是我怎麼想也想不出，難道我那日酒後，竟真的做出什麼失禮的事嗎？」

他愈想愈是害怕，竟然不敢相信自己，心想：

「要是真的那樣，我又怎對得起蘇姑娘？」

菁兒突然說道：「吳大哥，你瞧，那是什麼？」

吳凌風抬頭一看，只見一顆流星戛然下落，在天空中劃出一道金色的光弧。

吳凌風道：「這是殞星。」

菁兒點頭不語，內心想道：「媽媽常說，每一顆星內就有一位仙人，這位仙人，不知為了什麼，竟然不去做人人羨慕的神仙，而要下落到這世上來，也不知是男仙還是女仙。」

接著又想道：「我小時候，什麼也不懂，整天只是玩耍，或纏著媽講故事，累了就躺在草地上睡一覺，渴了便摘個果子來吃，我什麼都不想，什麼都不怕，只有爹爹板著臉迫我練武功，才會感到一絲害怕，可是，這次我回到無極島，一切東西都不再能使我發生興趣，我只想著辛大哥，擔心他不和我好。心中真是苦惱，唉，難道人愈長大，便愈不快活嗎？」

她偷眼一瞧吳凌風，見他手中拿著一張紙，滿臉纏綿淒惻，便悄悄湊近道：「吳大哥，你看什麼？」

吳凌風悚然一驚，趕忙收起阿蘭的信，強笑道：「沒什麼，我說我們明兒就要分手啦，你得盡快趕去，否則只怕會和捷弟錯過。」

菁兒人雖天真，但卻極爲聰明，一路上她已發覺吳凌風雖然有說有笑，可是每當他一人獨處時，總是神色悲苦，她問了幾次，吳凌風都是支吾以對。她心想：

「他武藝既高，人又那麼俊秀，還有什麼事使他不滿意呢？我不必向他追問，以免引起他傷心，等碰到辛捷大哥，向他打聽，那便了得。」

這些日子來，天真的她竟也曉得盤算了。

菁兒柔聲道：「你有空一定要來無極島。」

吳凌風點點頭，忽道：「你看到捷弟，就請告訴他，兩個月後我在洛陽等他，我們約定可要一起去報仇。」

天上疏疏幾顆星兒在漆黑的天際格外明亮，菁兒睜著瑩亮的大眼睛，數著點點星光，她純潔的心中又浮上辛捷多情的面容……

黑藍的天，疏疏的星光——

同一時刻裡，同樣的星夜下，在千百里外，另一人也正懷著同樣的心情在仰看著天穹，數著稀落的星辰——

他，正是辛捷。

辛捷坐在岩洞口，凝視著遙遠的天邊，星光下，他那白皙的臉孔上有一種難以形容的古怪紅潤。

也許，他也正在想念著菁兒吧！

他硬接了「恆河三佛」中金伯勝佛的一掌，而且由於身體不曾退動，一點也不能借巧力消去敵勢，是以金伯勝佛那一掌是結結實實打中了他，以金伯勝佛的功力而言，辛捷就是再強幾分，只怕也不是對手——然而現在，從他臉上的紅潤看來，他的內傷至少已痊癒了十之八九，不消說，是由於他自行以上乘內功療治的結果，而這份功力也著實稱得爐火純青了。

的確，他是在想著菁兒，想著那美麗絕倫的面頰，那天真無邪的眼睛……

漸漸，他想到了金欹和方少堃。

方少堃是第一個闖進他心扉的倩影，雖然由於命運的安排落得了如今的情況，但是那初戀的甜蜜將永遠存在辛捷的心中。

當方少堃和金欹被恆河三佛迫得走頭無路的時候，辛捷不顧一切地挺身而出，硬生生地接了金伯勝佛一掌，在那一剎那間，他忘了父母大仇未報，師門恩怨未了，也忘了世上無數其他該去做的大事，他只是熱血沸騰，血氣衝動，至於後果，他連想都不曾想過。

這樣說來，他仍摯愛著方少堃嗎？

他不停地自問：「辛捷啊，你爲什麼老是丟不開呢？你仍不斷地想念著她做什麼啊？……」

一道光華劃過恬靜的黑夜，是一顆星宿耐不住長空的寂寞，悄悄地殞落世間。

他不解地思索著——

「我不會再愛戀著她吧？如果我不愛她，爲什麼那時我會管不住自己地拚命而出，難道只是爲了俠義麼？如果我愛她，我就不應該再這樣想著她啊，讓她平安地跟著那金欹吧，不管他是誰，她總算有了個歸宿，是嗎？……」

他的心中頓時矛盾起來了。

海濤洶湧，浪聲在靜夜中格外清晰。

人在這樣的情境下，思想變得異常的敏捷而飄忽，辛捷的心如野馬一般馳騁在失去的歲月中——

每一張熟悉的面孔都在他腦海中飛過，對此時的辛捷真有異樣親切。

然而在他腦海中停留最久的仍是那龍鍾慈祥的梅叔叔，辛捷之有今天，完全是由於梅叔叔的照拂。

忽然，一個從來沒有過的「奇怪」念頭閃過辛捷的心田：

「世上的人究竟要怎樣才算是好人啊？像金一鵬、金欹，這些人難道就一定是壞人麼？那些所謂的善人難道真正一件壞事也不曾做過嗎？」

聰明絕世的他，竟被這問題迷惑住了。

「像梅叔叔，仗著絕世驚才，七藝樣樣精絕，但是武林中提起『七妙神君』時，至多是『畏』而已，並沒有存著『敬』的心裡，而丐幫的金氏昆仲本事雖然甚是有限，可是江湖上提起金老大金老二來，沒有一個人不豎起大拇指讚聲好，可見要做一個厲害的人物甚是容易，而要做一個好人卻是極難的……」

本來，辛捷是個偏激的人，雖然他也曾隨梅山民讀通古今白書，但是在他內心深處，對於古聖賢之語並不十分以爲然，他處世之際「敵我」之心遠勝於「是非」之心，只要對他一分好的人，他就十分對人好，一分待他惡的，他也十分還報於人，至於別人如何看法，他可管不到。

但是近日來，也許是年紀稍長，也許是由於和天性敦厚的吳凌風相處所受的影響，他那偏激的本性漸漸起了變化，不過這種變化也許連他自己也不知道罷了。

譬如說，以前他對梅叔叔是盲目崇拜，但此刻他竟有了這種的想法，這不能不說是相當大的改變吧。

他的思想馳騁著，最後，他終於自問：「我算得是一個好人嗎？」

這正是心中的問題，藏在他心最深處的問題。這些日子以來，他仗著一身驚世神功闖下了不凡的萬兒，「梅香神劍」創成了武林中新的崇拜偶像，但是，他夠好了嗎？

當一個人成了名以後，他的行動就會自然地謹慎起來，辛捷此時多少有一點這種心理，他要想使「梅香神劍」真正成爲人們歌頌的對象，不僅是一個「武夫」而已！

他不停地胡思亂想，這正是內功療傷憩息期間的必然現象——思想會變得格外凌亂。

許多奇奇怪怪的念頭在他腦中旋轉著……

最後，他又想到自己所遇逢的三個女子，方少堃、金梅齡、張菁。

和方少堃的重逢使他對金梅齡的「失蹤」抱著較高的期望，他想，總有一天他能尋著她的

但這是多麼荒謬的想法啊，他永遠無法料到梅齡遭到如何的不幸——命運在捉弄他們啊！

接著他想到菁兒。

「我和她相處的日子雖少，但她卻是那樣地令我難忘，我們雖然沒有明白地講過什麼，但她幾番捨命救我、尋我，這豈不更勝過千言萬語嗎？……我和她在一起的時候，什麼憂愁的事也想不到，我只有快樂，無窮的快樂……辛捷啊，你心深處原是最愛那菁兒嗎？……」

他不能再想了，半個時辰的憩息期間已過，他必須收斂混亂的思想，全神貫注地作最後一次運功。

只見他五心向天，三花聚頂，臉上露出一派和穆之色，漸漸，腦門上冒出絲絲白色蒸氣。

岩洞外是一片平沙，狹長而寬闊，再向前就是海岸了。

海水吞蝕著沙岸，倒捲起一條雪白的浪花，濤聲似有規律地響著。

四一 一劍光寒

驀然——

兩條黑影出現在海岸上，雖然隔得那麼遠，但是仍清楚可辨出這兩人異於常人的古怪外形。

尤其其中一個似乎手腳全都殘缺不全。

他們一邊走，一邊比著手勢，似乎其中一人是個啞巴呢。

漸漸近了，星光下依稀可辨那兩張恐怖的醜臉，竟然是那海天雙煞！

他們深知這荒岸上無人居住，是以毫無忌憚地走著，腳步聲很響——

黑暗岩洞口的辛捷被這種腳步聲驚起，他微睜眼睛一瞥——但這一瞥，令他再也無法平靜！

那醜惡的臉孔、殘缺的肢體，辛捷睡夢之間都不曾忘記過，那是不共戴天的父母大仇啊！

他也知道這是療傷的緊要關頭，一分大意不得，但他一連提了五口氣，想壓制胸中澎湃的怒潮，卻始終無法做到，其實以他的性子，就是內功再深幾倍也是枉然。

他嘆了一口氣，索性站起身來。他知道這一起身，又得花兩倍的功夫來補療。但他實在無法控制自己。

他試了試換氣，雖然行動已能自如，但是真氣卻無法凝聚，與人動手更不是時候。雙煞的腳步又近了些，他們似乎是直往這岩洞走來的呢。

辛捷焦急地想到：「若是平時這兩個魔頭送上門來正好省卻我一番奔波，因爲這兩個魔頭不比五大劍派掌門人，可以隨時隱居起來，那時要找他們就麻煩了。只是現在我無力動手，這便如何是好？難道眼看這兩人走卻不成？」

他急怒交加，一時莫所適從，雙手在身上亂摸，希望能找出一點可資利用的物品。

忽然，他的手指在襟前觸及一物，一個念頭一閃而過，他險些喜得大叫出聲——

只見他從懷中掏出一個小瓶，他心中暗道：

「北君金一鵬的『毒經』上說：這『碧玉斷腸』一經逼出，觸及空氣，立刻性質大變，由內發變爲外發，且喪失其潛伏性，並且普通螺蚌之肉即可解毒，是以威力大減。但此時我正好用它一用。」敢情那小瓶兒中正是集不凡上人、慧大師兩人之力所逼出無恨生身上的「碧玉斷腸」！

星光微微閃爍，辛捷移動身軀，到一個突出岩石的後面潛著，心潮起伏不定，腦海中萬念齊集。

海天雙煞來得近了，焦化、焦勞兩兄弟似乎也走得十分地疲乏，辛捷幾乎可以聞見那沉重的呼吸聲。

驀然，辛捷心念一動，飛快的拔開那玉瓶，單手提著向外撒去，碧玉斷腸液隨著他手臂轉動，也整整齊齊的撒在洞前佈下一個半圓。

斷腸毒液碧綠的水汁在天空中劃過，輕落沙土上，仍然發出一點淡淡的綠光，在黑夜中，並不怎麼顯明。

辛捷毫不停滯，抬手拾起兩塊拳大的石子，在一塊上面撒下一些毒液，準備下一步的工作。

天殘、天廢兩兄弟作夢也想不到這等荒僻的地方，正有一個生死對頭虎視眈眈的望著他們，只可惜他功力未復，否則早已跳身出來拚命了。兩人仍是一路筆直走來，倒是洞中的辛捷緊張得出了一身冷汗呢。

更近了，醜惡可厭的面孔在黑暗中更是森森可怖，辛捷默默呼道：「望父母在天保祐，讓孩兒保得一個時辰，困住這兩個畜——」

海風頻頻吹著，海天雙煞來得更近了……

辛捷不敢用手觸及那已帶有毒液的石子，用鞋尖找一塊沒有沾上毒汁的地方向上一挑，右手覷得清切，另一塊石子破空發出。

辛捷雖然功力未復，但暗器手法準頭仍在，只聞「嗒」的一聲清響，那帶有斷腸毒液的石子被後發的石子準確的擊上，剛剛要往下墜的勢子被一擊之下，再往前平平放出二三丈遠，落在地上。

辛捷噓了一口氣，閃身在石壁之後。

辛捷是何等手法，那石子一分不差的落在早先所佈的一個圈子毒線的後面五寸左右。海天雙煞如此功力，哪會不聞那石子墮地之聲，他倆可是跑了大半生的江湖，哪會不知這乃是江湖上所謂「投石問路」的方式？倆人一驚，齊忖道：「難道如此窮荒極僻的海島上仍有武林人士？」

他倆雖是吃驚，但倆人平日縱橫江湖，性格強悍，哪裡把這什麼「投石問路」放在心上？天殘焦化身體一掠，已到洞口——閃眼一瞥，並不見人影。

辛捷貼牆而立，眼睛瞪得大大的，暗中向那海天雙煞打量。

焦化一瞥不見人影，不由一怔，俯身一瞧，只見半丈以前一顆石子赫然在目，顯然是剛才來人用來問路的。

焦勞等著不耐，也掠過來觀看。辛捷身子靠在石壁上，這分緊張可夠瞧的。

海天雙煞目不瞬睛的注視著洞口，也不時掃石子一眼，辛捷急急忖道：

「千萬不要讓兩個老魔頭看出破綻才好……」

也許是由於心理作用的原故，這時刻裡，他備覺那石子上的毒液，發出一種刺目的綠光，海天雙煞此等經驗，沒有不發現的理由，但定下心來看時，那不過僅是一絲黯淡的綠影，以辛捷此等眼力，也僅隱隱辨出。

時間一分一秒的過去，辛捷知道這個防線若是被敵人看出，只不過一跨出之間，越過毒圈和石子，便能安然無恙，不由心中愈急。只見焦化沉吟一會，蹲下身子，伸手去拾那帶毒的石子。

辛捷一身智計，這石子是有意發出，落點在那毒線後五六寸，若是有人想撿拾，非得踏在毒線上不可，否則便搆不上位置，海天雙煞不能例外，焦化伸手試試距離，便知須要上前，於是微微移跨身子……

昔年黃豐九豪橫行神州，荼毒大江南北，江湖上白道人士不只一次要圍剿爲首的兩個魔星「海天雙煞」，由此也鍛鍊成「海天雙煞」的防人之心。平日路過，就是草木一動，飛鳥一鳴，也要追究其理，尤其是耳目失聰的天廢焦勞更是特別心細，也就是因此，他倆不知闖過多少險關，逃過多少生命之險。

本來有人投石問路雖不是什麼平常的事，也用不著如此緊張，但倆人生性猜疑，不肯輕易放過。

一分一分，焦化的手已接近那石子，他自然的再移動一下，正好移動在那條毒線上面。

洞中的辛捷，緊緊的咬著自己下唇，心情緊張之極。

驀然，焦勞突地伸手一抓，看模樣是要抓回那已中計的焦化——

辛捷大吃一驚，以爲他已窺破鬼計，急得一身冷汗有若泉湧，伸手上下一陣亂摸，驀然觸及那本金一鵬一生心血的毒經，心念一動，不管三七二十一，摸出來一下擲將出去。

本來，焦勞伸手欲抓焦化，只不過想叫他不要太忙，打算先也採用「投石問路」的方式，以問洞中有否人跡。他想叫兄長把那石子拾起打入洞中，去探虛實，但辛捷「作賊心虛」，誤解他的意思，慌忙擲出一本毒經，也許果真是辛九鵬夫婦在天之靈保祐，辛捷這一著可真碰上了。

辛捷的本意原是想要用毒經來誘惑雙煞，急動奪書之念而中毒受傷，這本是很渺茫的事，但他可不知道黃豐九豪之首「海天雙煞」一生最引為遺憾的乃是不能有一身毒術，是以他們往往動手殺人非得真鎗真刀不可，不能像毒君金一鵬一樣殺人不見血。

他們大半生的時間在江湖上混，極想尋找一部毒經，但卻始終不能如願，如今他們假如看見辛捷擲出的這本毒經，真不知要如何歡天喜地了。

「啪」的一聲清響，毒經落在地上，在寂靜的夜裡，這一聲響聲，立刻傳出老遠去。

天殘焦化機警的往後一退，打量落出來的是什麼東西，他一隻即將沾上毒液的腳，卻也因此退回——

洞中仍是靜寂寂的，可是，卻有　本書飛了出來。

「海天雙煞」到底是夠機警的，兩人一左一右斜斜竄開，以防洞口有什麼暗器發出。

焦化冷然哼了一聲，用比鬼哭還難聽的聲音叫道：

「洞中是哪位朋友？是『合字』上的朋友，有種就出來露個面，就憑咱們兄弟難道還不夠資格接待麼？」

他果然是道地綠林人物，出口便是江湖切口，洞中辛捷並不理會，卻暗悔自己心急，假如一計不成，又賠上這部毒經，可算是「偷雞不著蝕把米了」。

焦化叫了一遍，不見回音，哼道：

「不見棺材不流淚，朋友，咱們闖了？」

他口頭如此說，腦子可不作如此想，打一個手勢給焦勞，叫他暗暗跑到洞口去察看。

焦勞和焦化心意早通，一聲不響，掠到洞前，驀然，他瞥見那本落在地上的書的桑皮紙面上，端端正正的刻劃著兩個字——「毒經」。

這兩個字乃是焦化焦勞兄弟幾十年來夢寐以求的，竟然在這荒僻的海島上發現，他不由一陣狂喜，掠了過去，打一個手勢給焦化，伸手便拾。

焦勞五官不全，性情冷漠而異於常人，雖然機智過人，但是卻是精神恍惚，一旦有緊急事件發生，總是不能控制自己，他這時刻裡早就忘了提防，伸手拾起。

焦化到底不同，高聲叫道：「不忙——」

但他忘記弟弟乃是耳聾之人，一頓足，身體有如一支箭掠到弟弟焦勞身邊，看見那毒經端端就在眼前，心頭一陣狂喜，顧不得再阻撓胞弟，但他卻顧慮較多，一面去拾毒經，一面還劈空打出一掌，向洞中虛虛遙擊，以防有什麼毒計。可笑他倆一時聰明，到頭來仍是不能把握自己，而中了辛捷的毒計——

「啪」，四隻腳一齊端立在毒液所佈的圈圈上面。碧玉斷腸之毒天下無雙，毒性之烈，使得兩人腳上的鞋立刻破爛而沾到腳上，海天雙煞陡然醒悟，他們已知中了對方的毒，由於不痲不癢的感覺，知道這毒性非淺，他們連檢驗毒傷的工夫都沒有，立刻盤膝動用內功，那本夢寐以求的「毒經」，只差兩寸便落入手中，仍然靜靜的落在地上，海風吹拂過，翻開封面又落下，發出「律律」的輕響。

黑暗裡，洞中辛捷瞪著眼直到雙煞中毒而倒，才放心的吁了一口氣，安然一笑，盤在地上也開始用內家功夫去治療那仍然沒有痊癒的傷勢——

洞外洞內盤坐著三人，都是舉世高手，而且，他們之間又有著不共戴天的血仇，這樣的巧事，難道是老天有意安排好了的嗎？

到這裡，筆者似乎應該補述一筆「海天雙煞」爲何會到這窮荒極僻的地域來的原因——當年，關東九豪第一次解散之日，雙煞心灰意冷的來到這個島上，把這個島做爲老家，不斷的精研武學。

他們雖然屢遭挫折，但在這島上生活久了，雄心又發，終於離島再整旗鼓。

然而，這一次更是有如曇花一現，在攔阻辛捷一戰中，九豪幾乎全軍覆沒！雖然，他們以爲已經把辛捷毀了，但也沒法在江湖上立足。

等到辛捷在奎山無爲廳上聲威大振，他們獲知花了如此代價，辛捷卻並沒有死去，而且聽傳說，辛捷的功夫更是增加。

這個消息給雙煞帶來更大的打擊，他們簡直絕望了，他們想到假如辛捷這次再來報仇，他們可不是對手了。

求生的慾望，使他倆立刻解散黃豐九豪，在百無去處之下，他們決意到這荒島老家上來，卻是冤家路窄，在這裡，他們千方百計躲避的辛捷，也正在這裡！

三更時分，天色仍然是那麼樣黑，佈滿了星斗。

一個時辰很快就過去了，辛捷胸中灑然，內傷完全痊癒，他微微提一口氣，在體內完成最後一次圓滿的運行，躊躇滿志的走出山洞，斜眼睇那海天雙煞，仍然盤膝而坐，辛捷知道，他們的功力，僅能把毒性逼住，而不能自療，雖然，斷腸毒性已是大爲減弱。

辛捷緩緩踱到雙煞前面，拾起那本置雙煞於絕地的毒經，心中忖道：「毒經，又是毒經，救了我一命。」

辛捷把毒經收入懷中，雙手揚起，在雙煞頂心擬了擬，一掌便自拍下。

忽然，一個念頭閃過心頭，他忖道：「這樣子，我不費吹灰之力便能打死這兩頭畜牲，但這並非正大光明的手段，我辛捷怎能採用？嘿，這斷腸毒性大變，只消用海螺肉便能解得，我何不把他們的毒性解去，再用真功夫去拚命，反正我的功夫足以勝得兩人。」

心念既定，收回拍下的手，幾個起落，掠到海邊，捕捉十多個海螺，耐耐煩煩把肉拖出，拿去放在雙煞面前叫道：「喂，吃了這個便能解毒。」

雙煞雖然中毒，神智仍清，他們想不到洞中竟是他們到處躲避的辛捷，自忖必死，但見辛捷想下手又不下手，倒以爲辛捷有意要凌辱自己，他們平日凌辱人，到頭來要遭人凌辱，心中怒極，見辛捷忽又拖出螺肉給自己吃，真不能斷定辛捷是什麼意思。

辛捷見他們遲遲不肯吃下，冷冷道：「辛捷是何等人物，豈能拿毒食相害，這玩意可以解毒哩——」說著把肉遞著，站在一旁。

雙煞見他說得真切，一齊吃下海螺肉。

辛捷冷然道：「我就在這兒等你們傷好了以後來個算總賬——」

雙煞心知今日不能苟免，不如拚拚可能尙有一線生機，不再答腔，一同運功。

海螺肉果能解毒，不到半個時辰，焦化已是毒素盡去，看看辛捷，坐在自己身前約莫兩丈的地方監視著自己，雖是盤膝用功，但一雙神目不時閃來閃去，注視雙煞，像是貓兒守候老鼠一樣。

焦化不由怒極而叫道：「姓辛的，要戰便戰——」

辛捷冷冷接口道：「吵什麼，你的小畜牲弟弟還沒有好呢？」

焦化愈怒，長嘆道：「好！好——」

他一時怒聲口結，只「好！好！」接不下去。

辛捷不去理他，驀然立起，抽出長劍道：「千里迢迢，姓焦的你們趕來送死，今日之事，我辛某並沒有乘人之危，你們死也應無憾——」

他口口聲聲說雙煞必死，倒激起雙煞的凶性。焦化冷笑一聲，對焦勞望一眼道：「鹿死誰手，只怕未知！」

辛捷點頭，不再發言。

又過頓飯時分，焦勞也已康復，兩兄弟並立一起，半丈開外，辛捷抱劍而立，周圍的氣氛充滿著緊張。

天色黑暗，星光點點，夜色蒼茫——

辛捷抱劍默禱：「爸、媽，孩兒今日矢志復仇——」

禱畢長劍一揮，「嗡」的一聲，沉聲道：「送命來吧——」

海天雙煞並不怪辛捷如此狂傲，他們自知今夜之戰凶多吉少，但也只得硬著頭皮一戰。

辛捷長劍有如戟立，腳步一展，清嘯一聲，當先發動攻勢。當年，在龜山頂峰，辛捷曾被雙煞聯手之下，打下山谷，在荒山丘上，被九豪圍攻，也曾重傷垂死，這一次見面，不再客氣，出手之勢，盡是狠毒招式，非取雙煞性命而後甘心。

海天雙煞不等辛捷長劍攻近，四掌齊齊翻飛，各自動用內家真力，帶起了狂嘯風聲，排空迎擊而出。

辛捷冷哼一聲，長劍一指，下沉兩寸，一式「盤山下水」，「哼」的一聲，一股內家劍風自劍尖發出，直撞海天雙煞。

同時間裡，左手劈出一掌，也自取向雙煞下盤。

辛捷內力造詣突飛猛進，一拚之下，雙煞頓覺對方力道奇突，不由齊齊退後，而辛捷卻僅身子一晃。

辛捷不屑一哼，長劍再舉，一式「乍驚梅面」，平削而出。

海天雙煞之首天殘焦化猛然一屈身形，左右手齊揚，雙臂一合，所擊部位乃是辛捷腿上「關元」穴道。

同時天廢焦勞也自出招，一扳之下，打向辛捷左肩。

辛捷招式落空，不再用老，倒退一步，長劍往回一撤，一式「龍角立戟」，反擊焦化。

三人一招一式，不到盞茶時分，便拆了將近百招。

辛捷愈戰愈勇，長劍愈揮愈快，但見一團光影圍著四處閃動，海天雙煞漸漸已被逼在劍圈中。

黑暗中，一道光華有如龍飛鳳舞，看模樣，海天雙煞已然完全吃虧了。辛捷劍式不停，海天雙煞愈戰愈驚，完全處在下風。

驀然，焦化大喝一聲，一拳激揚而出。

這一拳焦化乃是想扭轉局勢，用出了一十一成真力，力道之強，竟微微帶有風雷之聲。

天廢焦勞心意已和焦化相通，焦化長拳才出，焦勞雙掌已是一式「雙飛掌」，斜飛而出，取向辛捷雙脅。

辛捷長劍如虹，一吞一吐，劍式微收。焦化鐵拳打出，觀得清切，閃出劍圈，長笑道：「怎麼樣？」

辛捷冷嗤道：「再試試看——」

長劍斜斜一劃，驀然變招式，一式「冷梅拂面」斜斜削出，辛捷乃是抱著取敵人性命而後甘心，這一招內力灌注，削出之後，劍氣有如驚濤拍擊，威勢駭人。

辛捷一生性情怪異而倔強，假若人有仇於他，他必以十分報復，何況海天雙煞乃是殺父殺母之仇人，他恨之入骨，看著兩兄弟一副不堪入目的醜相，愈是怒火膺胸，恨不得把兩人碎屍萬段。

這一式遞出，焦化大吃一驚，慌忙後撤，長劍一收再刺，用的乃是「大衍十式」中的「峰迴路轉」。這一式變化之多，令人咋舌，海天雙煞領教過大衍十式的威力，焦化身形不停，再向後退。

辛捷長劍一領，這一式變得好快，直刺變為橫削，焦化不防，立刻便要受傷，焦勞大大吃驚，卯足真力，一掌打出，拳風激盪，空氣發出嗚嗚之聲，好不驚人。

辛捷陡然覺得劍上好像被千斤錘打得偏一偏，準頭失去，心中也暗驚那焦勞掌力之重。

焦化之危既解，雙掌「雙龍出海」，並擊而出，辛捷驀然身體一仰，雙足連抬，踢向焦化下盤，焦勞配合哥哥攻勢，雙拳再擊，辛捷身子不穩，不能硬接，後退收招。

一連兩次，攻勢盡被那五官不全的廢人破壞，不由大怒，一劍斜斜飛起，打向焦化心口。

焦勞兩次得逞，鐵拳再揚，猛烈一擊。

辛捷冷冷一哼，左手一揮，一式「空空拳招」中的「萬泉飛空」，把焦勞萬斤力卸到一邊，焦勞身軀不穩，衝前數步。

辛捷恨透這傢伙，長劍一轉，一式「倒引陰陽」，反手削出。焦勞重心一失，腳跟不穩，敵劍已然攻近，立刻就得喪命。三丈以外焦化援救不及，只得空自著急。

焦勞生性慓悍，見自己性命難保，不由生出同歸於盡的想法，說時遲，那時快，天廢焦勞右手猛然一引，護住頂門，左手不顧敵劍，一拳對辛捷長劍上打出。

辛捷劍式如風，但聞「嚓」的一聲，天廢焦勞有口難言，那發不出聲的啞巴腔子硬生生由於劇痛的原故，「啞」的淒淒一吼，一條左臂已然被辛捷斬斷。

緊接著，「托」的一響，辛捷在百忙中避去焦勞拚命的一拳，那一拳中心而入，「托」的打在辛捷長劍鍔上。

辛捷但覺對方力道好大，手心一熱，長劍幾乎脫手而飛，鐵腕一挫，力持長劍，但聞「托」的一聲，精鋼製的劍鍔，齊柄而折，可知這一拳好不驚人！

辛捷劍式不停，反手一撩，焦勞但覺左臉一涼，一隻僅有的左耳被削去。辛捷咬牙切齒道：「你也有今天——」

劍子一抖，分心而刺。

這一切一切都在極短的一瞬間完成，天殘焦化身形才到，辛捷一劍已然分心直入，在天廢焦勞的身體上留了一個透明窟窿。

可憐焦勞一生作惡，到頭來仍在仇人劍下伏誅！

焦勞好不強悍，臨死猶惡，右掌臨空盲目一擊，只擊在地上，石屑漫天紛飛，煙霧迷漫。天殘焦化不去救援，眼見胞弟伏誅，自忖難與匹敵，乘著辛捷被漫天石沙迷濛之際，反身逃走。

辛捷何等功力，耳聞八方，已知焦化要逃，足尖著地，騰掠出那漫天灰沙，瞥目之下，見那天殘焦化已逃在五丈以外。

所謂天道不爽，無巧不巧，焦化一時心急忘記剛才中毒的情形，竟不提防地上的斷腸毒圈，天網恢恢，疏而不漏，天殘一腳正好踏在毒液上，身子一陣搖擺不定，毒性已然內侵。

辛捷仰天淒呼道：「爸、媽、看——」

說著長劍脫手而飛，把再度中毒的焦化貫心釘在地上。黃豐關中九豪之首——「海天雙煞」終於在這窮荒極僻的海島上，了結他們罪惡的一生！

驀然，一陣海風吹來，把辛捷的淒呼聲音傳至遙遠的天際，月兒、星星、清風，它們似乎也在爲孤子泣血椎心的淒呼而流淚……

良久，辛捷緩步上前，「嚓」的一聲拔出了屍體上的長劍。

他對地上的兩具屍體瞧都不瞧，卻仰首望著黑沉的天際。夜風中，微微星光下，他白皙的臉孔更加白了。

起初，他腦中亂極，像是萬頭千緒，卻又似一片空白。漸漸的，那些零亂的影子都成了完整的形象，一從他腦海中飄過——

那是多麼的深刻，多麼的清晰，就像昨天發生的一樣，雲南，昆明，滇池，辛家村……母親赤裸地在寒風中受著慘絕人寰的侮辱，那眼中所流露的絕望和羞怒……父親緊咬著牙，顫抖的手撫在他的頭上，牙根鮮血從牙縫中絲絲滲出……然後，死在仇人掌下……

這一幕一幕，有條不亂地閃過辛捷的心，辛捷心中有如怒濤洶湧般起伏不定，但他的臉上卻漠然得有如一張白紙。

他臉上兩行清淚緩緩地流了下來，一滴一滴在胸前，襟上頓時濕了一片。

他像一尊石像一般，保持這樣的姿勢至少半個時辰之久——然而他的心中，這刻似已足足過了二十年！

辛捷平日除了在吳凌風面前，總是陰沉而內向，感情深藏，這些日子來，他似乎對父母的大仇已是忘懷，直到這時，他手刃了海天雙煞，那隱藏在內心深處的感情全都爆發出來……

也不知過了多久，他喉嚨中發出低沉的聲音：「爸、媽，孩兒替您們報仇了——」

那眼淚如泉水般湧出，滔滔不絕。

忽然，他低聲唱了起來：

「南島烈烈，飄風發發，民莫不穀，我獨不害！
南山律律，飄風弗弗，民莫不穀，我獨不卒！」

他反覆地唱著，聲調愈來愈高，真如杜鵑泣血，巫峽猿啼。

「啪！」一聲，驚破沉寂的夜，也驚醒了癡然的辛捷。他低頭一看，手中長劍已被他折為兩截，左手執著劍身，右手只剩下一個柄兒。

他的雙臂緩緩垂了下來，砰的一聲，劍身和劍柄一齊在地上，他瞧都不瞧，轉身就走——不消兩三起落，他的影子已消失在重重的黑暗之中。

島上，靜靜的躺著也曾橫行一世的「海天雙煞」，在這荒島上，只有海水、浪花和平沙陪著兩個罪惡的靈魂，如果還要說有，那便是曾置他們於死地的斷腸毒液——

海岸上，辛捷高揚起帆，一舟輕輕滑出海岸，當天邊最後一顆星熄滅時，小舟只在模糊的地平線上現出一點影子。

黎明了，天際現出一絲曙光——

寧波，黎明——

金黃色的朝陽，照在港灣中，微微的波濤抓起一個個金色的尖兒。

晨風吹來一股鹹濕而略帶腥味的海的氣息，出港的船舶上，梢公們吆喝之聲此起彼落，不絕於耳。自古就是東南沿海的大港，最近由於港口水淺及泉州的興起，已逐漸顯得不及以前繁榮了，當年義大利人馬哥勃洛在元朝做官，回國後所撰的「東方見聞錄」中曾誇寧波日集雲帆千餘，為世界第一大港，這話雖然有點過分，但寧波卻是當時水運的大站。

正當大夥兒出港的時候，一隻落了帆的小船悄悄划了進來，那小船好生古怪，靠了岸之後，一個青年儒生走了出來，船上就再沒有人了，空蕩蕩泊在那兒，那青年儒生像是毫不理會那小船，獨個兒直走上岸。

港灣後面就是山坡，那青年一襲布衫，連行李包袱都沒有一個，卻逕往山坡上走去。

翻過山坡進得谷中，只見一片林木鬱鬱，與港口碼頭上那種熱鬧之景大不相同。

那青年略微佇了佇腳，仰頭看了看天色，朝陽下照著他挺秀的身材宛如玉樹臨風，白皙的臉上微帶著一絲憂色。

天上白雲變幻無際，他輕嘆一聲，自語道：「辛捷啊，天地這麼大，你到哪裡去尋菁兒呢？」

但是立刻，他臉上變爲堅毅之色，他暗道：「菁兒爲了我可以三番四次地捨命相助，難道我辛捷這點事就畏難了麼？就是走遍三江四海，我好歹也得尋著她。」

他繼續前進，脊背挺得筆直的。

沒有多久，他又佇足了，原來是遠處傳來一陣古怪的嘯聲，那嘯聲輕微得很，混在山風中簡直分辨不出來，但它才發出，他就佇足傾聽了，這種功力和機靈，當真說得上登峰造極的了。

他微辨了辨發聲的方向，身子一轉，藉著這一扭之間，身子竟然騰空飛出三、四丈，姿勢美妙已極。

不消幾個起落，他已接近了發聲之處，他自然地猛然停住，那麼大的衝勁在他雙足曼妙地一蕩之間全部消於無形，連地上塵土都不曾揚起。

他揉身躍上一棵大樹，俯視下去——

這一看，幾乎令他歡呼出聲——

只見下面一個少年正在練習拳腳，那嘯聲竟是從他揮動雙袖之間所發出的，只見他上下飛舞，身子輕靈之中自令人有一種穩重的感覺，這時他轉過身來，顯出一張俊美絕倫的臉孔，正是吳凌風哩！

辛捷在樹上強忍住歡呼，心中暗喜道：「大哥自服血果後，功力猛進，這月來不見，他功力有不少進益，這等絕世輕功除非是我，中原只怕還找不出第二個呢。」

四二 大戰島上

這時吳凌風手上招式愈練愈強，忽然一轉身呼地劈出一掌，激出漫天砂塵，他雙足一錯，一晃身又是一掌劈出，發出嗚嗚怪響，顯然力道比第一掌還要強，他掌勢未竟，身子一轉，又是一拳當胸推出，嗚嗚怪響愈趨尖銳，啪的一聲，遠在丈外的一棵碗口松樹竟然應聲而折。

他停下了手，偏頭想了想，悄聲道：

「這月來，我這『開山三式』似乎進步不少，只是第二招『愚公移山』轉到『六丁開山』時，似乎真力不如其他幾招那麼順和，大概是功力不濟的原故吧——嗯，我得好好練練，不然將來和捷弟一比，可差得遠了——」

忽然樹上傳出笑聲，一個清亮的聲響：「嗯，我也要多多練習，不然將來和大哥一比，可差得遠了——」

吳凌風一聽，驚喜過望，大叫一聲：「捷弟！」

聲猶未了，辛捷已如一片枯葉飄落在眼前。

吳凌風見他口角帶笑，正待發話，辛捷忽然大喝一聲：「接招！」

當胸一掌劈出，力道之強，令吳凌風衣袂飄發。

吳淩風大吃一驚，但本能令他微退半步，左掌一圈一抓，打算消去來勢。

哪知一抓之下，抓了個空，辛捷右掌極其飄忽地抹至，五指分張處，正是自己當胸五穴。

吳淩風不及細思，向左一側，右掌卻從右面弧線攻出一式，時間空間都配合得美妙無比，正是「破玉拳」中的絕著——「石破天驚」。

辛捷叫了聲：「施得好！」左手一翻，五指齊出，正是平凡大師新近傳授的「空空掌法」中的「萬泉飛空」。

他這一式正逼得淩風施出「開山三式」中的第一式：「開山導流」。

吳淩風叫道：「捷弟，你怎麼——」

但手上卻不容他稍緩，他身子一轉，一記劈出，正是開山三式中的「開山導流」。

當他勁力才發，他立刻想到：「對了，必是捷弟方才在樹上見我練拳，又聽我說的話小性子發了，要找我爭個勝負，我本非他對手，何必和他爭鬥？讓他佔點上風便了。」

電光火石間，他硬是收回兩成力道。

哪知辛捷一晃身繞到他背後，雙掌齊發，所取部位極是古怪，迫得吳淩風只好施出第二式「愚公移山」。

辛捷陡施「詰摩步法」，一晃而退，單掌橫飛，正是「空空拳法」中的十一式「空實兩無」。

辛捷所取所立的部位，正是「開山三式」最後一式「六丁開山」最有利的地位，凌風毫不思索地被引出第三式！

「愚公移山」轉爲「六丁開山」時，吳凌風胸前同樣又覺得真力不暢，卻見辛捷並不硬接，只是閃身而避。

正古怪間，辛捷又是「萬泉飛空」打來，迫得他再施第一式「開山導流」。

吳凌風原本聰明絕頂，見辛捷不停引他施這三招，心中猜想捷弟如此必有深意，當下凝神貫注。

果然辛捷又是同樣招式引他第二式「愚公移山」。

接著，辛捷還是以「空實兩無」引他施出「六丁開山」，但這次辛捷身軀突然在空中一滯

本來他「六丁開山」是直胸而出，但這時他不得不猛然倒轉真氣，斜劈而出，哪知「砰」的一聲，力道反而加強，丈外一棵大樹葉子都不曾晃動一下就應聲而折！

而且吳凌風突然發現原先施到這裡胸中那種不暢的現象已全然消失。

他呆得一呆，又從「愚公移山」換到「六丁開山」，依樣將真氣倒轉，斜劈而出，果然胸中暢然，而且力道猶大。

他一喜大叫出聲，知道辛捷看出自己毛病，故意引自己自動改正，心中不禁大是感激，叫道：「啊，捷弟，真該謝你，你怎麼看出這毛病來的？」

辛捷笑道：「我也是新近學了平凡上人一套『空空拳法』才悟出這道理來的，我瞧你那

『開山三式』威力雖猛，但似乎運氣略有不對勁的地方，方才在樹上和空空拳法的拳理一對應，就知道啦。」

凌風道：「捷弟你真好福氣，連得世外三仙的真傳，這一趟必然收穫極多吧——啊，我差點忘記告訴你，有一個姓張的小姑娘到處尋你，我告訴她你多半在大戢島，她就匆匆跑去了——」

辛捷一聽躍起丈餘，大叫道：「大哥，快，快走——」

說罷轉身就跑，吳凌風叫了一聲，也拚命追了上去。

辛、吳兩人飛奔而前，不消片刻又回到港邊，辛捷一看自己駕來的那小船仍泊在那裡，只是岸邊圍了許多人，似乎在看那奇怪的無主怪船。

辛捷一挽吳凌風手，陡然躍起，刷的一下越過眾人頭上，落在舟中，借那衝力把小舟划出數丈，兩槳一扳，已如箭一般出了港灣。

空留岸上的眾人驚駭得目瞪口呆！

小舟出了海，辛捷才把自己和菁兒的關係及華夷之爭、無恨生療毒等說了一遍，最後說到自己大仇已報，凌風不由喜向他恭賀。

但是吳凌風立刻想到自己大仇未復，還有阿蘭也沒有尋著，心中一時憂悶起來，不由嘆了一聲。

辛捷冰雪聰明，撥了兩槳，輕聲道：「大哥！」

吳凌風應道：「嗯？」

辛捷低聲道：「咱們再回中原第一件事就去尋赤陽、厲鶚、苦庵他們，了一了伯父和梅叔叔的大仇。」

吳凌風知他安慰自己，心中正是徬徨無依的時候，聽到這話一時激動，一把抓住辛捷的肩膀，顫聲道：「捷弟，你真好——」

辛捷感情更易衝動，他也握住吳凌風的手，堅決地道：「大哥，待咱們報了仇，那時，我們兄弟倆仗劍江湖，轟轟烈烈幹一番！」

凌風聽他說得豪壯，心中愁思大減，哪曉得不知為什麼，突然阿蘭的面容異常清晰地浮在他眼前，他心中猛然一震，一種不祥的預感籠罩著他——

辛捷猛一轉舵，大戰已然在望！

日當正中，光輝人目。

大戢島海岸已到，辛捷和吳凌風雙雙從小船上走了上來。

忽然辛捷嘆了一聲，凌風抬頭一看，只見一個人從沙灘那面低著頭緩緩走來，仔細一看，低聲驚叫道：「孫倚重！」

辛捷定眼一看，正是那武林之秀孫倚重。

辛吳二人上前幾步，高聲叫道：「孫兄，別來無恙？」

那孫倚重抬頭看他們，笑了笑，又低頭前行，那一笑似乎十分勉強。

辛捷奇異地對凌風望了一眼，再看那孫倚重雙眉微蹙，沉著臉孔，似乎十分不高興的樣子。

辛捷待走近又問道：「孫兄，平凡上人在島上麼？」

孫倚重點了點頭，忽然對二人苦笑一下，匆匆走到海邊，駕起一條小船，揚帆而去。

走得幾丈，忽然一條人影一晃，輕飄飄地落在兩人面前，那分輕靈直令人有忘卻重量的感覺。

兩人定眼一看，正是大戢島主平凡上人。

辛捷連忙施禮道：「上人，晚輩來看你啦。」

平凡上人呵呵大笑道：「娃兒別騙我老人家啊，我瞧你臉色不對，定是有事要找我，卻說什麼來看我——咦，這是誰啊——」他打量了吳凌風兩眼，裝著從來沒有見過的模樣道：「這是誰家的娃兒，長得好俊啊，嗯，我老人家年輕的時候恐怕沒有這樣俊哩。」

吳凌風早從辛捷口中知道這位蓋世奇人的脾氣，連忙施禮道：「晚輩吳凌風，參見前輩。」

平凡上人嘖嘖連讚吳凌風長得俊，然後才道：「娃兒來找我老人家準沒好事。什麼事啊？」

辛捷道：「無極島主的女兒張菁，不知有沒有來過這兒？」

平凡上人愕了愕道：「沒有啊——」

辛捷心中頓然一急，但他仍勉強裝著笑了笑道：「啊——啊——」底下的話卻再也說不出了。

平凡上人道：「你可是替那無根牛尋他的女兒？」

辛捷心中焦急不堪，根本不曾聽見他說什麼，只心不在焉地點了點頭。

平凡上人見狀忽然怒道：「可是那無根生逼你尋他女兒？哼，別怕他，他若再逼你，我老人家可不依——」

辛捷忙道：「不是，不是。」

平凡上人笑道：「管他是不是，咱們先進屋去再說。」

辛捷道：「菁兒既不曾來過，咱們就不打擾了——」

平凡上人一瞪雙目道：「什麼？你們就要走？那可不成——」

辛捷和吳凌風見平凡上人大發脾氣，知道他生性如此，不由為之暗笑。辛捷忍笑道：「不走！不走！」

平凡上人轉怒為喜道：「不對你們兇一點，你們不知道我的厲害。」

吳凌風再也忍不住笑了出來。

平凡上人忽又道：「你們剛才來時，一定看見那孫倚重了。」

辛捷點點頭。他知道平凡上人的脾氣，這樣子說法必定有什麼事要交代。

平凡上人頓了頓，卻又轉口道：「那日在小戢島上，你曾應諾無根生去幫他尋找女兒，但這樣大的天下，你卻到哪裡去找——」

辛捷聽後不由更是好笑。他知道平凡上人必有什麼難於出口的事，又不好意思直接說出來，所以才露出一點口風，想叫辛捷主動去問他才好啓口，但辛捷故意裝作不理，只好胡謅信謅些閒話。

辛捷心中暗笑，口中含含糊糊「哦」了一聲。

倒是凌風在後面忍不住想插口相答，卻被辛捷止住。

平凡上人這句話問的根本沒有經過大腦，自己也不曉得自己問的是什麼，心中不斷的盤算著，聽辛捷嗯嗯哦哦，也跟著頷首「哦」了一聲。

辛捷知道自己所料不虛，不由衝著平凡上人一笑。

平凡上人心中盤算不定，見辛捷一笑，跟著也是傻然一笑。

半晌，他見兩個少年都目睜睜的注視自己，心中一急，再想不出方法來開一個頭兒，便咬牙道：「孫倚重這小子，你見他走了麼？」

辛捷、凌風一齊頷首。

平凡上人接口道：「對了，對了，你們一定很奇怪是嗎？要知道其中有一段很大的原因哩！內容很爲精采，你們要聽嗎？」

他一急之下，想不起別的方法引兩人答話，竟用這種無賴的方式。

辛捷和凌風哈哈一笑，平凡上人不由微感尷尬，大聲佯怒道：「笑什麼？」

凌風嚇了一跳，忙止笑道：「不笑！」

平凡上人滿意的自我一笑，說道：「那我就講了——」

原來當日平凡上人答應了少林群僧要教孫倚重武功，原是不得已之事，他天性無拘無束，要他一招一式傳人武功，真是大大難事，那武林之秀孫倚重又不似辛捷善於說笑討好，整日只是恭恭敬敬不苟言笑，平凡大師愈瞧愈不順眼，尋思擺脫。

他想了半天，終於想出一條妙計，他每天教孫倚重一大堆少林絕學，限令他當天練好，否則就不再教，他原以爲可以找到藉口，趕孫倚重離島。誰知孫倚重外表莊重守禮，人卻是聰明得很，深知自己擔負整個少林寺復興重任，是以咬牙拚命把平凡上人所授生生記下練會。

平凡上人見一時難他不倒，只有每天加重功課，這天，他一口氣傳了孫倚重一套少林絕藝「百步神拳」，再加上「大衍十式」，孫倚重自是無法練會，平凡上人便板著臉道：「我老人家每天辛辛苦苦教你，哼，你竟敢不用心學，明兒就上路吧！」其實他心裡頗感慚愧，因爲孫倚重實在很是用功。

孫倚重雖知是祖師爺有意爲難，但他不敢頂撞，嚇得只是叩頭求饒。

平凡上人更是不喜，搖手道：「起來，起來，別再做磕頭蟲了，我老人家說一就一。」

孫倚重無奈，他心內暗忖這一個月自己確是學到許多絕世奇學，但有些東西只是硬生生背下來，並不知其中奧妙之處，自知再練下去，一定事倍功半，倒不如先停一段時間，待自己參悟練熟後，再來求教，便道：「靈空高祖師爺，我明兒就走，等過些時候再來看您老人家。」

平凡上人聽他肯走，心內如釋重負，也不管孫倚重日後是否真會再來，連聲道：「那很好，那很好。」

他轉眼一看孫倚重滿臉失望黯然，不覺微感歉意，柔聲道：「娃兒，你可不要氣餒，我老人家一身本領差不多都傳給你啦，好好去練，哼，江湖上只怕難碰到對手了。」

次日，平凡上人正把孫倚重打發走，辛捷和吳凌風就趕到大戢島來，平凡上人自覺趕走孫倚重的妙計，真是大大傑作，是以迫不急待就向辛、吳兩人吹噓。

辛捷讚道：「您老人家這著真高明，硬軟並施。」

平凡上人大樂，呵呵笑道：「娃兒，我老人家生平吃捧受激，少不了又要傳你兩手。」

辛捷大喜，正待開口稱謝，忽見日已偏西，想到此行目的，驀然一驚，便想又向平凡上人告辭。

忽然，一陣令人心曠神怡的清香，隨著涼風吹了過來，吳凌風只覺那香氣甚是熟悉，他猛嗅了幾口，一個念頭闖上心頭，也不及向二人說，便順著香氣飛奔過去。

辛捷心道：「我吳大哥平常做事從容不亂，從沒有見過他這麼匆匆忙忙過，一定是發現了什麼驚人大事。」便要舉步跟蹤上去。

平凡上人神秘一笑，低聲道：「娃兒，咱們偷偷跑過去，看那傻娃兒搗什麼鬼。」

辛捷一看平凡上人神色，便知他已明白吳凌風行爲，當下點點頭，就和平凡上人施展輕功，追上前去。

跑了一陣，香氣愈來愈濃，平凡上人忽道：「就是這裡了。」他一拖辛捷，就在一塊大石後隱身。

辛捷露出一隻眼睛，只見凌風站在四五十丈外一塊突出岩石上，手舞足蹈，神色歡愉已極。

平凡上人悄聲道：「娃兒，你瞧那石旁生的是什麼？」

辛捷一瞧，但見一棵橫生小樹，長在石壁中，絲毫不見特異之處。便道：「您指的是那棵小樹嗎？」

平凡上人點頭道：「正是。」

忽又道：「娃兒，你瞧他口中唸唸有詞，咱們再走近些去聽聽。」

辛捷回頭見平凡上人滿臉躍躍欲試之色，不由好笑，暗道：

「這平凡上人苦修三甲子，輩份之尊，武功之高，只怕普天之下再難找出第二人，可是他脾氣卻還是好勝好奇，唉，所謂『江山易改，本性難移』。天性，那是最難改的，像我這樣偏激衝動，也不知哪天才能變得像我吳大哥一般。」

平凡上人見他不語，便不埋會他，輕步走向前去。辛捷沉吟了一下，也跟了過去。

辛捷隱伏在離吳凌風近旁兩三丈石後，吳凌風全神注意那棵橫生小樹，是以並未發覺。

辛捷仔細一看，只見那樹光禿禿不生一片葉子，但是尖端卻生著一粒紅如血的小果，他略一沉吟，不由恍然大悟，忖道：「這果兒只怕多半是大哥上次墜下泰山懸崖巧食的血果。」

他再一看，吳凌風左手抓住樹枝一蕩，右手已把紅色果子採到，身子輕盈美妙，不由喝聲采道：「好功夫！」

吳凌風聽到辛捷聲音，正想發話招呼，平凡上人也從近旁現身。

平凡上人道：「好呀！我老人家辛辛苦苦栽的血果，等了百年之久，好不容易今天才結果，你卻採了去，快拿來，快拿來。」

吳凌風心道：「這平凡上人年已二百有餘，他說此樹是他所植，此事大有可能，他既等了百年，我豈能採摘而去，唉，罷了！罷了！」

他毅然把血果交給平凡上人。

平凡上人見他又失望、又焦急，俊臉脹得通紅，知他心中極想獲得血果，但卻能毫不遲豫的還給自己，這種品行真是難得，便想把血果贈給吳凌風，但忽轉念又想道：「我再急急他，瞧瞧這傻娃急出眼淚，也是好的。」

他高聲道：「這血果可是天地間三大靈果，天下只有無極島主無恨生所食的千年朱果，功效高過血果。喂，我老人家可要吃了。」

說罷，他真的舉起手，把血果送到口邊。

他原以爲吳凌風會大急失色，只見他神色平和，似乎認爲這是很應該的事，不由大大感動，柔聲向吳凌風道：「娃兒，我老人家是給你開玩笑的，我老人家已成不壞之身，豈能再像那沒出息的無恨生，靠草木之功增加功力，喂，娃兒，你把血果拿去。」

吳凌風心情大是激動，雙手顫抖接過血果，解開衣襟，從懷中取出一個小玉瓶，趕快把血果放進去，他正忙著，「啪」的一聲，掉下一本小冊。

凌風愈想愈是感激，情不自禁的撲上前去，抱著平凡上人，流下淚來。他哽咽道：「老……前……輩，您待我真好。」

平凡上人摸著他的頭道：「乖娃兒，快莫哭，快莫哭，一哭就膿包了。」

吳凌風收淚道：「並不是風兒想得血果，實在是我有一個朋友，她雙目失明，風兒答應過就是走遍天涯海角也要尋到血果，使她重見光明，上次我在泰山丈人峰下，誤食一棵血果，起初我並未想到那是千載難逢的靈果，待到我吃下後，這才想起正是自己日夜相求的東西，已是後悔莫及。我只道今生再難逢到，想不到您這島上也有這樹，而且正好趕上它結果，運道真是好極啦。」

平凡上人見他喜氣洋洋，俊臉發出一種令人迷惘的光輝，但眼角淚痕猶存，實是天真可愛，他忽靈機一動便問道：「你那朋友一定是個女娃兒？你可要老實講出來。」

吳凌風萬料不到他竟會問這個問題，他生平不善說謊，只好紅著臉點頭說道：「是！」

辛捷本來正在翻閱從地上撿起的小冊子，突聽到他吳大哥有一個女朋友，連忙也湊上來，聚精會神的探聽。

平凡上人問道：「她為什麼瞎了眼呀？」

吳凌風知道不能隱瞞，便把自己和阿蘭的經過源源本本的講了出來，待他說到阿蘭負氣離走，人海茫茫自己不知何處去尋，不禁又垂下淚來。

平凡上人只是搖頭，反覆道：「娃兒，我早就說過天下最難惹的莫過於女人，我老人家什麼都不怕，就怕和妞兒打交道，上次要不是辛捷這娃兒識破那什麼『歸元古陣』，我老人家可就要栽到老尼婆手中。你兩娃兒長得都俊，以後麻煩還多哩！」

辛捷聽完吳凌風的敘述，心情大是激動，熱血直往上衝，忘記了自己也正要尋找著菁兒，就要動身替吳凌風尋找阿蘭，是以並未聽清平凡上人所說。他道：「吳大哥，我們這就動身去找蘭姑娘。」

吳凌風好生感激，正要開口向平凡上人告別，平凡上人忽對辛捷道：「娃兒，你手上拿的是什麼書？」

辛捷答道：「這是吳大哥剛才身上掉下來的，裡面全是些鬼畫符……」

吳凌風接口搶著道：「這是我師叔祖東嶽書生雲冰若轉送我的，他說是一個天竺僧人臨死之前交給他的，裡面全是練輕功的密法，可惜全是梵文，任誰也看不懂。」

平凡上人連聲催促道：「快給我看看。」

辛捷急忙遞了過去，平凡上人翻了數頁，臉色突變凝重，轉身就向屋中跑去。

凌風想跟過去，辛捷連連阻止，說道：「大哥，你還記不記得那天我們在『無為廳』鬥那蠻子金魯厄的情形？」

吳凌風想了想，大喜道：「對了，對了，敢情上人是懂得梵文的。」

辛捷點頭道：「正是，我看平凡上人多半瞧出了什麼特別事故，需要一個人靜心參悟，我們且莫去打擾他。」

吳凌風道：「那麼乘這時候，你作嚮導，帶我遊遊大戢島可好？」

辛捷大聲叫好，兩人攜著手，就向島後走去。

四三　摩伽密宗

那大戢島後島原是海中珊瑚礁會成，是以島上寸草不生，兩人走近海邊，但見怪石嶙嶙，孤峰挺挺，黃沙漠漠，宛如沙漠風光，氣勢甚是雄偉。凌風道：「古人都說北山南水，想不到在這江南海外孤島，竟有如此宏偉景色，天下之大，真是無奇不有了。」

驀地，一個大浪打向岸邊，捲起千百塊碎岩，帶到海中。

辛捷高聲吟道：「大江東去浪淘盡，千古風流人物……」

他吟到這裡，忽然止住，心內想到：「大江猶能如此，何況一望無垠的大海哩！人生在這世上，那真是渺小得很，任你是蓋世英雄，到頭來也不過是一坏黃土，我，我可要在這有限的年華，做出些輝煌令人永遠不忘的大事，這才不辜負父母生我，梅叔叔教我的一番心血。」

頓時，他雄心萬丈，轉身對正望著遙遠海平面的吳凌風說道：

「吳大哥，咱們先去把厲鶚那般賊子宰了，再去找阿蘭和張菁。」

吳凌風也是豪氣干雲，立刻點頭答應。辛捷又道：「大哥，我上次被恆河三佛掌傷，我自己用內功療傷時，我一直苦思一個問題，現在我可想通了，一個人在世上，如果只是徒然武藝高強，只是使人人怕你，那有什麼意思？要人人都敬重你、心服你，才是真正的英雄豪傑。從今以後，我可要向這方面努力，只是我天性太偏，大哥，你可要好好指導我，教訓我。」

吳凌風聽他說得很是誠懇，再看他臉色平和悠遠，昔日那種高傲和對任何人、任何物都略帶輕藐的眼神，已被一種飛逸正直取代，不由大喜，伸出右手抓著辛捷左手道：「捷弟，恭喜你，你又進了一步啦，雲爺爺說過，要練成絕世武功，不但要天資敏悟，而且要胸懷寬闊，能夠包羅萬象，你的天資是沒有話說的，現在你能悟到善惡是非，不再隨性而爲，有仇必報，那胸襟自會開朗，海闊天空，日後的成就，真是不可限量哩！」

辛捷見他稱讚自己，心中感到有些不好意思，便拉開話題，笑道：「大哥，能使你這種絕世美男子如此深情的姑娘，只怕是天香國色呢！」

吳凌風道：「捷弟你別取笑，我曾見過的女孩子，論美，自然要推張菁第一啦。」

辛捷很感受用，凌風忽正色道：「捷弟，張姑娘是個很善良的女孩子，你可要一心一意愛她、保護她。哦！對了，上次你被關中九豪重傷時，口口聲聲喊一個姓方的和一個姓金的姑娘，她們可都是誰呀？」

辛捷黯然，便把金梅齡失蹤，方少堃嫁給天魔金欹的經過，除了難於開口的地方，都講了出來。

吳凌風道：「原來你是爲了方姑娘，這才挺身受恆河三佛一掌，你這樣爲她捨生擋敵，總算報答了她一番深情，她現在已有歸宿，那很好，只是金姑娘……好在張菁心地善良，總有解決的辦法。」

辛捷激動道：「大哥說得是，我常常想，眾生芸芸，可是就有那樣巧，從千百個人中，你就只會愛上她一個，那麼你爲她犧牲，爲她拚命，很當然的事了。」

兩人互吐心事，談得很是融洽，如海一般的友情滋潤著他們兩顆赤子之心。天色漸漸暗淡下來。

凌風道：「我們一起去看看平凡上人去。」

兩人慢慢走到島中平凡上人住的小屋，平凡上人坐在桌邊，正在沉思，忽然他大聲一拍光光的大腦門，高聲叫道：「對了，對了，這幾手倒真妙。」

說罷，他就向辛、吳二人微笑道：「兩個娃兒，咱們來賽賽足力，你們兩個全力向前跑，看我老人家表演一手給你們瞧。」

辛、吳二人雖然莫名其妙，但知上人必有深意，便各展上乘輕功，依言向前奔去。

奔了一陣，二人但覺背後毫無聲音，知道平凡上人並未跟來，但反身一看，大吃一驚。原來平凡上人好端端站在身後。辛捷不服，發足狂奔，這回他可留意身後，只見平凡上人雙足離地數寸，緊緊跟在身後，也不見他起步用勁，真如凌空虛渡，瀟灑已極。

辛捷止步道：「您老人家這手真帥，這是那秘笈所載吧！」

平凡上人點點頭，吳凌風也趕上前來。

平凡上人對辛捷道：「娃兒，天下輕身工夫，你道哪種身法最爲神妙？」

辛捷答道：「依晚輩想，如果要算身法神奇難以捉摸，要推小戢島慧大師的『詰摩步法』。」

平凡大師點頭道：「我老人家也是這麼想，可是你上次看我們『世外三仙』大戰『恆河三佛』，你可瞧出什麼異樣來？」

辛捷道：「晚輩覺得那三人輕功之快，真有如鬼魅，要論速度，比起慧大師的『詰摩步法』，恐怕尚高一籌。」

平凡上人喜道：「娃兒，真聰明，我老人家當天等『恆河三佛』走後，苦思他們身法，只覺與中土各門各派大不相同，想了半天，也想不出什麼道理來，剛才一看此書，這才恍然大悟。」

吳凌風插口問道：「這本書上記載的，可就是恆河三佛那一門的輕功嗎？」

平凡上人讚道：「你也不笨，來，來，我講個故事給你們聽。」

平凡上人道：「恆河三佛這一派原是大竺摩伽密宗，教中弟子一生苦修，精研佛理、武功，是以代代都出了不少神能通天的得道高僧，但是教長大位傳到這恆河三佛手中，這三人雄才大略，怎肯潛身苦修？是以改變教規，廣收弟子，不但獨霸天竺，竟想擴展勢力於中原。」

辛捷憤然道：「只怕沒有這麼簡便。」

平凡上人接著道：「恆河三佛一共收了六個徒弟，其中最小的就是上次在無爲廳耀武揚威的金魯厄了。這六個人中，第四個是個苦行僧，名叫巴魯斯，他因看不慣師父倒行逆施，手段狠辣，便常常進勸忠言，但他師父們不但不聽，反而對他厭惡起來，厲害的武藝也不教他。」

「後來，有一次，一個天竺人拿著祖傳的秘笈投奔恆河三佛，教他練書上武功，而恆河三佛也可以照書練習，這人對於武學，可說是完全不懂，他知自己這本祖傳秘笈，的確載有一種至高功夫，他訪問了許多武師，沒有一個人懂得書上的功夫，最後聽說恆河三佛武功是全天竺第一，便想出這個交換的方法。」

辛捷忍耐不住，插口道：「那就是我大哥這本秘笈了？」

平凡上人道：「正是這本，這小冊原是達摩秘笈中的輕功篇，恆河三佛一見，自然是大喜過望，但他們怎能容許天竺境內再出高手？是以不但不教那人功夫，反而暗暗把那人害了，這本秘笈便被他們三人據爲己有。」

辛捷道：「恆河三佛武功雖然高強無比，想不到人品卻如此卑下，哼，下次再撞著他們，好歹也要了個死活。」

平凡上人接著道：「這事被他們第四個弟子知道了，他冒死阻止無效，知道師父對自己已存疑心，本人又不願同流合污，想了半天，只有逃走一條路。但他一想，三個師父現在武功已是難逢敵手，將來練成經上功夫，豈不是如虎添翼，任他爲惡，無人能制了嗎？於是偷偷乘大家都不注意，偷了秘笈逃去。」

「這人品格甚是高尚，他爲了表示自己盜書並非是想偷學，而是防止他師父異日武功太高，肆意爲惡，是以立誓終身不看書中所載。他在中土數十年，恆河三佛因爲羽毛未豐，是以並未到中原追捕他。娃兒，他怎麼把這本書交給你雲祖師叔，你一定知道的。」

吳凌風聽得入神，聞言答道：「雲祖師叔有一次遇到他被幾個人圍攻，出手救了他，但他已身受重傷，自知必死，是以把這秘笈送給祖師叔。」

平凡上人道：「這書上所載的確是非同小可，那恆河三佛只學會了一半，是以身法輕盈有餘，卻嫌不夠凝重。後半部所載是要有極上乘的內功才能練習，所以就是那苦行僧不偷去，恆河三佛當年也不能練。」

辛捷、吳凌風不約而同問道：「您老人家剛才那手凌空虛渡，可是這書後半部所記載的嗎？」

平凡上人不答，忽道：「娃兒，上次恆河三佛沒有討到便宜回去，他們心懷叵測，雖然他們本人不會再冒然入中原，但是他們那個小徒兒金魯厄上次在大庭廣眾中栽在辛捷這娃兒手裡，遲早要報仇。」

說到這裡，平凡上人忽然住口不語，雙目微翻，好半天才道：「娃兒，你把老尼婆傳給你的詰摩步法施一遍瞧瞧。」

辛捷當下把四十九路步法施完，平凡上人笑道：「這『詰摩步法』你就是不施，我老人家也知道它的好處，臨敵之際果真妙入毫巔，所以這就奇怪啦——」

凌風道：「奇怪什麼？」

平凡上人道：「這天竺輕功如論快捷確是世上無雙，詰摩步法也不是對手，但是恆河三佛似乎沒有學全，臨敵毫無精微變化，但是以恆河三佛的功力，臨敵之際也不知變化，難道他們學了這套輕功，只是爲快而已嗎？」

辛捷、吳凌風兩人也覺奇怪，平凡上人又道：「如果我老眼不花，這天竺輕功必然還有一樁奇特功用，日後你們若再碰上恆河三佛，就知我所言不虛了——好啦，既然這書是你們的，我就把這輕功訣要教你們吧。」

當時他便把輕功密訣傳給兩人，兩人都是絕頂天資，自是一點即透。

等到輕功傳授完畢，辛捷猛一回頭，只見日已落西，連忙起身告辭，平凡上人見兩人都是面帶焦急之色，知道兩人都有「急事」，微微一笑道：「要走就走，我老人家可不稀罕。」

辛捷、凌風二人施了一禮，飛快輕身而去，身後傳來平凡上人內力充沛的笑聲。

在船上，辛捷、凌風計劃好先上崆峒找厲鶚討回寶劍，順便約好四大劍派一算老賬，而且也可以沿途尋訪菁兒和阿蘭的消息。

十天之後，江湖上傳出一件事來，「梅香神劍」辛捷和「單劍斷魂」的兒子吳凌風上崆峒尋厲鶚，厲鶚卻避而不見，敏感的人會感覺到劍神厲鶚「天下第一劍」的頭銜將不保了。

事實上，自從當日泰山大會之後，劍神厲鶚就始終不見了蹤跡！慧心人必然知道這其中有什麼古怪吧！

初冬時分。

寒涼刺骨，北風肆勁——

號稱神州第一劍派的崆峒，整個名山埋在一片白雲之下，銀色茫茫，一片肅殺淒涼之色。

也許是地勢高，氣候愈寒。昨夜裡鵝毛大的雪花漫天飛舞，陰霾沉沉的天空，一早還是絲毫不散，只是天公作美，倒是大雪停了下來。

青元觀——這號稱神州第一劍派的發源地，在大雪滂沱中巍然矗立。絕早，觀前便有一對面清目秀的幼僮在忙著打掃門階。

大雪方止，山頂上積雪盈尺，兩個青衫幼僮各持一柄掃帚，使勁的拂掃，瞧他們舉手投足間，顯然甚是有力，飛掃雪花，絲毫不露畏縮之態，到底是名門大派，連這等小僮也是一身功夫。

靜極了，夜來大雪飄舞，天寒地凍，一切生物都畏縮不前，是以整個崆峒山上寂然無聲，只有兩個幼僮一面打掃，一面嬉笑，發出的嬌嫩童音在空氣中動盪。

他們兩人手足並用，不一會便掃開一條很寬的甬道，長長地通出去。看看他們的年齡，較年長的才不過十三四歲，那較小的，才僅僅十歲左右，兩人到底童心未泯，再拂得幾掃，一齊停手，那小一點的道：「清風哥，我不想掃了——」

那被稱作清風的年齡較長，隨口道：「看看天色，不出正午又有一場大雪，咱們是白費心力了——」說著指指那陰霾的天色。

那小一點的嚷道：「既是如此，何必還要打掃——」

清風答道：「說是如此，我也不想掃了，來，明月弟，好久沒有練習過招了，聽說日前諸葛叔叔指點了你那套『追雲拳』——」

他所說的諸葛叔叔不用說，便是那武林第一劍——劍神厲鶚手下的「三絕劍客」之首諸葛明了。

那明月小童不待清風說完，搶著道：「對啦，對啦，追雲拳……咦……」

他話尚未說完，眼珠滴溜溜的打轉，驀然驚咦一聲。

清風大感奇怪，大聲問道：「什麼？」

明月伸出小手，指指那座道觀，道：「哥哥，你看是誰到咱們觀來投柬帖子——」

清風順著他手指的地方看去，只見青元觀的門牌上，端正的釘了一張拜柬模樣的紙片子。兩人一般心思，一齊奔了過去，但見兩道青影一閃，兩人已來到門前。

清風一個箭步上了屋簷，仔細打量那紙片，果然是一紙拜柬，用大紅顏色的封紙包著，在銀皚皚的雪地上益發顯得鮮艷奪目。

看樣子這拜柬是人家昨日夜晚放上的，而且放在背風的地方，並沒有被雪花沾濕，顯然對方是從容不迫的投柬，而整個青元觀，高手雲集，卻沒有一個人發現昨夜裡有夜行人登山投柬，看來，這投帖人的功夫真是高不可測的了。

清風小心把拜柬帖子取下，跳下地來，明月早已不耐煩，高聲叫道：「哥哥，是什麼玩意？」

清風微微搖頭道：「果然是一紙拜柬，人家密密封起，我們還是不拆爲妙，去找諸葛叔叔他們去看看，他們也許知道——」

說著伸手挽著明月，跳跳蹦蹦走入觀中。

只見迎面人影一閃，一個聲音呼叫道：「清風、明月，一大早就吵吵鬧鬧，怎麼地沒有掃好就偷懶想溜麼？」

隨著語聲，走出一個年約廿七八的男子，清風、明月一見，一起叫道：「于叔叔，快來看——」

敢情這姓于的漢子正是那三絕劍居中的地劍于一飛。

于一飛微笑道：「看什麼？」

說著從清風手中把帖柬接過，小心撕開一看，不覺臉色大變，急急忙忙問道：「清風，這玩意兒是在什麼地方拾到的？」

清風尚未答話，明月卻搶著道：「這個是在觀門人匾上拾到的。」

于一飛哼了一聲，道：「你們再去打掃吧——」說著遣出兩僮，返身急步入內，走到一間房前，叩門道：「大師兄，大師兄……」

他這急急忙忙的叩門，倒驚動了觀中其他的人，于一飛神色慌慌張張，不理眾人的詢問，等天絕劍諸葛明啓門，急入房中，把拜柬遞上道：「辛捷，辛捷這廝終於找上門來了——」

諸葛明接過拜柬一看，只見柬上赫然寫著：

武林後學辛捷、吳凌風書上劍神厲鶚足下：

足下以「天下第一劍」領袖武林垂廿載，想昔年天紳瀑前單劍斷魂授首，五華山上七妙神君遭挫，此恩此德，必當報馳。

後學等決於月圓之時在五華山頂恭候大駕，想閣下號稱武林第一人，必不令吾等失望也。

辛捷、吳凌風頓首

諸葛明匆匆看完，對于一飛道：「這吳凌風既是吳詔雲之子，和師尊有不共戴天之仇，看來這件事非得讓師尊自己去斟酌了。」

于一飛卻道：「師父半月來閉關，不知會不會責怪咱們去打擾——」

諸葛明微一沉吟，搖頭道：「不，這事情太重要——」

原來劍神厲鶚自泰山大會受挫之後，心灰意懶，雄心消沉，但他心機甚深，心中知道自己結下的強仇，非取自己性命而後心甘，是以不是一隱可了的情形。他深知以自己自為一派掌門，名頭又是如此大，一旦對方登門索戰，自己決不可能避而不戰，是以，他為自己生命打算，決心閉關苦練。大凡像他這等高手，想能百尺竿頭再進一步，那必須要得到些什麼武學密笈之類，照著參悟。

厲鶚深明此理，首先，他風聞那失去的倚虹劍鞘中，有一本古人所作的「混元三絕」的秘笈，但是劍鞘早在十五年前一時大意，和七妙神君動手時，遺忘在五華山的絕頂而被丐幫拾去，當然，他心有不甘，決心向丐幫索回。

但是他身爲一派之尊，豈能強搶硬奪？自己不好出面，便命弟子「三絕劍」出面搶奪，豈料不是金氏護法的敵手而一敗塗地，於是他又想起昔年的老友勾漏一怪翁正，靈機一動，立刻設法將翁正引出深山，而代他去奪劍鞘，這一切都是他安排好的，以翁正的功夫，昔年和七妙神君力戰數百回合才敗的人物，一定不會再有差錯，哪知無巧不巧遇上辛捷，從中強行架樑，神功擊走翁正。

厲鶚眼見妙計又成泡影，不由大急，不過他是城府極深的人，自忖出戰必非辛捷之敵，於是乘機偷取「梅香神劍」，遠走崆峒。

他滿以爲自己毫無跡象留卜，卻忽略了倚虹劍在牆上所留的劍孔，致被辛捷識破，千里趕來。

他一回崆峒，自知「混元三絕」秘笈不能到手，哪知無意之中又發覺了一本崆峒失傳近百年的心法：

「上清氣功」

這上清氣功乃是兩百多年前崆峒絕學，當時崆峒第七代掌門人一青道人，藉此在江湖上崛起頭角，使崆峒派發揚光大，而終遭和崆峒爲鄰的大涼派的妒忌，當時大涼的七個高手號稱大涼七奇一起上崆峒山，一青道長在青元觀中和七奇一言不和，大打出手。

一青道人默運「上清氣功」，百步神拳大展神威，一連搖打七拳，大涼七奇沒有一人接得下來，一起負傷而退，從此「上清氣功」之名頭更是響亮。

哪知一青道人忽然不知因什麼事，從此在江湖上失蹤，而上清氣功也從此絕傳，而厲鶚竟能僥倖得著，怎不令他欣喜欲狂？

於是他立刻閉關參悟，是以辛捷、吳凌風二人上山時並未見得他的人影，便是這個原故。

他在閉關之期，嚴禁閒人打擾，是以于一飛不敢把拜柬的事傳給他聽，也就是怕打擾他。倒是諸葛明認為事態嚴重，終於上山去報告厲鶚。

山頂上大雪方止，陰陰霾霾，這名山正派中，一片和穆之象，但誰又會料到會有血腥之災將要降臨在掌門人武林第一劍之身……

幾乎在同一個月份裡，說先後差別也只有五六天左右，玄門正宗派系的武當山上，也接到了一式一樣的請帖。只是收啓人的姓名改變了而已。

而且，這拜柬是直接投送到掌門人赤陽道長的手中，鮮紅的封紙、刺目的語句，使負傷未癒的赤陽道長益發感到心焦，內心的緊張，像慢性毒素煎逼著他。

要知赤陽道長身雖皈玄門，但為人不端，到頭來報應仍然光臨，他也明知不是對手，但是人家下書索戰，自己以掌門人的身分豈能不應戰？

強弱懸殊，以己之力，去和辛捷較量，不異以卵擊石，他自內心底深處再也找不出一絲未泯的雄心，所能找出來的，那不過只是後悔的心意罷了。然而，時光如箭而逝，十五年前的事，豈能洗刷得脫，後悔那是為時已遲的了。

他不時撫著火紅的拜柬，浩聲長嘆，昔年，唉！那已是過去的事了……

蜀蓉道上，隆冬時分……蜀省。長江下游，有一條梅溪，從山谷流經一個大坪，這就是沙龍坪了。坪上稀落村舍，雞犬相聞，是個世外桃源。

這沙龍坪方圓大小也不過才僅僅一里有餘，但卻是一條梅溪所流經，有一個特別的怪處，那便是溪邊夾岸數里內，全是紅白古梅，中無雜樹。

時正隆冬，寒風鼓著嗚嗚聲響。天氣愈冷，梅兒愈是挺峰而立，艷展麗容，和寒冷抗擷。道上大風吹得緊，把漫天飛舞的雪花斜斜的吹散，落在地上，點點白雪和朵朵梅花相映成趣，蔚爲奇觀，好一片景色！

絕早，天色陰霾無光，看那模樣，活像是要再落下更大的雪花似的。官道上靜極了，你幾乎可以站在這一頭，清清楚楚的一直望到那一頭，而不發現一個人影。

陣陣寒風把梅花的清香送來，蕩漾在空氣中，再加上周遭是如此寂靜，是以氣氛顯得沉寂。

驀然，遠方的風把一陣薄薄的朝霧吹散，在路的盡頭處，現出二個疾疾行走著的人影。

是誰會在絕早時分疾疾奔路？

漸漸的，來得近了，可以隱約聽見低沉的腳步聲。

突然，道路右邊一間平屋的竹扉「呀」然打開，走出一個年約古稀的老人。但見他白髯飄飄，頭髮幾乎落得光禿，臉上皺紋密佈，顯得異常蒼老，但投足之間，卻流露出一股令人心折的威武。

老人家彷彿是聽到有人奔近，開了竹扉，便向路頭方向眺望過去，果然，在薄薄的霧氣中，出現兩個人影，好快的腳程，不消幾程，已然接近。

別看老人龍鍾之態顯露無遺，目光之利，卻有如鷹隼，閃眼一瞥，已然看清。

來人不消數點，來到門前。

老人歡聲叫道：「捷兒——」

兩個趕路的人來到門前，一起拜在地下。

晨光之中，清楚的映出兩人的面孔，年齡均為廿歲上下，英氣畢露，俊俏無比。

兩人同是一襲青衫，淡然的顏色，益發襯托出兩人不凡的儀表，尤其是後面一人，更是英光照人，長劍斜斜的插在後肩上，黃色的劍穗左右飄盪。

兩人一起拜倒地上，一同高呼道：「梅叔叔……」

敢情這老人正是廿載前名震神州的七妙神君梅山民。而這兩個英俊的年輕人，正是梅山民和吳詔雲的後人——辛捷和吳凌風兩人。

梅山民哈哈道：「快起來，捷兒，這位一定便是吳賢侄罷。」

辛、吳兩人站起，吳凌風連聲應是。

梅山民呵呵大笑，道：「哈哈，故人子嗣無恙，又是如此人才出眾，吳賢弟英賢有知，也堪告慰九泉了。你們想來還沒有吃過早飯吧？別再待在風雪中了，快快進屋裡來……」

說著當先進入屋中，辛、吳兩人也魚貫入內。

吳凌風自幼喪失雙親，生命運坎坷，苦悶時從來沒有人去安慰，只是自己發洩而已，還好他生性秉善，孤苦生活，並沒有養成厭世之感，只是追溯根源，恨極那不共戴天的仇人而已。

但自他下山以後，首遇辛捷，雖然是一個放蕩不羈小節的人，但俠膽天生，和他甚是知己，但兩年以來，離多會少，每當他心事滿懷之際，辛捷總是用壯志豪興來開導他，從來沒有溫情安慰。

然而，這時他見心儀已久的梅叔叔，並不像江湖上傳說的那樣冷酷，而是和藹可親之極。

雖然，見面時叔叔僅說了一兩句話，但關懷之情，果然流露，使他備覺叔叔親切可愛，心中甚是感動，心中埋藏的感情抒發，心情激動之至，不由熱淚滿眶。

梅山民清楚他的心情，微微一笑問道：「你們此行從何而來？看樣子好像奔波不少時候，以老朽看來，至少也趕了四五百里路程！」

辛捷知他是在激起吳凌風的壯志，趕忙回答道：「咱們正是由武當山趕來的呢——」

說著便把和梅叔叔別後的經過道了出來。

吳凌風果然提起興趣，不時補述一兩點辛捷遺漏的地方。

當梅山民聽聞「梅香劍」被劍神厲鶚竊去時，不由大怒，大罵厲鶚無恥。但聽到「無為廳」上辛捷大施神威時，卻是連連點頭嘉許不已。

原來這個消息也早在江湖上傳遍了，「梅香神劍」的名頭更是大大發揚，七妙神君一生好勝，如今得有此等傳人，也自甚是安慰。

當辛捷轉述到小戢島上，華夷之爭，東海的世外三仙和化外之民恆河三佛作一場名頭之爭的大戰，和無根生毒傷等等奇之又奇的遭遇時，七妙神君梅山民不由大大驚異，以他當年的經歷，始終不聞天竺竟有此等高手，口中輕呼「恆河三佛」不已。

講了這樣多，再加上用過早飯，已是快到午間了。

四四　八方風雨

梅山民笑瞇瞇的拈鬚看著兩個可愛的孩子，心中那分得意可不用說，半晌，才想起來問道：「吳賢侄，你最近也是迭有遇合，尤其那梵文所載的輕功，必定是高明無比的了，你且施展出來見識見識？」

吳凌風應諾一聲，站起身來，走到門外廢坪上，他自在大戢島上被平凡上人解釋清楚那些梵文，日夜苦苦練習這種身法，成就甚大，站立身子，猛然一提中氣，唰地飛竄出去。

只見這天竺的身法果然古怪，凌風雙足離地僅有半尺，等於貼著地面而飛行。但速度之快，令人難以置信，衣袂微擺處，身體已然落在七八丈開外。

梅山民仔細觀看，但覺這種身法的速度簡直不可思議，不由低低吼出一聲「好」字！須和七妙神君一生功夫，在輕功上成就也是甚大，自創的「暗香掠影」身法，便是武林一絕，但今日和這天竺身法比較起來，速度上便是不如。

七妙神君微一沉吟，說道：「當今天下，輕功身法當推慧大師的『詰摩神步』最為神妙，但論起速度，恐仍不及這種天竺身法！」

辛捷、吳凌風一起點首，當日平凡上人也曾如此說過。

梅山民又道：「早年老朽闖蕩江湖時，也曾風聞天竺有一種旁門的武學，但都始終沒有流傳到中土，看來果是所傳不虛了。」

三人又談了好一會，辛捷說道：「我和大哥這一次趕來，是想請梅叔叔作主……」

梅山民一怔，隨即會意道：「很好！你們也真不忘老一輩的教誨，這一段十餘年的公案，我想也應該有一個了斷了……」

辛捷插口道：「一路來已在崆峒、武當兩處投下拜柬，邀約他們在月圓之日在五華山上一會。」

梅山民微微頷首，不作一言。

辛捷又道：「此去峨嵋不遠，今日就去走一遭，去給苦庵上人也投一張拜帖。」

梅山民想是心中甚是激動，也不答言，僅頷首示意。

事不宜遲，當天辛捷、吳凌風便重踏征途，趕到峨嵋山去投發拜柬，自然，以他們的輕功，任峨嵋山上，三清道觀中高手如雲，他們仍是進出自如。

點蒼距此太遠，他們不能再趕去，反正落英劍謝長卿的內心也是很矛盾，辛捷對他甚具好感，而且崆峒的劍神厲鶚也絕對會去邀請他，不再麻煩一次了。

來來回回，又費去一天功夫，計算日子，一兩天內便得啓程，兩人僱了一輛甚寬敞的馬車，讓梅叔叔坐上，一起奔向五華山。

五華山距此也不太遠，三人一路行走，一路欣賞沿途景色，正值冬日，遍地白雪，雖然五華山位於南部，但一路所經雲貴高原，地勢較高。是以，大雪仍是紛紛飛舞。

三人都是懷著一樣的心理，大仇轉眼即可報卻，心中都是又歡喜又慨然，但兩個青年人的豪氣，卻是高不可抑，但聞馬蹄得得，鑾鈴搖蕩處，一行人匆匆便過——

……

……

點蒼山脈上。

一個中年的文士，站在山崖絕頂，負手而立。

看來這中年俊秀的文士滿懷心事，浩然長嘆，但見他右手執著一方黃綾，反覆把弄不已。他正是點蒼的掌門人落英劍客謝長卿。

天光下，益發顯得黃光流螢，但見緞上用黑線繡了端端正正的五個字：「五劍震中原」。

昨夜裡，厲鶚用九匹快馬送來這面令旗，謝長卿知道上一輩複雜的恩仇將要在這一次結束了。

十多年前，一念之差，做錯的事，到今日仍然有若毒蛇一般吞噬著他，他知道這一切，但卻毫無辦法能把這些複雜的恩怨排除澄清。

山坡下，辛捷等人匆匆而過，山坡上，謝長卿浩然而嘆，他望著馬車轔轔，他雖然不知道車上便是不共戴天的仇人，但見那轔轔的車軸轉動之下，揚起漫天風沙，隨風而逸。落英劍客深深感到自己的事業、前途，也即將和這些風沙一樣，立刻消失無蹤……

梅占春先，凌寒早放，與松竹爲三友，傲冰雪而獨艷。

時當隆冬，昆明城外。

五華山中，雪深梅開，渾苔綴玉，霏雪聯英，雖仍嚴寒如故，但梅香沁心，令人心脾神骨皆清。

後山深處，直壁連雲，皚皚白雪之上，綴以老梅多根，皆似百年以上之物，虯枝如鐵，暗香浮影，真不知天地之間，何來如此清境。

暮色蒼茫，夜幕漸罩，朦朧中景物更見勝絕。

大雪早止，天色已清，一輪皓月緩緩上升，看一看，明月將滿，正是月圓之時。

山蔭處，老梅之下，靜靜的立著三人。

三人是並排而立，中間一個乃是古稀老翁，髮鬢如銀，一襲長袍，挺立在雪地裡，顯得十分孤寂清俗。

兩邊卻是一雙年約廿的少年，長得好俊美，一樣的英氣勃勃，劍眉朱唇。

可怪的兩人面上卻都籠罩一些悲憤的情緒。

打背後看去，兩個少年卻是背負長劍，而且一身俐落打扮，雪地中，劍穗揚起，益發襯托出兩人的英挺。

老人雙手負後，長袖後墜，三人背梅而立，靜靜的沒有開一聲口。

這樣的大冷天，飛鳥走獸絕跡，就算是有，在這薄暮點點之際，也是應歸進老巢的了。是以周遭益發顯出一種寂靜的氣氛。

時間一分一秒的過去，左首的一個少年，生像是有些兒不耐煩了，搭手在眉際向山道望一望，開口道：「月兒即將當空了，怎麼……」

他話未說完，右首的少年笑著接口道：「捷弟莫要心焦，那些人物揹著如此的大名頭，一定不會老著臉皮避而不戰的。」

不消說，這老少三人正是梅山民、辛捷和吳凌風了。

辛捷性子較急，耐不住左右走動，悶悶道：「賊子們還不快來，對了，大哥，待會咱們要好好折辱他們一番……」

他話聲未完，臉色已是驟變。吳凌風臉色亦是一寒，敢情北風呼號處，一陣奔騰之聲隱隱傳來。

梅山民心中一震，已知仇敵到來。

將近十五年前，同樣的天氣，同樣的時候，也於同樣的地點，梅山民當時以七妙神君之名力搏五大宗派掌門聯手的劍陣，結果在詭計之下，險些送了命。

如今，梅山民功力全失，但一對徒輩的功夫卻大有青出於藍之勢，強仇在眼內，仍和十五年前一樣地不屑一擊，但是，也許是由於下意識的作用，他心中卻不禁一陣狂跳。

「哼！對這幾個毛賊何必如此緊張——」

他不屑的自忖。

他深長吹一口氣，梅花沁鼻的清香甜甜的傳入，平靜了動蕩的心情。

來人好快腳程，片刻，遠地裡看到幾條極淡的身影，晃眼間便來到近前，只見他們在谷口略略一旋，便直奔而來。

近了，清清楚楚可以數明，來的是四個人。

那四個人好像也似在比賽腳程似的，幾起落，便躍到跟前，梅山民和辛、吳三人立於梅樹之後，月光下，梅樹蒼蒼的婆娑巨影，把三人蔽得十分隱密。

四人來到道前，一起停身，看來四個人的輕功身法都是差不多，不過一個瘦削老者比其他三人都要來得前一步。

那老者站定身來，四周略一打量，嘿然道：「辛捷那小子看樣子還沒有到呢！……」

後面跟著的三人似乎和這老者不大對勁，默然根本沒有理他。

「月兒已登中天，看來辛捷是不會來的了？咱們且等他一會……」

他話未說完，老梅後面一個聲音接口道：「不敢當，咱們早已恭候大駕！」

說著從樹林後走出兩個少年。

那瘦長老者一行四人正是當今武林四大宗派掌門人，順次是崆峒劍神厲鶚、武當赤陽道長、峨嵋苦庵上人和點蒼落英劍客謝長卿！

厲鶚不料辛捷早已來到，怔了一怔，乾笑道：「好說！好說……」

辛捷和吳凌風都已雙目發赤，尤其是吳凌風，嘶聲叫道：「廢話少說兩句，咱們這就動手——」

他平日為人善良誠懇，就是連罵人都很少，但這一下是激動過度，一反平日從容瀟灑的態度。

厲鶚乃是老江湖了，仇殺的事件是司空見慣，哈哈一笑答道：「姓吳的，咱們是一江二海之恨，就是你不找上門來，我厲某人也得找到你，你且不要急——」

他這番話說得好不老練，身後赤陽道長也是一笑道：「吳施主不要心急，斷魂劍和七妙神君後代的召喚，咱們哪敢違命！嘿，苦庵上人，你說是嗎？」

峨嵋的苦庵上人嘿嘿一笑頷首。

他們等一對一答，任辛、吳兩人聰敏無比，也答不上話來。

厲鶚這一行四人，果然不甚和諧，其中只有赤陽道長和苦庵上人交情不錯，其他厲鶚和他們是勾心鬥角，貌合神離，而謝長卿卻是因逼迫而至，更是和他們格格不入。

辛捷沉吟一下，才道：「晚輩斗膽投下請柬，請各位大英雄到這兒來，拜賜神功，致使各位千里奔波，實令晚輩內心不安。好在各位都是一代宗師，必然不會計較於此……」

辛捷冰雪聰明，說出這番話來，轉彎抹角的話中有話，幾聲「晚輩」令這幾個老江湖大是難堪，但是對方個個半生混跡江湖，哪會不明白？厲鶚長聲笑道：

「好說好說，咱們這叫作舊地重遊，面對高山古梅，心曠神怡，辛小俠乃是七妙後代，到底不是俗人——」

他說舊地重遊，乃是指十五年前五華山上擊敗七妙神君的一回事，辛捷一聽之下，不由得爲之語塞。

吳凌風卻冷冷的道：「姓厲的少逞口舌之利，你作惡半生，日常在江湖上以陰詐欺人，今日便是你的死期，閒話倒可以少說兩句。」

他口才不甚好，但這乃是怒憤而言，厲鶚等人都感正氣凜然，不由想到自己平日作惡江湖的情形。

苦庵上人和謝長卿還好，劍神和赤陽卻是無惡不作，連想之下，心頭慚愧，不覺惱羞成怒。

厲鶚厲聲叫道：「姓吳的小子如此自大，咱們走著瞧——」

說著反身便往左手的一塊廣場上縱去道：「過來吧，厲某人領教神君和斷魂劍的真傳——」

他這一縱走，赤陽等人也都跟著去。

辛捷和吳凌風更是毫無遲疑，一齊跟去。

山蔭道上所有的人都奔過去，老梅之下，孤立一個老人，正是七妙神君梅山民。

他不願再與這一批小人對面，但是心中卻始終不能釋然。他冷如冰霜的目光從樹枝叢中注視著每一個人，仇毒的火燄，佈滿胸膛。

當年七妙神君以冷酷出名，十數年的陶冶，並沒有完全改去。所謂「江山易改，本性難移」，冷酷的他，希望這四個曾經暗算他的人立刻被報償回來。

驀然，一個憔悴失神的臉孔映入他的眼簾，他感到一些陌生，他奇怪的仔細一瞧，認出來正是謝長卿。

他陡然一怔，立刻想當年那英俊的少年，而今日卻是如此的失神落魄，梅山民很瞭解他的心情，不覺微微一嘆。

思潮不定的起伏著，那邊六人已經叫上了陣，不消再說，四個掌門仍然用的是他們的看家本領，四人已嚴整的佈成了劍陣。

辛捷和吳凌風打個招呼，一起走入陣中。

劍神厲鶚當陣而立，嘿然叫道：「故人有後，咱們老一輩的再不盡力，豈不叫他們恥笑？」

說著反手一揮，「嗆啷」一聲，一道虹光沖天而起。

同時間裡，赤陽、苦庵的長劍也都斜挑出鞘。

他們都是浸淫在劍法上數十年的高手，單看他們拔劍的姿勢，便都有一派大宗師的風度。

苦庵的峨嵋劍法守重於攻，只聞「叮」的一聲，濛濛青光一閃中縮，盤身一匝，跳動數下，苦庵上人已持劍在手。

看他這個手法，便可以知道他的劍法已到登峰造極的地步，就是在拔劍的時候，也都是不肯放棄注意護防身體，經驗和手法，豈能說爲平庸？

四個掌門人中，只有謝長卿的劍遲遲沒有出鞘。

厲鶚很清楚他的心情，低聲道：「謝世兄，請——」

謝長卿黯然長嘆，右手驀然一抬，劍子已到手中。

辛捷和吳凌風也不再遲疑，一起持劍在手。

辛捷冷冷的掃視每一個人，當他目光停留在厲鶚身上的時候，不由大叱道：「虧你身爲掌門，竟然偷竊別人之物——」

敢情厲鶚手中持的一柄長劍，正是失去的梅香劍。而那柄厲鶚原有的「倚虹神劍」，卻揹負在背上。

厲鶚自知理虧，不接這話頭，冷然道：「你敢發招嗎？」

吳凌風大叱一聲，衝入劍陣。

苦庵上人漫聲宣佛號，長劍平腰一擋，左右腳齊轉，但見劍氣濛濛之中，劍陣已然發動。

辛捷捧著一柄平凡的鋼劍，左右一晃，配合著吳凌風的瘋狂攻勢，幫助他在身後佈下一張完美的網。

高手交戰畢竟不凡，劍氣濛濛，六人以快打快，卻始終不聞一聲劍子兵刃的撞擊聲！

謝長卿和苦庵在劍陣中居守的地位，而厲鶚和赤陽道人則是以攻敵爲主。

厲鶚號稱劍神，在劍術上的造詣，可想而知。

他也明知今日之戰，吉凶莫測，但仍圖振作，配合劍陣，崆峒「三絕劍術」的殺手連連施出。

激戰中，赤陽道士真氣灌注，長劍一領，一式「橫飛長江」，斜斜挑向辛捷小腹，而厲鶚也配合他刺向吳凌風。

赤陽道士老奸巨猾，內力內蘊，劍風含著，攻勢猛極。辛捷不由一怔，他和吳凌風在泰山大會有過鬥劍陣的經驗，知道這四大宗派聯手的劍陣，確是精妙無比，要想衝出，非得擊倒其中之一不可。

他知自己功力在四人任何一人之上，是以硬打硬撞，對方必要吃虧，那四大宗派的掌門人一向都顧忌這一點，故不敢和辛捷硬打硬接，也就是這個道理。

但赤陽道士此時好似明知故犯，又好似心有成竹，竟然一反慣例，強硬的打算走中宮擊入。

辛捷怔了一怔，冷冷一哼，長劍一圈。

這一式乃是辛捷功力所凝聚，非同小可，嗚的一聲，吐向赤陽道士。

哪知赤陽道士這一招乃是似實而虛，真力徒散，劍式全收，說時遲，那時快，辛捷的招式已然用老。

這劍陣的變化到底太多，赤陽才一收招，左側的落英劍客謝長卿的長劍亂點，攻出數劍。本來謝長卿乃是主守，但這一變之下，劍陣方式立刻跟著大變，威力也增強不少。

這一著變化，實是奇異複雜已極，謝長卿號稱落英劍，點蒼心法一展，長劍撤出朵朵劍花，漫天飛舞。

辛捷百忙之中長劍一收，一式「沖天而起」，長劍挾著一團光華，左右挑動，但聞「叮」「叮」數聲，硬是接去謝長卿攻來的數劍。

落英劍謝長卿雖然不願和辛、吳等人動手，但形勢所迫，這一動手之下，勾發他的豪性，一連數招被辛捷擋去，大喝一聲，長劍疾刺而出。

那吳凌風見辛捷劍式稍滯，自己不敢停留，長劍忽然「劍指天庭」，左右一陣亂掃，想要逼開厲鶚。

厲鶚已和那吳凌風對過數次劍，已知這少年的功力突飛猛進，哪敢大意？一式「三絕飛升」，梅香劍一舉，便把吳凌風的攻勢封去。

這一來劍神等人身影閃亂，辛捷和吳凌風展開以快打快的手法，雙劍合璧，左衝右突。厲鶚等人的劍陣也是愈打愈快，而且由內力較深的苦庵和赤陽兩人著守的招式，而謝長卿和厲鶚展開瘋狂的攻勢。

月正中天——

老梅樹的後面，七妙神君梅山民雙目半瞑，他不用去看那邊的一場廝殺，他根本可以猜想到雙方所施用的招式，包括一切殺手在內。

他有信心，捷兒和風兒一定會獲勝的，因爲，他們看家本領還沒有施展出來！戰場上，吳凌風的劍已使出了家傳的招式——「斷魂劍」招。只見他「五鬼投叉」，「無常問路」，絕招迭施，加上辛捷長劍有若靈蛇飛竄，忽上忽下，「虬枝劍法」的精華「冷梅拂面」、「乍驚梅面」等式，雙劍合攻之下，威力之大，令人咋舌。

四大宗派的掌門人不再能硬守得住了，不約而同被這一番猛攻，逼得退開尋丈有奇！辛捷長笑一聲道：「玄門正宗，名門大派的劍法不過如此而已！」

他這話兒說得太狂，四個掌門人一生甚是愛惜羽毛，對自己辛苦闖出來的名號更是愛惜無比，辛捷竟然公開侮辱，四個人都不由人大發怒。

謝長卿不服的冷哼一聲，忖道：「就算你功夫好，這等狂言，倒也不應出口——」

赤陽等人更是怒氣上升，長劍一擺，向其他三人打一個招呼。

原來當年創立這劍陣時，是專為聯手對付高手的，是以劍陣中一切攻敵的招式，全都留下一二分保守的餘地，目的是怕全部發出去，對方功力比自己高，不易收回來。

不過他們這劍陣中也有拚命的招式，和救命的守式。這二式是在抵不住敵人的攻勢時，而一起全力拚命進攻，大有和敵雙敗俱傷的意思。

這兩式自有這劍陣以來，並未用過，只有那一守式「八方風雨」在泰山大會時使過一次。

這一來辛捷狂言激怒他們，他們也都是名霸一方的人物，所謂「寧死不辱」，急怒之下，下決心用全力去和這兩個少年周旋。

只見厲鶚梅香劍平舉，一擺而削。

其餘三人各自長劍交舉，猛攻過來。

這一下是四大宗派的絕招，喚作「九死一生」，但見劍光繽紛，森森劍氣中，各自流露出必死的決心。

辛捷、吳凌風不由大吃一驚，但見四方劍幕森寒，每一個方位都有劍子籠罩著，成爲一張天羅地網。

吳凌風疾哼一聲，斷魂劍猛然彈起，一式「五鬼斷魂」，左右上下連點連戳，瞬息之間已打出十餘劍。

厲鶚冷冷一哼，梅香劍一轉，「砰」然已磕到吳凌風劍子上。吳凌風吃了一驚，心想對方竟要比試內力？念頭一動，斷魂劍斜斜一指，真力貫注。

哪裡知道敵人攻中有虛，厲鶚身隨劍走，劍光紛紛中，對方好快的行動！「砰」「砰」數響，已有兩三柄一起擊在吳凌風劍上。

吳凌風到底經驗差了一些，誤以爲對方要以內力強拚，凝神以待，就是如此一慢，對方劍陣轉動，三劍都以全力擊了上去。

吳凌風但覺對方功力好大，手心一熱，長劍幾乎脫手而飛，急忙一凝真氣，才把持住。

就這樣身體已後退半尺。

辛捷見狀大驚，反手一劍削去，幫凌風把身後襲來的數劍擋去，但聞「嗤」的一聲，吳凌風的腰帶已被削去一截。

對方劍式不停，交相而戳，吳凌風左右阻擋，形勢堪危，辛捷冷然一哼，長劍猛然一劃而下。

勁風起處，「呼」的一聲，辛捷的長劍又急奔而去。

但見劍虹一圈，辛捷急振劍尖，襲向每一個由身前經過的敵人。

這一式正是「大衍神劍」的起手勢「方生不息」。

吳凌風的「鬼王把火」也是狠毒已極，快速令人咋舌，挾著一縷劍風直奔而去。

「叮」「叮」數聲，辛捷內勁貫汁，左右跳動，每個經過的敵人的長劍和他的劍子一交，「嚓」「嚓」彈開，而吳凌風狠毒的劍式破隙而入，配合得天衣無縫。還是他們經驗老到，臨危不亂，四劍破例交相一擊，「叮」的一聲，突碰而分，救命之式「八方風雨」在千鈞一髮之際使出，才算逃出劍圈。

瞬息間，四位掌門人又被逼得後退尋丈！

吳凌風長劍倒揮，鏟起一片泥土，長笑道：「再上來吧——」

四大宗派的掌門人默然不語，辛捷目光如電，掃過每一個人的面孔，只見厲鶚瘦削的馬臉上，隱隱閃過一絲狠毒的神色，果然他一舉梅香劍走了過來。

四五　生死一決

辛捷看見梅香劍在他手中，威風八面，決心先奪回寶劍再說。心念既定，厲鶚已來到近處。

赤陽、苦庵、謝長卿也都捧劍上前。

辛捷冷然一笑，說時遲，那時快，長劍一揮，已圈向厲鶚。劍神厲鶚何等經驗，驀地一停止行動，梅香劍一撩，便想接招。

吳凌風已知辛捷要奪寶劍，不讓其他人從中予以干阻，也挺劍擊向赤陽道士。他目的是要困住赤陽，好讓辛捷能無後顧之憂。

是以他一招才出，倏然又收再出，一連攻出十餘劍，果然將赤陽和苦庵的聯手之勢封住在一邊。

落英劍客謝長卿長嘯一聲，長劍一擺，找個破綻，斜斜挑向吳凌風的「靈台」重穴。他這招目的是逼吳凌風放手，吳凌風果覺劍風襲體，急忙反手削出一劍。

那邊辛捷一式「飛閣流舟」化作「物換星移」，大衍劍招的精華連連施出，饒是厲鶚如此功力，也不由失色。

驚。

辛捷愈打愈威，虎吼一聲，長劍不空拍下。

這一式表面看來毫無變化可言，但卻蘊藏著多種殺手招式，厲鶚心中明白，不由大大吃驚。

驀然，劍神厲鶚長嘯一聲，梅香劍平架而上，「噹」的和辛捷的劍子碰個正著。辛捷的內力一發，劍走輕靈，想要彈開他的劍而使殺手。

哪裡知道對方牢牢貼住，一股無名的力道綿綿傳來，好像在這一刻間，對方的內力修為突增了許多。

辛捷大吃一驚，不暇細想，硬硬收回了內力，化作「黏」字訣，把梅香神劍黏持住，身形再曲身而進。

這一切都是一瞬間的事，辛捷知道劍陣轉動極快，敵人的攻勢必要從四方八面而來。

說時遲，那時快，辛捷長劍一擺，吸胸收腹，左手以一式「空空拳招」中的「百念皆空」，閃電般向厲鶚脅下抹去。

厲鶚毫不遲疑，騰身便退，但手中劍子卻被辛捷內力所黏，使不出勁道，冷冷一叱，左手也是一式反擊過來。

辛捷突覺身後劍風襲體，已知敵手攻來，不敢怠慢分毫，猛然內力一收，擺脫長劍，往後一劃，身形隨著斜飛，「噹」的一聲果然盪開敵劍，同時借此一力，又倒竄而回，迎著厲鶚一掌猛然擊下。

這一掌是含勁而發，微帶虎虎風聲，很是驚人。厲鶚卻是不慌不忙，但臉上神色稀微一變，迎面而擊……

「砰」的一聲，雙掌相擊——

辛捷身體尙在空中，只覺一般力道猛撞之下，不由爲之失色，作夢也料不到厲鶚的內力突進如此之多。

厲鶚哈哈一笑，梅香劍挾一縷劍風，閃電挑向辛捷，心中暗喜，心想自己奇計得逞，辛捷必不能躲。

然而，辛捷百忙中大叱一聲，身形陡然一旋——

辛捷長嘯一聲，百忙之中「詰摩步法」突施，這步法玄妙之極，辛捷身軀竟然在空中因旋轉之力爲之一停。說時遲，那時快，辛捷驀然借著僅有的一點力道向上一竄，長劍「噹」的架在厲鶚梅香劍上。

這一口真氣已然到達完全濁混的時候，辛捷長劍搭實，轉一口真氣，整個身子吊掛在梅香劍上，同時左手依樣畫葫蘆，又是一掌撞去。

厲鶚一劍挑空，閃目敵人又攻到，怒吼一聲，左手一立一揚，再硬撞而出。

辛捷左手一翻，一式「萬泉飛空」，把厲鶚千斤內力卸往一邊，這一式乃是大戢島主心血研究，效果非同凡響。

幾乎是同時間裡，只見辛捷左右齊揚，撞向厲鶚下盤。

厲鶚招式走老，身子不穩，敵招已至，進攻不得，不由大感狼狽，辛捷清嘯叫道：「撒手——」

右手內力遽增，下盤再飛出兩腿。

厲鶚到底武林高手，經驗老到，當機立斷，右手一鬆長劍，左手閃電般敗中求勝，一拳打去。

辛捷長笑一聲，右手一挑，梅香劍破空而起，左手瞧也不瞧，架去厲鶚的攻勢，右手一揚，高聲道：「這叫做物歸原主，厲老兒服嗎——」

他手一揚，擲出掌中平凡鋼劍，順手撈住梅香劍，這擲劍、發語、接劍一氣呵成。神器到手，豪氣上衝，不禁龍吟長嘯一聲。

哪知厲鶚何等經驗，雖敗不餒，左拳搗空，右手一招，一道青光沖天而起，盤繞一匝，倒劈而下。

原來他把握良機，閃電撤出倚虹劍。

他拔劍之快，實在令人咋舌，辛捷冷不防青光臨面，想閃避已來不及。

原算是辛捷天資奇佳，迭有奇遇，自幼養成極快的反應，一種直覺促使他驀然一式「鳳點頭」，好在能避過。

厲鶚劍式如虹，青光閃處，饒是辛捷避得快，後頂心的髮髻兒也被掃落下數根頭髮來！

辛捷雖避過險招，但也驚出一身冷汗，對厲鶚此等經驗和機變，也不由深深感到欽佩。

辛捷定了定神，冷冷道：「看來厲老頭子還藏了絕技哩，有本領儘管使來。」

他說此語乃是由於感到厲鶚內力突加的緣故。

倒給他說對了，原來劍神厲鶚得了本門秘學「上清氣功」的秘笈，立刻閉關苦練，那日于一飛拿辛捷的拜帖給他看，他立刻下書給點蒼謝長卿，而且他也把上清氣功的精髓鍛鍊了大半，明知躲不過，立刻動程南奔五華。他到底是老奸巨猾的人物，唯恐自己的功力尚不足以敵辛捷，是以一直隱伏著功力。

到了辛捷奪劍的時候，才突然使出上清氣功，果然先人的奇功非同小可，一擊之下，幾置辛捷於死地。

他這一來，膽氣稍壯，但見辛捷在臨危時又使出那奇怪的步法，想起泰山大會時，對方便賴以破陣，不由又大大氣餒。

厲鶚偷襲又不成，心中連連嘆惜，劍陣絲毫不停。辛捷身後已有幾劍攻到，辛捷瞧都不瞧，反手東削西架，化開攻勢，傲然道：「姓厲的，你注意了——」

話聲不歇，長劍如虹而起。

他梅香劍到手，不再猶豫，詰摩步法陡使，身法真是有如鬼魅，左右點消，劍光閃閃，吳凌風也知到了時候，斷魂劍術突發突變，配合快捷無匹的天竺身法，乍看過去，真是有如一道虹光平空而起，聲勢驚人之極。

下的劍陣。

「嚓」「嚓」數劍，雙劍合壁，左右遙呼，兩人都在交織有若劍網的劍陣中掠出這名震天

這一來，四大宗派的掌門人更是凶知凶多吉少。

辛捷毫不停留，身子一掠，才出劍陣，便一劍戳向厲鶚，同時間，左掌也發動攻勢，打向苦庵。

兩人出得劍陣，有如得水之魚，長劍左右連擺，但聞「嚓」「嚓」數響，辛捷已和厲鶚的劍子相搭。

兩人內力齊出，厲鶚知道勝敗在此，嘿然呼叫，上清氣功已然發動。但見兩柄神劍劍身「嚓」「嚓」彈起，辛捷鐵腕一振，「托」的一聲，厲鶚再也把不住，脫手而飛。

劍神厲鶚雖敗不亂，左掌撫胸，右掌颼然打出。

辛捷長笑一聲，隨手把劍插入土中，揮掌一擊。

他用的力道好怪，三分發，七分收，一觸之下，猛然一帶，「啪」的雙掌相觸，辛捷力道猛吸，登時牢牢和厲鶚單掌相貼，比試起內力來。

那邊上，吳凌風長劍如虹，抵住三人，劍勢陡緊，強逼三人向左邊移動，他和辛捷是有默契的，是以把赤陽等三人都向左角移動。

厲鶚和辛捷比試內力，已然分出上下，上清氣功雖是神勇，仍非辛捷敵手，漸漸退往後面。

苦庵上人和赤陽道長都明白這個情形，苦於不能脫手相援。吳凌風劍勢如風，纏著三人。驀然，赤陽和謝長卿一雙劍子逼住吳凌風劍招，苦庵乘勢脫出，奔向厲鶚，吳凌風大吃一驚，長劍一圈，沒有攔住，那邊苦庵奔到近處，一手搭在劍神厲鶚背心上，一股內力傳了過去。

苦庵上人的內力造詣到底不凡，辛捷但覺手上一沉。心神不由一蕩，忙嘿然一聲，默運真力，守住心神。

那邊吳凌風見辛捷並無支持不住的現象，長劍愈快，連下殺手，四大劍派的劍陣已破，只剩下赤陽和謝長卿抵住吳凌風的攻勢。謝長卿已鬥出豪興，「七絕」身法連連展出，一時不致落敗。

赤陽道士久戰不敵，心中焦躁，驀然大叱一聲，手中長劍一擺，一式「九宮神行劍」中的「奔電入雷」，忽然化作虛招閃身而退。

吳凌風不虞有此，隨即醒悟赤陽道士乃是要乘辛捷用力不能防備之際，去下毒手，心中大驚，斷魂劍一轉，架開謝長卿的一劍，勉強向左邊一側，逗了過去。

但只聞嗤的一聲，吳凌風已盡力閃躲，但仍被挑破一道口子，而赤陽已去了兩三丈。

吳凌風大叱一聲，他深知赤陽道人的心腸，知道他下手不知羞恥，這一急，不顧一切，一式「平沙落雁」，真氣貫注之際，天竺身法已然使出。

天竺身法到底名不虛傳，吳凌風身形簡直有若一縷輕煙，一起一落，便追到赤陽身後。

赤陽心中甚是焦急，腳下拚命加勁，但聞呼的一聲，身後已有風聲，不由大吃一驚，這吳凌風的輕功真是超凡入聖了。

赤陽道士大駭之下，運足內力，使出武當派的鎮山之技，也是他多年來沒有使過的「乾元指」，遙遙點向辛捷。

這乾元指威力甚大，吳凌風急得雙目全赤，大喝一聲，身形凌空而起，一式「天馬行空」，飛過赤陽頭頂，同時間裡，一腳猛往下踩了下去。

赤陽道士不料吳凌風已臨上空，本能的一停身，一招「鳳點頭」，勉強避過。就這耽擱，辛捷已騰出手，反掌抵住他的攻勢。

吳凌風身尚在空中，陡然間劍光襲體，瞥目一看，原來是謝長卿隨後攻到，翻身下來迎戰。

辛捷以一敵三，奮勇支持，哈哈笑道：「各位大掌門，我想你們應還記得十年前，也是由神君和三位大俠比劃，而因謝老師賜教──」

厲鶚乘辛捷口中說話分神，上清氣功陡施全力。辛捷但覺手心一熱，內力猛吐，硬硬抵住，口中笑語不絕！

「謝老師七絕手法，神君拜賜一指，果是名不虛傳……」

他口口聲聲，語語諷刺，謝長卿心如刀割，長劍猛然一震，吳凌風頓覺對方力道好大，方得一怔，謝長卿已躍了開去。

落英劍面色鐵青，口噙冷笑道：

「姓辛的，咱們冤有頭，債有主，還有這位姓吳的，當年河洛一劍單劍斷魂吳詔雲在天紳瀑前擊斃我父，這一恩仇到我謝某為止，一筆勾消……」

話聲方落，橫劍便往頸上抹去。

辛捷本對謝長卿甚為好感，說這一番話只不過心存諷刺而已，不想對方多少年來，日日夜夜引以為憾的也獨此一事，這可謂「士可殺不可辱」，落英劍何等剛烈，立萌死志。

說時遲，那時快──

吳凌風大叱一聲道：「住手──」

這一聲乃是吳凌風全身氣功之結集，聲音有如金鼓石鐘之鳴，直可裂石。在場的全是一等一的高手，也不覺感到微微一震。

吳凌風好快的身法，等那謝長卿一怔之際，已架住落英劍。謝長卿微微一愣，長嘆一聲道：「好！姓吳的，你還不滿意麼……」

吳凌風朗朗答道：「謝老師千萬不要誤會，我……我……」

他到底出道為時不久，經驗不多，不知如何述明，是以「我……我……」兩聲，接不上話來，急得俊臉通紅。

驀地裡，梅影後一個蒼老的聲音接口道：「謝世兄，你瞧我是誰？」

梅影之後，突出人聲，而且這聲調好不冷冰，謝長卿微微一怔，梅影交錯之間，緩緩踱出一個老人。

謝長卿愕然一驚，臉如死灰，半晌說不出話來。

在場的各派掌門，個個也是如此，出現他們眼前的，正是他們十餘年前用詭計暗算而置於死地的神州南君——七妙神君梅山民！

梅山民昔年闖蕩大江南北，行事素以冷酷著名，說起話來，仍脫不了這個習性，他這一言一語，雖是平心靜氣，但話裡韻尾，卻自然有一種冷冷味道，比起厲鶚那種裝腔作勢的說話還要有過。

七妙神君這一出現，四大宗派的掌門人都大驚特驚，心死如灰。梅山民卻正眼也不瞧他們一瞧，緩緩對謝長卿道：「天將大任於斯人也，必先苦其心志，勞其筋骨，餓其體膚，空乏其身，行拂亂其所為，所以動心忍性，增益其所不能，人恆過，然後能改。」

七妙神君當年以文武全才稱著，他早在十年前和謝長卿會第一次面的時候，他便深深的瞭解謝長卿的心境。

他常常自忖：「假若是我，我會怎樣哩？」

雖然，謝長卿的一指，對於他的功夫，甚至生命，都有決定性的影響，但是他從心底裡，完全能見諒於他，人都說梅山民心量窄狹，有仇必報，但他對謝長卿的寬容，難道不是恕道嗎？

辛捷、吳凌風對謝長卿都有好感，但是他乃是出手廢去梅山民武功的正點兒，這時見梅叔叔出此語，心中已知梅叔叔原諒了落英劍，心中不禁一喜。

謝長卿從梅山民一出現，心中萬念俱灰，一時之下他又似想到千頭萬緒，又像是什麼事都記不得，只木然立著，長劍尖兒垂在地上。

當他聽到「人恆過然後能改」時，他頓時宛如巨雷轟頂，一時有如在萬丈深淵中發現了可攀附之物，十多年來結鬱於胸的恨事似乎朗然開通，這一剎那間，他似乎從青年跌入了老年，他似乎懂了許多無以言喻的事……

他突然揚起手中長劍，對著梅山民凝視片刻，陡然揮劍「嚓」的一聲，聲響未歇，劍交左手，又是「嚓」的一聲。

只見他雙手鮮血淋漓，兩隻大拇指跌落地上，他用中、食兩指夾著長劍奮力一擲，「落英劍」化作一團流光直飛而出，「噗」的一聲釘在樹幹上，劍柄帶著小半截劍身左右搖震晃蕩，接著頭也不回的走了。

辛捷、吳凌風見他自斷雙指，這一生是不能用劍的了，心中一時不知如何是好。

梅山民仰天不語，心中暗讚謝長卿不愧是條漢子。

山風吹來，樹枝窸窣而晃……

辛捷和吳凌風都不覺黯然，而厲鶚、赤陽及苦庵三人，都知今日死命難逃，厲鶚和赤陽臨死不悔，乘辛捷心神微疏之際，全力而攻。

辛捷長笑一聲，雙掌內外相分，硬生生的把厲鶚的攻勢拒回，左手卻一沉一削，不但把赤陽道人的掌力消卸，而且把他震退五六步。

吳凌風已知辛捷之意，長劍一挻，接著赤陽，不讓他再加入戰圈，赤陽也知辛捷是把這方的幫手困住，好讓吳凌風逐一擊破。

吳凌風長劍亂吐，他心中最恨便是赤陽，尤其是金老二的死也是受他所賜，心中是愈想愈火，絕招迭出。

赤陽領教過他的厲害，哪敢絲毫大意？招招式式不求有功，但求無過，是以一時不致落敗。

梅山民在一旁冷眼旁觀，已知吳凌風功夫雖屬上乘，但經驗卻甚欠缺，不由皺皺眉忖道：「這孩子的功夫已成，但卻沒有捷兒那麼機智……」

正沉吟間，忽見吳凌風劍光一閃，走中宮，入洪門，正面攻入赤陽道人的近側，狠狠戳出一式。

這一招用得好妙，赤陽道長一怔，長劍勉力一圈，想要封閉這一式致命的打擊。

吳凌風突然由實而虛，赤陽道上招式用老。

七妙神君見時不我予，冷然道：「攻他下盤！」

吳凌風一怔，隨即領悟，七妙神君何等功力，何等經驗，吳凌風如言一腳閃電般點出，正好踢在赤陽的劍上，寶劍應聲而飛。

赤陽道人寶劍一失，嚇得魂飛魄散，反身退後十餘步。吳凌風仇火上升，雙目全赤，一步一步迫過去，吼道：「赤陽賊道，你一生作惡多端，今日還不納命！」

赤陽道人已知非他敵手，但心中仍不放棄最後一絲希望，身體驀然一退，反身跌在地上，一把抓著厲鶚被辛捷震飛的那一柄「倚虹」神劍，吳凌風大叱一聲，閃劍便刺。

赤陽不料吳凌風功夫如此快，來不及轉身，吳凌風的長劍已刺在身上。他臨死猶惡，狂吼一聲，倚虹神劍從脅下猛擲向吳凌風。

吳凌風運劍如風，閃眼便在赤陽身上刺了一個透明的窟窿。

忽覺眼前青光閃動，倚虹劍被赤陽臨死的內家真力擲出，筆直飛來，隱隱有風雷之聲。他到底經驗不足，一時竟不知所措。

梅山民大聲吼道：「用劍子啊——」

吳凌風恍然大悟，斷魂劍也脫手而飛，但聞嗆啷一聲，雙劍在空中相碰，激起一朵明亮的火花。

倚虹劍萬古利器，斷魂劍雖也是削鐵如泥，斷魂劍中腰而折，不過倚虹劍也被撞歪準頭，而飛向左方。

赤陽好大力道，倚虹被斷魂劍一擋，劍勢並不衰減，有若一朵流星，飛出十餘丈，竟跌下千丈深崖。

倚虹劍仍是武林第一利器，今日卻跌下萬丈深崖，又重歸靈山絕地。

這邊赤陽道人的一聲慘叫，驚動了那邊的兩人，辛捷朗聲道：「梅叔叔——」

他本是要說些風涼話去氣氣厲鶚等二人，但才一開口，忽見苦庵上人原來搭在厲鶚肩上的手驀然放開。

厲鶚忽覺後援的力道一鬆，便知要糟。他知苦庵上人乃是要捨他而去，情急之下，大怒道：「上人請等一下！」

左手鐵掌反手猛擊。

苦庵上人雙手一分，硬接一式，身體卻藉此倒退三四丈，如風縱去。

吳凌風斷魂劍雖失，空手一縱上前，便想阻攔，驀然七妙神君大聲道：「風兒，由他去吧！」

吳凌風一怔，苦庵已去得很遠，梅山民微嘆道：「此人平日作惡尚少，又是佛門中人，就放他去吧。」

辛捷乘厲鶚、苦庵內鬨，奮起神力，把厲鶚的上清氣功倒捲而回，厲鶚整個身軀被震出三四丈。

辛捷橫劍道：「姓厲的，今日之事，絕不善了——」

厲鶚頹然不語，突然長嘆道：「罷了，罷，厲某今日認栽——」

話聲方落，陡然抬起手掌，便往自己天靈蓋上擊去，「噗」的一聲，立時血肉模糊——劍神厲鶚，陰鷙狠辣，橫行半生，最後卻死在自己掌下……

山風吹來，送來陣陣松香，誰能相信，這靈秀的山上剛才還是風雲變色的激烈慘鬥？

四六　血果情深

中州五大劍派百年來自少林寺不問世事後，執武林之牛耳，喧喧赫赫，不可一世，但是就此一戰，完全毀在辛捷、吳凌風的手中，所謂滄海桑田，白雲蒼狗，世事變幻之快，令人感慨係之。

五華山上，寒風正冽。

七妙神君梅山民一手握著一個少年的手，幾十年來的恩恩怨怨在他腦海中一晃而過，十五年前合力暗算他的仇人，現在已經死的死，逃的逃，他心中似乎不再有什麼牽掛了。

兩個少年的武功不只是青出於藍而勝於藍，簡直可稱中原百年來最傑出的人才，對七妙神君來說，還有什麼不滿足的？

山嵐蒸起，風雲變色，梅山民縱聲高歌：

「對酒當歌，人生幾何？譬如朝露，去日苦多，慨當以慷，憂思難忘……」

一夜大雪，長安城頓成銀色世界。

清晨，雪停了，天色漸漸開朗，西大街上趕驢車兒的老王，叱喝拖出正在發抖的驢子，套上車兒，開門出去。

他抬頭看看雪後高朗的藍天，再瞧瞧地上盈尺的積雪，喃喃道：「昨兒夜裡這場大雪，只怕是交春來最大的一回哩！」

一陣凜冽寒風吹過，他不由自主的打了一寒慄，拉起了棉大褂的領子，蓋住兩耳。

一路上不見一個行人，老王心道：「再過一會兒，等到大家都起身出門，這樣滑的路，就是平日不僱車兒的人，也只有光顧我老王了。」

他趕到西大街中段，只見一家大門口，正有一個小廝在掃雪，老王眼快，立刻認出是平日做散工度日的小余，便喊道：「小余，難怪一個多月不見你啦，原來你竟跑到林大爺家去了，喂！你晚上怎地也不來推牌九了？」

那喚作小余的是個十四五歲的健壯少年，他穿的雖甚單薄破舊，但精神昂昂，不露絲毫寒意。

小余道：「王大哥，我再不賭了，現在我可忙得很，每晚蘭姑都要教我認字讀書。」

老王哈哈笑道：「倒瞧不出你小余，這大年紀了竟還讀書認字，難道還想中狀元不成？」

小余正色道：「我以前也只道咱們窮人，除了靠賣勞力混飯吃，那還能幹什麼，可是自從蘭姑教我識字念書以來，這種想法可有了改變。蘭姑說窮人也是人，爲什麼別人能做的事，咱們便不能做？你別笑我年紀太大，蘭姑說宋朝有個姓蘇的大學問家，從廿幾歲才開始讀書哩！」

老王搖手道：「我可不與你爭辯，那蘭姑我只知道她手藝巧妙，想不到竟還是個知書識禮的女學士哩！」

小余聽他稱讚自己心中最佩服的人，不由大喜道：「蘭姑可懂得多哩，你沒吃過她燒的菜，那可真是好吃極了。」

老王點頭嘆道：「她和方婆婆原來就住在我家後面，她那手刺繡，我活到這麼大，也還沒有見過第二個人有這能耐，不要說她是瞎子，就是『光子』，誰能趕得上她呢？唉！這麼好的一個姑娘。小余，唉，你們老爺……」

「小余！小余！」一陣清脆叫喚聲傳了出來。

小余急放下掃帚，向老王點點頭，就奔了進去。

屋中爐火熊熊，靠窗坐著一個清麗的姑娘。

她開口低聲埋怨道：「這麼冷，大清早只穿兩件給衣，著了涼怎麼辦？」說著，從身後拿出一件棉衣，便逼著小余穿。

小余剛才在雪地裡都不覺冷，此時屋中生火，額角已微出汗，但聽那女子柔聲埋怨，心中感到一陣溫暖，立刻穿了上去。

小余道：「蘭姑，老爺後天可要回來了嗎？」

蘭姑道：「乘他還沒回來，我們待會兒到牢裡去瞧瞧方婆婆。」

小余道：「方婆婆已經走了。」

蘭姑大驚道：「她幾時被放走的？」

小余道：「前幾天，我遇到獄卒老李，他告訴我的。」

蘭姑呆了半晌，嘆氣道：「唉！她一個人年紀那麼大，能走到哪去呢？是我害了她。」

小余道：「那怎能怪你！那些捕頭兒，就只會欺侮老弱窮人，哼，真正的飛賊大盜，他們可連影兒也碰不到。」

蘭姑急道：「小余，你以後快別再說，被老爺聽見了，可不是好玩的。」

小余道：「哼！我可不怕，大不了被他們抓去殺頭。」

蘭姑賭氣：「好，你不聽話，我是為你好呀！」

小余見她臉上微怒，心中人急，連聲道：「蘭姑，您別生氣，我以後再也不說啦！」

蘭姑嫣然一笑道：「這才是好孩子。」

下午，天色更見晴朗，雪後初霽，空氣十分清新。

蘭姑正在替小余縫一件外衫，忽然嗅到一股清香，便問小余道：「門旁蘭花又開了。」

小余道：「不但蘭花開了，梅花也開了，對了，我摘幾枝來插花瓶。」

蘭姑道：「好生生開在樹上，不要去摘它，那香氣好聞極啦，我要走近去嗅嗅。」

她輕步跨出門檻，走向大門牆邊的梅樹下，動作之伶俐，完全不像是一個雙目失明的人。

她彎下腰，微嗅著初開的草蘭，心中浮起了一張熟悉的面孔。

從小，她就愛花，尤其是蘭花，因為這和她名字湊巧有關。

「在我眼睛未瞎之前，」她想：「每年初冬，當小茅屋四周草蘭開放的時候，我總愛一個人站在花叢中，嗅著那令人忘俗的淡淡香氣，每當我心神俱醉的時候，突然從後面伸出一雙強而有力的手，遮住了我雙眼，沉聲要我猜是誰，那是大哥——我心中最崇拜、最敬愛的大哥，我不用猜也知道的。」

她自憐的微笑一下，接著想道：「後來，我眼睛瞎了，媽和大哥對我更是百依百順，我想要什麼，大哥從來沒有使我失望過，我雖瞧不見他愛我、憐我的目光，可是我心裡感覺到他是更加喜歡我了，在這世界上，只有媽，只有大哥是真正待我好的，不要說是我雙目失明，就是我雙手雙腳都殘廢，他們依然不會嫌棄我，依然是愛我的。」

「我天天數著日子，在夕陽下，凝望著那遙遠的小道，雖然我知道大哥至少要半年才會回來，可是我卻希望有奇蹟發生。太陽下去了，天幕上閃起了幾顆流星，媽縫著棉衣，時時抬頭看著高朗的蒼穹——她心也在惦念著大哥哩！掛念的日子顯得很慢，可是在希望——光明的希望鼓勵下，我和媽平靜的過著。」

「幾場大雨，眼見河水愈來愈高漲，人們開始惶急不安，可是誰都沒想到會來得這麼快，那天晚上……」她想到此處，臉上閃起了一陣驚悸之色，顯然的，在她腦海中，那夜的情景，是多麼深刻驚惶。

「大水來勢真如千軍萬馬，待媽和我驚醒時，水已淹到齊胸，我和媽一人抱著一個木桶，隨著洶湧波濤漂流，突然一個大浪打來，媽和我就分開了，我心中一急，便昏了過去，待我醒來，天色漸漸亮了，那真想不到，在昏暈過去時，我雙手竟能緊抓著木桶沒有鬆開，那是人類求生的本能發揮到了最高點吧！」

她自嘲的笑了笑，想道：「我手足都快凍僵，只聽到滾滾巨波，水聲似乎愈來愈大，媽媽呢？我親愛的媽媽呢？一種不祥的感覺從我內心深處傳了出來……我愈來愈不能支持，真想一鬆手讓波浪捲去算了，可是有一種無比的勇氣支持著我，我想就是要死，也要再見大哥一面呀！後來，我終於得救了！被巡視災區的金大人救起來，這金大人為人可真是好，他那義女蘇姑娘也極是和善，我寄住在金大人家中，到處打聽媽媽的蹤跡，然而，人海茫茫，就算幸運，媽不被大水沖去，我又到何處去尋她呢？我盤算著等水退後，就立刻返家，這樣，當大哥回來時，也不會找我不著。」

「想不到大哥竟會和蘇姑娘相識，而且那麼熟悉。大哥雖然不是那種見異思遷，負心的人，可是，我親耳聽到的，大哥那種愛戀橫溢的情話，那難道不是真的嗎？哼，他怎麼可以對另一個女孩子說出那種話呢？」她情緒變得很是激動，嫉妒的怒火慢慢的燃燒起來，可是，溫柔有如江海一般深邃的她，一轉瞬間，怒意便消，轉念想道：

「唉！如今我還盡想這些事幹麼？大哥，我相信心中還是會記得我的，蘇姑娘雖是大家閨秀，但要佔住大哥全部的心，只怕也沒有這麼容易。唉，大哥愛著她又惦念著我，他一定不快活的，我……我倒不如那日被水沖去……」她愈想愈是哀傷，忽然，一陣響亮的擊鑼聲，打斷了她無盡的哀思。

小余原來一直站在身旁，他見蘭姑神色淒苦，一時也不知如何安慰她，心中正自納悶，他童心未泯，一聽鑼聲，如釋重負，便奔出去看熱鬧。

阿蘭正準備回房，突然一聲清脆的叫聲：「蘭姑娘！蘭姑娘！」

她眼雖看不見，但耳朵卻是靈敏已極，但覺那聲音甚是熟悉，但一時間又想不起到底是何人？

小余急忙進來喘息道：「咱們陝西新巡撫金大人的小姐，她在叫你哩！」

阿蘭略一沉吟，恍然大悟，心想：「原來是蘇……蘇姑娘，那麼他也一定來啦，我何必要見他們。」

便對小余說道：「你去對她說，我並不認識她，一定是她認錯人了。」

小余心中好生爲難，正在這時，蘇蕙芷已經走到門口，接口笑道：「蘭姑娘，你當真不認得我麼？」

阿蘭心中微窘，想到自己一生幸福，就是斷送於此人之手，不覺氣往上衝，譏諷道：「原來是蘇大小姐，民女家中陳設簡陋，是以不敢接待芳駕。」

她話一出口，心中已有些後悔，她簡直就不敢相信自己竟能說出這種尖銳傷人的話。

蘇蕙芷並不生氣，柔聲道：「蘭姑娘，你還生我氣？你知道你吳大哥現在在什麼地方？」

一提到吳凌風，阿蘭情不自禁的注意起來，她搖搖頭道：「他難道不是和你在一起？」

蘇蕙芷淒然道：「你吳大哥正在天涯海角的尋你呢！」

阿蘭一聽，頓時如焦雷轟頂，她強自支持，顫聲問道：「你說的可是真的嗎？」

蘇蕙芷走上前，持著她雙手，柔聲道：「蘭姑娘，不，我叫你蘭妹妹好嗎？」

阿蘭聽她說得誠懇，便點點頭。

蘇蕙芷很誠懇的說道：「那天你負氣一走，次晨吳大哥一知此事，便如失魂落魄，他迫不急待的就和我告別，也不知他到哪裡去找你了。蘭妹，當真，吳大哥就只喜歡你一人，你……你真有福氣。」

接著又羞澀道：「蘭妹，不瞞你說，我……我原是很喜歡……很喜歡吳大哥的，可是我真笨，我一直以爲他喜歡我，到現在我才明白，原來他心中只有你一個人，那日酒醉，他誤認我是你，是以造成誤會，蘭妹，他用情真專，有這樣英俊的少年，專心一意的愛你，你真幸福，我……我也替你高興。」

阿蘭愈聽愈是哀痛，悔恨、自責的情緒，一齊湧到她胸中，但見她臉上時而紅暈，時而慘白，最後，她再也支持不住，倒了下來。

小余趕忙扶住她，蘇蕙芷急道：「蘭妹，你怎麼啦！你哪兒不舒服？」

阿蘭勉強慘笑道：「蘇姐姐，我一時頭暈，所以支持不住。」

蘇蕙芷道：「你先進屋休息，我也要走了，今晚長安城的縉紳替我義父接風，我也要去，改天再來看你。」

阿蘭點點頭，扶著小余，走進屋裡，關起臥房的門，對小余說：「我要好好睡一覺，你可別來打擾。」

小余剛才聽她和蘇蕙芷一段對話，心中略有所悟，只覺不幸的事便要發生，脫口道：「蘭姑，你可千萬別氣苦。」

阿蘭嫣然笑道：「小余，你別瞎想，我有什麼好氣的！」

小余無奈，怏然退出。

阿蘭躺在床上，心內有如刀絞，她心想：「原來大哥還是這麼愛我的，我……還有什麼面目見他呢？在他心中，我一定是最完美的女孩，這是不用他說，我也明白的，因爲這正如他在我心中的份量。我……我要設法使他永遠保持這個完美的印象，但有什麼方法呢？啊！對了！只有死，只有死，才能達到這種目的。」

想到死，她心中漸漸安定下來，轉念又想道：「可是，我總還要再會他一面，然後，然後再了卻我這一生。」

她盤算已定，心中反覺泰然。時光倒流過去，她這一生短短十多個年頭的情景，一幕幕如飛的從她腦海深處浮起，又飛快的逝去。

冬陽照在牆上未融的積雪，反映著她慘白的臉，她的心漸漸下沉，下沉……

世界上的事，往往都是不可思議的，就在阿蘭碰到蘇蕙芷的第二天，吳凌風也到了長安，而且那麼湊巧的遇到了蘇蕙芷的婢女小芙，小芙告訴他阿蘭的情形，凌風內心怦然直跳，他問明了阿蘭的住處，便奔了去。

原來吳凌風和辛捷在五華山和四大派掌門人決鬥大獲全勝後，凌風父仇已報，心中只有一件牽掛之事——尋找阿蘭母女。辛捷也急著要去找那天真無邪的張菁，是以兩人告別「七妙神君」梅山民，分兩路尋訪，並約定一月後在長安西城門會面。

吳凌風一路跋山涉水，但毫無結果，算算與辛捷約期已近，無奈之下，只有直奔長安。這日清晨進了城，不料撞著小芙，小芙因爲是蘇蕙芷貼身侍女，是以對於吳凌風、阿蘭及蘇蕙芷間的誤會極爲清楚，昨日蘇蕙芷與阿蘭相會，她也就坐在蘇蕙芷轎中，她對凌風很感同情，所以便急急告訴了凌風阿蘭的情況。

吳凌風依著小芙所指示，走到西人街，心中愈來愈緊張，也愈來愈高興，他心想：「要是阿蘭發覺我突然找到她，她不知有多高興，如今，蘇姑娘既已向她解釋清楚，她一定不再恨我了，如果，她知道她大哥費盡心力終於把那千載難逢的血果找到——那能使她在黑暗中重見光明的靈藥，她會怎樣感激我呢？」

終於，他到了小芙所指的屋子，他輕步上前，敲了兩下門，一個小廝出來開門。

吳凌風問道：「蘭姑娘可在？」

那小廝正是小余，他打量了吳凌風兩眼，引凌風進了客廳，便進去報信。

吳凌風舉目一看，只見陳設頗爲華貴，心中正自詫異，暗忖：「小芙未說明阿蘭住在誰家，看來這主人很是有錢。」

等了半天，也不見阿蘭出來，吳凌風心中很是不安，正想站起身走近些去看看，忽然門簾開處，顯出了一張俏生生的俏臉。

原來阿蘭一聽小佘通報，便知是吳凌風到來，她可萬萬沒有想到，事情是那麼突然，她天天盼望著見吳凌風一面，可是此時吳凌風來到，她心中又猶豫不定，竟像做錯事的小孩，害怕見父母一般。

最後，她下了決心，想道：「世界上難道有比死更令人害怕的事嗎？我死都不怕，那還怕什麼？」是以便走了出來。

那張臉，曾使凌風如癡如醉過，也曾使他捨生忘死過，此時陡然出現，吳凌風呆了一會，竟不知說什麼是好。

他定了定神，走上前兩步，輕輕握住阿蘭的手，激動道：「阿蘭，我……我……總算找……找到你了。」

阿蘭順勢倒在他懷中，反覆哭道：「大哥你終於來了，你終於來了，我天天盼望著你，你終於找來了。」

吳凌風鼻一酸，眼角含淚，柔聲勸道：

「阿蘭，快別哭了，快擦乾眼淚，咱們應該歡喜才對呢！你真的別哭了，我有樣東西送你，你一定高興。」

阿蘭哭了一陣，心情漸漸平靜，想道：「這是最後一次見到大哥了，從此以後，大哥便永遠不會再看到我了，對，我應該使他快樂才對。」

她擦乾了淚，低聲問道：「大哥，你這大半年到了些什麼地方，伯父的仇報了嗎？」

吳凌風見她一開口便問自己報仇大事，對於她自己賴以復明的血果竟一字不提，吳凌風心中大爲感動，便道：「我這半年多的經歷真是又驚險，又有趣，待日後有空我再慢慢講給你聽，我包你愛聽。就在差不多一個月前，我和捷弟在五華山，以二敵四，殺得四大門派掌門人落花流水，那武當派赤陽道人、崆峒厲鶚都被我們殺了，當年，他們四人聯手以此陣式害了爹爹，哼，他們沒想到在十多年後，會喪生在這陣法上吧！」

她心中雖然悲苦，但聽到吳凌風大仇已報，也不禁血脈賁張，振奮讚道：「大哥，殺得好。」

吳凌風道：「阿蘭，大娘呢？」

一提起大娘，阿蘭又忍不住流下眼淚，她抽泣道：「媽多半被大水沖走了。」便把那日大水情形講給吳凌風聽。

吳凌風柔聲安慰道：「阿蘭，那一定沒事的，老天爺永遠是幫好人的，大娘一定會轉危爲安。」

吳凌風接著道：「阿蘭，你猜我送你的是什麼東西？」

阿蘭想了一會，搖頭道：「我猜不著。」

吳凌風道：「你現在最希望的是什麼？」

阿蘭道：「只要媽和你安好，我還希望什麼呢？老天爺都是小氣的，我要求太多了，反而失望得厲害。」

吳凌風從懷中取出兩個玉瓶，一個是裝著雲爺爺贈送的萬年靈泉，另一個裝著在大戢島得到的血果汁。

凌風柔聲道：「阿蘭，我說過要替你找到血果，使你雙目復明，總算皇天不負苦心人，竟讓我找著了。來，我替你醫治。」

阿蘭感到一陣歡欣——但那只是一刻，她想道：「時間過去一刻，我和大哥在一起的時候便短了一刻，何必要治什麼眼睛，來耽誤這寶貴時間？」便道：「咱們先談談別的事情，別忙醫治。」

吳凌風見她神色平靜，大感意外的說道：「朱夫子說過，只要把血果汁服下，靜息三個時辰便見功效，何況現在又有萬年靈泉，可以先把眼內被毒所侵爛的肌肉復原，阿蘭，你先吃下這瓶血果汁。」

阿蘭拗他不過，只得接過玉瓶，一飲而盡。

吳凌風要了一杯水，倒了幾滴靈泉，用一塊乾淨棉布浸濕，小心替阿蘭洗著眼睛，洗完之後，他用布把雙眼包起來，歡然道：「過三個時辰，當我把布拆開時，你便可以重見光明了。」

阿蘭溫柔道：「大哥，謝謝你啦。」

吳凌風道：「阿蘭，你這就去休息。」

阿蘭搖頭道：「不，大哥！我要聽你講故事。」

吳凌風無奈，便把自己這半年的經歷揀有趣的說給她聽，吳凌風愈說興致愈高，阿蘭靜靜的聽著，當她聽到吳凌風歷經艱苦，才把血果得到，不禁感激流下淚來。

吳凌風道：「現在，苦難已經過去了，仇也報了，阿蘭，咱們回家去，種田栽花，永遠在一起，再也不要分離了。」

阿蘭微笑，但笑容斂處，眼角閃起一種淒涼神色。

吳凌風喜氣洋洋，是以並未注意，他繼續道：「咱們先找到大娘，我可要好好報答她老人家，家鄉的房子一定被大水沖走了，那也好，我們就搬到泰山腳下，在那裡蓋一棟房子，這樣我們便可常常去看雲爺爺。阿蘭，那雲爺爺喜歡你得很，他再三叮囑我要帶你去見他哩！啊！對了，他住的那兒棗子真好，又大又甜，你一定喜歡吃。」

阿蘭忽覺眼睛發癢，伸手去解蒙住雙眼的布帶。

吳凌風住山阻止，問道：「你有什麼感覺？」

阿蘭道：「我眼睛癢得很。」

吳凌風大喜道：「成了，成了，想不到這靈藥功效真快，阿蘭，沉住氣，我來替你解開。」

他心中默禱，急忙解開阿蘭眼上所包布帶，阿蘭只覺一陣不能忍受的亮光，使她昏眩倒地。

吳凌風急道：「阿蘭怎麼了？怎麼了？」

阿蘭慢慢站起來，她深深吸了口氣，凝視著凌風，半晌，豆大的淚珠順頰流下。

吳凌風問道：「你可看得見我嗎？」

阿蘭點點頭，凌風歡叫一聲，抱起她，高興得在屋中打轉。

阿蘭柔聲道：「大哥，你把我放下來。」

吳凌風微一錯愕，便道：「你瞧我真樂昏啦，對，阿蘭，你雙目初癒，不能久用目力，你趕快到床上去睡一覺。」說著，就抱著她走進臥室去。

他輕輕把阿蘭放在床上，替她蓋上被子，柔聲道：「我等會再來看你。」

阿蘭抓住凌風的手急道：「大哥，你別離開我。」

吳凌風見她臉上神色惶急，便依言坐在床邊。

四七　天意如劍

阿蘭注視著吳凌風，但見吳凌風俊目中包含著千般憐愛，令人不克自抑。

阿蘭忽道：「大哥，你相不相信天上有個樂園？」

吳凌風茫然，不解她問話之意，搖頭道：「那恐怕是假的。」

阿蘭好生失望，想道：「難道媽講的故事都不是真的？」

吳凌風勸道：「你別瞎想，好好養養神吧。」

阿蘭不依，纏著吳凌風只是談著兒時的趣事，吳凌風聽她娓娓說起，不禁也回憶起小時情景，內心很感溫馨。

阿蘭道：「大哥，你還記不記得有一次咱們上山採野菜，遇到一頭大灰狼？」

吳凌風接口笑道：「那時我們嚇得手腳都軟了，氣都不敢出重一些，總算沒被那隻該死的大灰狼發覺。」

阿蘭道：「我永遠記得，那時你雖然嚇得不得了，可是你小手上還緊握著一枝樹枝，站在我前面保護我，大哥，你待我真好，要是我這一生無法報答你，我就是變鬼也要報答你的恩情。」

凌風道：「阿蘭，不要再說喪氣話了，我們好日子已到了，阿蘭，我對江湖上的事一直不感興趣，只要能和你廝守在一起，就是餓著凍著，我心裡也是高興的，我們住在山下，天天可以一起去爬山、聽泉、散步、摘果子。還有辛捷弟，我那武功蓋世的義弟，他一定會常來看我們，阿蘭，你說這種生活愜意不？」

阿蘭見他俊臉放光，神色欣愉已極，她幾次想開口點醒他，竟是不忍出口。

日已當中，吳凌風驀地想起和辛捷的約會，便向阿蘭說了，起身欲走。

阿蘭深深望了他一眼，低聲道：「大哥，你當真永遠記得我麼？」

吳凌風一愕，隨即點點頭。

阿蘭又道：「大哥，譬如……譬如我做了什麼對不起你的事，你都肯……都肯……原諒嗎？」

吳凌風笑道：「阿蘭，你處處為我、向我，怎會對我不起呢？」

阿蘭長吁一聲淒然道：「那我就放心啦！好，大哥你去吧！」

吳凌風轉身正待離去，阿蘭叫道：「大哥，你再讓我瞧瞧。」

吳凌風內心大奇，只覺阿蘭行動古怪，但他在狂喜之下，理智已昏，是以並未想到其他。

阿蘭凝望著凌風，但覺此生已足，再無留戀，她嫣然笑道：「你可要快回來。」

她目送吳凌風走出，笑意頓消，她想：「世界上本來就沒有太美滿的事，太美滿了那就不長久，少年情侶，情深愛重，每每不終老，傖夫俗婦，往往偕老終身，我這一生也夠了，我得到了最高貴的情感！雖然那是短暫的，可是比起那些終生混混沌沌的愛，那又有意思得多了。」

她推開窗，抬頭看著碧藍的晴空，用力嗅著草蘭的芬芳，於是，她很平靜的去安排自己……

吳凌風滿懷欣喜快步出城，到了城門外一看辛捷並未來到，他就在附近隨意走走。

此時正當天下清平，又恰巧渭河平原關中之地三年豐收，吳凌風但見城高壁厚，氣勢莊嚴，來來往往的商賈、農夫都面帶喜色，吳凌風不覺怡然。

他等了半個時辰，也不見辛捷來到，心知辛捷一定有事牽掛，便向一家小店老闆要了紙筆，留書觀上，告訴他自己所在之處。

他輕鬆的走著，但覺自己得到了宇宙間的一切，陽光照在他身上，他不但感覺身上暖暖的，在他內心的深處也充滿了暖意。

他細細咀嚼阿蘭的話。

突然，一種從未有的感覺襲擊著他，在一剎那間，他分不出是喜是悲，只覺手足無措，他定定神，想道：「我怕是樂昏了吧！」

然而恐懼的陰影突然愈變愈大，漸漸的籠罩了整個人。

吳凌風原是極聰明的人，此時狂喜之情一消，頭腦便見清醒，當想到阿蘭最後向他一笑的神情，那真是纏綿淒愴，似乎心都碎了……

他怕極了，不顧一切發足狂奔，待他趕到，只聽到一陣哭聲傳了出來。

吳凌風心知不妙，一提氣越牆而過，匆匆衝進屋裡。

只見阿蘭倒在地上，小余伏地痛哭。

小余哭道：「蘭姑死了，你還來幹麼？」

吳凌風衝上前去，抱起阿蘭，一探脈息，已是手足冰涼。

他眼前一花，幾乎昏過去。

他輕輕放下阿蘭屍體，漠然的向四周瞥了一眼，忽然低聲唱道：

「天長地久，
人生幾時，
先後無覺，
從爾有期。」

唱聲方止，哇的一聲噴出兩口鮮血來。

小余抬頭只見這俊少年在一刻間如同變了一個人，在他眼中是無限陰暗、無限的絕望，令人如置身寒冰原野，小余不禁打了個寒顫。

吳凌風痛極之下，反而鎮定，他不再言語，抱著阿蘭屍體，頭也不回，逕自走了。

小余慢慢擦乾眼淚，蘭姑的話又浮到耳邊：

「……小余，我的事你都很明白，現在我要到很遠很遠的地方去，你今後可要好好做人，我的事，你千萬別向吳公子提起……」

想到此，小余不覺又垂下淚來，自責道：「小余，你這笨東西，你竟真以為蘭姑要遠離他去，你竟想不到她會上吊自殺。」

轉念又想道：「方婆婆和蘭姑原是最好的人，可是她們的結果呢？那該死的縣官，他見蘭姑貌美，流浪異地，竟誣她們為飛盜家屬，然後再假裝出面替她洗脫罪名，可憐蘭姑哪知他的詭計，他乘蘭姑對他感激不防時，用迷藥玷辱了她，這是大家都知道的，可是這種奸惡之徒，依然作官發財，難道這就是天理嗎？」

「蘭姑忍辱偷生，原來就是為了見吳公子一面，如今心事已了，她自然會去死的，她不讓吳公子知道，那是要在吳公子印象中保持完美的回憶，可憐她為了愛吳公子，竟放過自己委屈大冤，這事只有我知道得最清楚，蘭姑從不以下人待我，處處以大姐態度照顧我，我小余一生哪裡有人疼過、憐過呢？蘭姑，蘭姑，我如果不替你報仇雪恨，我真是豬狗不如。」

他憤恨的出了門，流浪江湖，遍訪名師，日後終成高手，了結心願，此是後話不提。

吳凌風僱了一輛車，他怕抱著阿蘭屍體，惹人注目。

一到郊外，便順手拋得車伕一錠銀子，抱起阿蘭，如飛而去，那車伕以為遇著財神，咋舌不已。

吳凌風專走小路，奔了一陣，到了一處山腳之下，他施展上乘輕功，如瘋狂一般翻山越嶺，那山路甚是崎嶇。

凌風跑到一個山洞邊，把阿蘭放下。

他這一生苦難太多，此時心意已決，反覺無所依戀，拔出長劍，挖了一個大洞，把阿蘭葬了，在她墳前輕聲說道：

「阿蘭，大哥這一生是陪定你了——無論天上、地下，你等著我呀，我就來了。」

他如夢囈喃喃，沒有一絲感情衝動，好像這種決定，乃是天經地義的事，根本就不用考慮了。

他輕嘆一聲，走到山邊，太陽已漸偏西，長安城一切歷歷在目，自覺生命已至盡頭，就站在阿蘭墳前，舉起寶劍，往脖子上抹去。

突然，他覺得右手一震，一股大力使他寶劍把持不住。

一聲響若洪鐘的聲音：

「色即是空，
空即是色，
苦海無邊，

回頭是岸。」

吳凌風只覺如雷轟頂，又覺宛如當頭被潑了一桶冷水，一刹時間，他又像是糊塗了，又像是清醒得很。

他猛然轉身一看，卻不見一個人，他矓目前視，只見兩個黑影如飛而去，其中一個是瘦長的老僧，另一個背影好生熟悉，奇的是那老僧脅下似乎挾著一個暈迷的女子——

但他心中一些也不曾想到這其中的古怪，他腦中渾渾然，也不知在想些什麼，一會兒像是千百個巨濤大浪在洶湧，一會兒又像是碧湖一平如鏡，漣漪不生，而那「色即是空……空即是色……」幾個字有如洪鐘般在他腦中響著……

突然，他像是大徹大悟了，他俊美的臉上流出一絲堅毅的顏色，於是他舉步——但是，立刻他又停住了。

他心中暗道：「我原想去尋那雲爺爺，伴著他終此一生算了，但是我和捷弟的約會呢？儘管這世上再沒有一件事會令我牽掛，但是大丈夫立身於世，豈能言而無信？我，我得等他，然後——唉，我還有什麼『然後』呢？」

想到這裡，他陡然驚起。

剛才那老和尚脅下挾的女子好生眼熟，倒有幾分像那菁兒哩——

他更不遲疑，一飄身向方才那兩人方向追去。

他服血果後，輕功之高，世上罕有，只見有如一縷輕煙般滾滾而前，不一會就到了郊野。

這時，忽然一聲清嘯發自左面，他陡然一震，收足長嘯相應。

不一會，左面小丘出現一條人影，那人速度快得令人咋舌，只三四縱，就輕輕飄過三十多丈，呼的一聲，已到眼前，正是辛捷！

儘管他身法美妙絕倫，但他的臉上掩不住一絲失望與焦急混和的神色。顯然，他並沒有尋到菁兒。

吳凌風見了辛捷，不知怎的，眼淚險些奪眶而出，他強忍住激動，顫聲道：

「捷弟，前面前面……有一人……一個女子……好像菁兒……」

他說得斷斷續續，但辛捷可聽懂了。

辛捷心中狂喜，大叫一聲：「咱們快！」如飛而前！

他可沒注意到吳凌風的神色，雖然俊美依舊，但是憔悴消瘦，眼神帶著一片灰色，活像是驟然老了十年！

辛捷自然想不到分手幾時，他吳大哥不僅已尋到阿蘭，而且已懷著一顆破碎了的心！

郊外山陵起伏，但這兩人都是當世一等一的輕功，那崎嶇黃土高原，在他們腳下如履平地。

突然，兩人停下腳來，原來前面出現分歧兩路。

吳淩風道：「咱們各搜一條——」

辛捷道：「不成，若是兩條路碰不著頭，那麼咱們就愈走愈遠啦——」

兩人好生爲難，最後還是辛捷道：「咱們一起往左走吧，天意——」

說到「天意」，他住了口，他下意識地抬頭看了看天，蔚藍色的天角有些黃黃紫紫，當頂上一大塊白雲——

子。

四八　婆羅五奇

世事的安排，有時是巧之又巧，如果辛捷選的是右邊一條路，他的一生也許就改變了樣子。

左面那條路的頂頭，是一個小山谷，兩人分頭尋了一回，一點線索都沒有。

辛捷長嘆道：「咱們多半走錯了路——」

吳凌風卻忽然叫道：「捷弟，瞧，那邊有個山洞，咱們去瞧瞧。」

辛捷宛如黑暗中發現光明，一飛而去。

這些日子來，他不知失望過多少次，但他仍有勇氣來承受更多的失望，這只能說是愛情的力量在支持著他吧。

遠遠望去，山洞前竟好似站了一個人，正是，是一個人，他似乎也發現了辛、吳二人，而且從腰間抽出一柄長劍，作戒備之態。

辛捷、吳凌風兩人一躍而前，齊地哦了一聲。

原來那人竟是武林之秀孫倚重！

辛捷心中有如萬箭齊戳，既然這是孫倚重，那麼和菁兒是沒有關係的了。

但他仍勉強地道：「孫兄，別來無恙？」

孫倚重也道：「兩位怎麼到這兒來——」

凌風忽然咦道：「捷弟，你瞧那是誰？」

辛捷順指過去一看，只見一個人靜靜蹲在雪地上，對著地上一個小洞不停地吹氣，手中拿著一炷大紅色的香不斷對洞中薰，辛捷對「毒」的玩意兒嫻熟於胸，一看便知此人在捕捉一種極少有的毒蛇，喚作「金舌兒」。

仔細一看，不禁大驚，原來那人面上刀疤凸凹，竟是那天魔金欹。

他心念一轉，反倒釋然。

心想：「這天魔金欹不遠千里跑到這裡，想必是要配製那『血魂毒砂』。」

敢情這些全都是從毒經而來。

那天魔金欹端的是天下第二用毒高手，居然連眼睛都沒有抬一下。

凌風恐辛捷失望，道：「捷弟，咱們到洞中再找一趟。」

那孫倚重卻緊張地道：「不成！」

辛捷不禁大奇，道：「什麼？」

孫倚重似也發覺自己緊張過度，解釋道：「我是說請兩位暫時不要到洞中去——」

辛捷急道：「爲什麼？」

也許是他心中焦急，聲音不禁大了一些，那孫倚重似乎也是微怒，但卻一時沒有說話。

辛捷疑心大起，沉聲道：「爲什麼？你說——」

孫倚重也怒道：「不爲什麼，又怎樣？」

辛捷本來以爲菁兒不可能在洞中，但這樣一來，倒非進去一看不可了。他一言不發就準備進洞。

孫倚重長劍一立，橫步站在洞口——

正在此時，忽然一聲陰森森的冷笑來自背後，辛、吳二人轉身一看，只見三丈外高高矮矮站著五人！

爲首之人竟是天竺高手金魯厄！

辛捷大吃一驚，反身視凝相待，那金魯厄上前兩步。

冷哼道：「辛大俠，別來無恙乎？」

辛捷冷笑一聲，不置可否，嘴角上掛著一抹不屑的冷笑。

趴在地上捉蛇的天魔金欹仍是瞧都不瞧這邊，因爲他動也不動，是以金魯厄等人根本不曾發現他。

金魯厄見辛捷不理睬，也不發怒，只冷冷道：「今日咱們兄弟有一點小事要相求於辛大俠——」

「辛大俠這柄寶劍端的是稀世珍品。」

辛捷見他瞥見自己劍柄就看出是寶劍，眼力著實厲害。

心中想道：「這廝有什麼要相求於我的？只恐有什麼詭計——」

口中卻道：「什麼？」

金魯厄淡淡一笑道：「也沒有什麼，仍是那句老話，咱們求辛大俠承認一句話，咱們感激不盡。」

辛捷奇道：「承認什麼？」

金魯厄嘿了兩下道：「只要辛大俠肯承認大竺武學在中原之上——」

辛捷怒道：「當日恆河三佛在小戢島大戰世外三仙，三佛可曾佔得一絲便宜？哼！」

金魯厄冷笑道：「敝師尊們見無極島主內疾突發才罷手而去，不料辛大俠竟不識好歹——」

辛捷怒不可抑，哈哈大笑道：「閣下找姓辛的只為這一件事麼？」

金魯厄傲然點首。

辛捷忽覺胸中熱血上湧，他再也管不住自己，他忘了要尋找的菁兒，也忘了當前的危境，大聲道：「姓辛的回答你，叫你快滾！」

的確，此時他忘卻了菁兒——

也許日後想起來，他會覺得不妥——

但是至少此刻，他心中覺得有件事比愛情、甚至比生命都更加重要百倍！

金魯厄乾笑一聲，並不理會。逕自指著為首那矮小和尚道：「這位是敝門大師兄，法號密陀寶樹——」

辛捷看那矮和尚，只見他兩額太陽穴鼓出老高，雙目精光暴射，身材雖小，但氣度沉穩，宛如泰山巍立，辛捷暗驚道：

「這矮和尚內功之深，只怕比恆河三佛都差不了多少，這五人中要算以他最難鬥。」

金魯厄指著左面那黃衫頭陀道：「這是二師兄青塵羅漢——」

接著又指著左面第二人道：「三師兄加大爾——兩位是見過的了。」

最後指著右面的虬髯漢子道：「這是四師兄溫成白羅，哈哈，咱們五兄弟人稱婆羅五奇——」

辛捷想起那梵文輕功秘笈上的記述。

當下冷冷道：「嘿，怕是婆羅六奇吧！」

金魯厄臉色大變，哼了一聲道：「辛大俠倒會說笑話——閒話少說，咱們兄弟這次來尋辛大俠乃是——」

說到這裡，他頓了頓，繼續道：「辛大俠不肯承認天竺武功在中原之上，那也就罷了，不過上次咱們在奎山上交手，兄弟回去以後，將辛大俠的神功絕技說給咱師兄們聽，大家都仰慕得很，所以——所以咱們就決心尋辛大俠討教一二——」

說到這裡，他雙眼牢牢盯住辛捷。

辛捷拚命冷靜下來，把眼前形勢飛快地打了一回算盤。

但是竟想不出一條脫身的辦法。

他回首望了望吳凌風，吳凌風也正望著他，他對著吳凌風苦笑一下，悄聲問道：「怎樣？」

吳凌風默然搖了搖頭。

但他立刻斬鐵截釘地道：「拚一個算一個！」

他那俊美的面孔上露出一種凜然的神色，這種凜然的神色令他的絕世秀俊中更增了一分男兒的本色！

辛捷回身仰天長笑，朗聲道：「易水蕭蕭，悲風淒淒，大丈夫生不成名，死則葬蠻夷之中——大哥，憑這五個化外蠻子就奈何得咱們兄弟倆嗎？」

那金魯厄嗤然冷笑道：「兄弟倆？你們兩人麼？哈——兩人——」

辛捷正待回答，突然背後一個響亮的聲音接道：「三人！」

金魯厄急忙回首一看，只見三丈外一個青衣青年叉腰挺立，腰旁長劍穗絲飄飄，正是那奎山會過的「武林之秀」孫倚重！

金魯厄乾笑一聲，冷然道：「好啊，就連你也算上吧——」

驀然左面一個陰惻惻的聲音道：「嘿嘿，還有我哩！」

婆羅五奇一齊轉身看去。

只見一塊巨石上站著一個披頭散髮的醜臉劍士。

那人臉上交叉兩道刀疤，鼻孔殘缺不全，形態極是可怖，正是兇名滿天下的天魔金欹！

金魯厄見過天魔金欹，但覺此刻他面容恐怖，不由心中一震。

辛捷不料這兩人會出手，不由心中大喜，他豪性遄飛地長笑一聲，叮然陡響，劍光閃處，梅香寶劍已到了手上。

凌風俊美的臉上閃過一絲令人暈眩的光采。

他瀟灑地一跨步間，長劍也到了手中。

辛捷低聲對凌風道：「那爲首的矮和尙由我對付——」

話聲未已，唰唰兩聲。

那武林之秀孫倚重及天魔金欹一齊縱到身邊。

金魯厄雖見過兩人，卻不知他們姓名，遂冷笑一聲問道：「敢問兩位尊姓大名？」

孫倚重哈哈笑道：「打就打，問這個幹麼？」

那天魔金欹卻哼都不哼一聲，竟是根本不加理睬！

金魯厄氣極反而仰天長笑，半晌才止住笑聲。

恨聲道：「小子們休狂，今日就是你等斃命之時！」

聲響方歇，呼地一聲，那條油烏亮亮的長索已到了手中，嗞的一聲尖銳大響，長索已如毒蛇穿身般飛騰而出。

吳凌風一錯步間，虹光閃處，搶迎而上，左手劍訣一繞，手中長劍挾著一縷勁風斜劈而出，正是斷魂劍法中的凌厲攻式「鬼王把火」。

那其餘的婆羅四奇見金魯厄已動了手，各自迅速地易位而立，準備出手。

辛捷一領梅香寶劍，回頭向孫倚重、天魔金欹兩人略一點首，一反身之間，長劍輕輕飄出，疾如閃電地刺向婆羅五奇的老大密陀寶樹。

這一招好不古怪。

那梅香寶劍竟似軟鞭一般作弧形地彈將出去，那一彈之間，發出「嗡」的一聲，劍尖卻在那一剎那之間飛快地跳動，上下左右止好構成一個圓圈兒，然而卻分毫不爽地圈在密陀寶樹的胸前四大要穴之上！

密陀寶樹不料辛捷招式如此神奇。

他咦了一聲，雙肩陡然下沉，矯小的身形在辛捷劍尖下一竄而過，身軀不待伸直，雙掌猛然向後摔出。

那瘦小的手掌之間，竟然挾著兩股作響的勁風，直撞辛捷「神庭」、「玄璣」兩穴。

辛捷身子再快也不及收回長劍，他只得左掌一圈而出，硬迎而上，砰的一聲，辛捷以一掌接他兩掌，登時被震退兩步！

辛捷暗道：「這密陀寶樹果然不愧是婆羅五奇之首，功力之深，只怕猶在金魯厄之上！」

他低頭看了看手中的梅香劍，清亮耀目的劍尖上發出一絲令人寒慄的光芒，金色的穗絲在微風中曳曳而動。

他猛然抬頭，雙目精光暴射，白皙的臉孔上透出一絲異樣的紅潤，他長劍一吞一吐，化作萬般劍影向密陀寶樹當頭罩下——

密陀寶樹旋身之間，手中已多了一柄小鏟，那小鏟非金非石，卻光亮耀眼，不知是何種質料所製。

密陀寶樹從辛捷這一劍中覺到一種平生未有的感覺——

他似覺全身每個穴道無一不在辛捷劍尖威脅之下。

卻拿不定他究竟是攻刺哪裡——

不言而知，辛捷施出了大衍十式中的起手勢「方生不息」！

密陀寶樹腦筋飛快地轉著，手中小鏟卻本能地向兩邊揮擊而出，當辛捷劍式落下，他卻倒竄而上，向兩邊擊出的招式變成鏟頭點向辛捷「左膜穴」，鏟柄卻點向辛捷「右宮穴」——

他這招本是下意識自然揮出的招式，但在此時卻是妙絕人寰，硬迫得辛捷回身自保！

哪知辛捷大喝一聲，身軀陡然一扭，軀體極其曼妙地從那左右兩鏟之中一晃而過，出乎意外的，卻攻向婆羅五奇中的老四——

溫成白羅！

原來當辛捷和密陀寶樹動手之際，那幾人也開始了行動。

那五奇中老三加大爾見武林之秀孫倚重似乎不屑地冷笑望著他們，心中不由大怒，跨步就想上前動手。

哪知經過天魔金欹身旁時，天魔金欹突然一聲不響地一劍刺出，而且直取加大爾肋下「章門穴」，極是狠辣！

渾人加大爾連忙一滾而出，方才讓開這偷襲的一劍。

他作夢也想不到世上竟有比他還橫的人，當下暴吼一聲，反身一拳打出，同時拔出背上長劍，欺身而上！

四九　華夷再戰

孫倚重見所有的人都動了手，他哈哈朗笑，「叮」然一彈佩劍，大叫一聲：「來吧！」揮劍迎著面前的青塵羅漢而上！

青塵羅漢排行五奇之中的第二位，他單劍一領，揉身而上，剩下的一個溫成白羅大感不耐，他可不懂什麼武林規矩，大喝一聲對準孫倚重背後就是一拳——

這正是辛捷從密陀寶樹左右兩鏟之間見過的時候，他一眼瞥見溫成白羅突施偷襲，當下湧身直刺，欲解孫倚重之危！

正是說時遲那時快。

只見溫成白羅拳式才出，辛捷劍尖已帶著一股刺人耳膜的劍氣如飛而至。那溫成白羅功力極是了得，竟是硬生生收回招式，反手抽出長劍，瞧都不瞧望後就是一劍——

辛捷長劍連揮，虹光起落，一招分刺而出，連攻溫成白羅及密陀寶樹兩人！

那旁吳凌風力鬥金魯厄，形勢又自不同，金魯厄雖在婆羅五奇中是最小的一個，但他極得師輩鍾愛，功力之高，僅次於大師兄密陀寶樹，他以為中原除了一個辛捷之外，別的都不足一顧，是以他見吳凌風錯步迎上來，只冷冷哼了一聲，長索一盤一捲，然後由下而上地挑將上來，打算屈身而過——

哪知吳凌風手中所施的乃是斷魂劍法中的絕著「鬼王把火」，竟然在他長索封鎖之中一穿而入。

劍尖閃處，直取他腿上大穴。

他料不到凌風劍式如此之快，連忙兩打三挑才算挽回厄勢！

當年河洛一劍吳詔雲在居庸關頭力戰「長白三鷹」，斷魂寶劍施到「鬼王把火」這招上，連傷兩敵，剩下的一鷹也不戰而逃，單劍斷魂的萬兒從此揚溢天下。此時凌風同樣施出這招，他年紀雖輕卻連逢奇遇，威力只在當年吳詔雲之上！

金魯厄抬頭望了望對面的吳凌風。

只見他俊美絕倫的臉上泛著耀人的光芒，手中劍橫在胸前宛如一碧寒潭，他發覺數月不見，這美少年又有了長足的進步！

於是他環目四顧，只見二師兄已與那武林之秀孫倚重鬥在一處，兩枝長劍宛如兩條青龍漫天飛舞，他只覺滿天都是模糊的劍影。

他暗暗心驚，忖道：「二師兄的劍法在咱們兄弟中算得第一位，怎麼竟收拾不了那小子，難道這四人竟都是這等高手麼？」

他一絲也沒有料錯。

這四人確都是當今中原最出色的四大高手！

婆羅五奇中除了使鏟的密陀寶樹和使長索的金魯厄，就要算這老二青塵羅漢了。

他曾憑著手中一支長劍連敗天竺十八劍士，因此在天竺西藏一帶，凡是使劍的人，沒有不知道青塵羅漢的。

但是此刻，孫倚重施出新從平凡上人處學得的「迴壁劍式」——

這劍法乃是少林失傳的絕妙守式，是以青塵羅漢手下雖然攻勢如虹，但孫倚重卻一步不讓地堅守固封！

金魯厄再瞥向左邊的一對，加大爾拳劍交加，更加上如雷的吼聲，如瘋虎一般地向那醜臉少年攻去。

那醜臉少年卻絲毫不客氣地也是拳劍並施地搶攻，打得極是激烈。

但他卻暗暗放心，忖道：「這醜傢伙雖然兇狠，卻是這四人中較弱的一環，加大爾盡對付得了，只要我或大師兄有一人得勝，管教他們四人一個也走不了——」

於是他又回視辛捷和大師兄的拚鬥——

就在這時，耳邊響起吳凌風朗然的叫聲：「看劍！」

吳凌風叫聲未泯，手中長劍已劃著一道光華飛舞而至。金魯厄心中盤算方定，膽氣大壯，他冷笑一聲，瞧都不瞧地反身一索揮出。

那長索飛快地在空中打了兩個圈兒。

索頭兒已到了吳凌風臂上「曲池」。

吳凌風雙目凝視，右手持劍隨著金魯厄的索子也打了兩個圈兒，正好躲開來勢，手中長劍往上一頂，再度施出「鬼王把火」的絕學。

金魯厄萬料不到吳凌風劍術居然精進如斯，他再也不敢怠慢，腕上真力叫足，一時嘯聲大起，漫天都是索影飛舞。

吳凌風自從五華山一戰之後，本身劍術已全部發揮無遺，只見他清嘯一聲，劍光霍霍，竟然和天竺高手金魯厄搶攻起來。

突然怒叫聲起。

原來那邊加大爾和天魔金欹兩人已到了肉搏的階段——

蠻子加大爾一生還沒有見過比他自己更橫的人，這時那天魔金欹竟然毫不退讓地和他硬拚硬撞。

每一招式都是從橫蠻不堪的方位遞進來的，直氣得他怒喝連天。

尤其最令他憤怒的是那天魔金欹冷冷一張醜臉上，顯出一種不可一世的狂態，襯著那兩道恐怖的刀疤，益發令人難堪。

只見人影一合一分，天魔金欹左肩被加大爾劃破一條口子，鮮血長流，他哼都沒有哼一下，雙腳一晃。

施出北君金一鵬的成名絕學「百足劍法」中的絕招「毒蚣橫蟄」，輕悄悄地也在加大爾胸前還刺了一劍！

六盤山下，銀色世界，漫空銀光飛虹，蔚成奇觀，九個當今一等的青年高手在此展開拚鬥。

驀然——

驚叫聲驟起。

雖然每個人都全神貫注於過招，但仍忍不住驚叫出聲。

原來那天竺第一劍客青塵羅漢和武林之秀孫倚重的拚鬥發生了驚人的變化——

只見兩人飛騰在空中，劍光人影滾成一圈，而劍光盤匝的範圍竟然遠及三丈方圓！

青塵羅漢久戰孫倚重不下，一怒之下施出平生絕學「百合慧劍」！

「百合慧劍」一共十九式，是昔年天竺「飛龍教」鎮教之寶，青塵羅漢巧獲奇緣得了這套劍法，是以並非出自恆河三佛之手。

青塵羅漢成名以來，只用過一次「百合慧劍」，那次他共用出十招，就連敗四個圍攻他的強敵。

這時他施盡自己所學，卻始終攻不進孫倚重緊嚴的劍圈，一怒之下，施出這套絕學。

「百合慧劍」一施出，孫倚重立覺形勢不對，青塵羅漢劍式之中生出一種古怪的旋力，每每令他劍式失去準頭。

一連三招，孫倚重險象環生，他 急之下，長嘯一聲，劍子一橫，陡然腕上叫足真力，一分一合之間，渾然推出。

霎時漫天都是他的虹光劍影，竟是「大衍十式」中的「方生不息」！

這「大衍十式」乃是平凡上人從失傳的「布達三式」中化出來的。

這「方生不息」更是其中最精奧奇妙的一架，這佛門絕學果真稱得上舉世無雙，使用之際，威力竟是因人而異。

孫倚重施出雖不及辛捷的狠辣精奇，但他乃是佛門弟子，起手之間自有一番正大宏廣之象！

青塵羅漢眼見得手，左右各發出一股旋勁，哪知兩股強勁一碰上對方劍圈，突然有如石落大海，深不知底。

他驚怒之下，劍光連閃，「百合彗劍」中的絕招全都施出，同時他身子上下飛騰，有如蛟龍出海，勇不可當。

孫倚重一招得手，「大衍十式」也連施出手，以快搶快，霎時劍光飛舞，盤旋開來——也正是眾人驚叫之時。

這兩套奇絕天下的劍法愈鬥愈疾，劍光盤匝範圍也愈來愈大，足足籠罩了五丈方圓！

其他的人唯恐影響自己人，都自動退到五丈外之處廝殺。

金魯厄見自己一時收拾不了吳凌風，於是希望大師兄、二師兄之中至少有一人獲勝。哪知那邊青塵羅漢施出了「百合慧劍」猶自勝不了對方，心中不由驚異無比，於是他乘自己長索封出的當兒，轉看大師兄——

這一看，幾乎令他忘卻揮索禦敵——

原來辛捷一人與「婆羅五奇」中的老大密陀寶樹與老四溫成白羅兩人拚鬥，他身處這兩大高手夾擊之中，大發神威，左掌右劍，配合腳下神奇絕世的「詰摩步法」。

雖然密陀寶樹與溫成白羅功力深極，但他出招如風，時而「大衍十式」，左掌不時搶出「空空掌法」輔助攻勢，更兼身形曼妙無方，舉手投足莫不是當今天下頂尖奇人的得意絕學，聲威之大，出人意料！

金魯厄一慌之下，險些被凌風狠疾的一劍刺中。

他大喝一聲，一連五索，才算挽回厄勢。

那邊傳來一聲悶喝，原來加大爾與天魔金欹劍子相疊，暗較內力，同時兩人左掌一齊打出。

砰的一聲肉碰肉地接了一招，兩人都搖搖晃晃地退後數步，臉色蒼白，但兩人都沒有哼一下。

金魯厄見情形不對，陡然兩索將凌風長劍封開。朗聲叫道：「姓辛的有種稍停一下麼？」

辛捷傲然一笑道：「有何不敢？」

只見他左一掌右一劍，腳下虛走一步，側身如箭一般退了半丈。

其餘幾人見他們住手，也都抽身暫停。

只見金魯厄乾笑一聲道：「中原武學果真還有兩下子，咱們兄弟還有一個不成氣候的陣勢要請各位指教，嘿嘿！在辛大俠這種陣法行家眼中，咱們可成了班門弄斧了——」

接著又轉身對密陀寶樹等說了一句梵語。

辛捷等人只覺眼前一花，婆羅五奇已極迅速地各自站好位置，正好把他們四人圍在中央。

這一下連辛捷這等高手都很吃驚，因爲婆羅五奇閃身之快，大出意料，只覺人影一晃，已自站好了位置。

那密陀寶樹突然對金魯厄道：「傅詁斯爾，訶羅達宗摩巴，因會斯詰星基。」

原來他是說：「這辛小子不過仗著怪招一時了得，再打下去我自有辦法。」敢情他一上手就被辛捷連施奇招迫得施不出絕學，是以心中大是不服。

金魯厄也用梵語告訴他：「不管怎樣，咱們還是用陣法比較穩紮穩打。」

莫看金魯厄是婆羅五奇中的小么，然而卻是眾人的智囊，連密陀寶樹都聽從他的計劃。

辛捷、吳凌風、金欹和孫倚重四人雖然沒有開腔，但是彼此心中都有默契——這些蠻子的陣法必然另有一套。

辛捷冷靜地把形勢打量了一會，精通天下陣法的他立刻發覺密陀寶樹是站在「陣主」的地位。

他的左右是加大爾和溫成白羅，他的對面是青塵羅漢和金魯厄！

他提神思索著，他想：「大哥、孫倚重、金欹他們雖然不精陣法，但必然知道『以靜制動』的基本法則，是以在對方不會動手之前，他們必然不會先動，我要冒一個險——」

五十 劍毒梅香

周圍靜得連雪花落地都會發出清晰的聲音。

辛捷雙目凝視著，心中不斷的盤算：

「不管他們是什麼陣，這矮和尙必是陣主無疑，我要在他們才發動的一剎那間，出奇制勝地將這矮和尙擊倒——」

「即使不成，也至少衝亂他們的陣勢——」

「呼」一聲，密陀寶樹的小鏟兒凌空一揮——

果然，吳凌風、孫倚重和金欹都是按劍凝視，紋風不動——

辛捷知道時機不再。

他猶提一口眞氣，劍氣聲起，梅香寶劍上閃出逼人的光芒。

他雙腳曼妙地一錯，半丈的距離如飛　般從他腳下掠過，他劍尖連閃，光芒蓋出三丈之外，同時左掌暗藏殺手——

這招正是「大衍十式」中最狠的一式——

「物換星移」。

只是在辛捷手中施出，比之方才孫倚重施時另有一番狠辣的味道！
辛捷這一撲是施了十二成全力。
普天之下，除了世外三仙，只怕沒有幾個人敢硬攖其鋒！
所有的人都爲辛捷這以「動」應付陣法的舉動，大吃一驚。說時遲，那時快，辛捷的梅香寶劍已撲擊而下——
那密陀寶樹大喝一聲，短鏟如戟而立。
一股古怪無名的勁道從鏟尖射出。
辛捷陡然大吃一驚。
他手中「物換星移」的勢子正使得變化無方。
但是密陀寶樹，那戟立的一鏟之間的勁力直令他感到無處下手，似乎無論從哪個方位戳下都將遭到阻擋，簡直是無懈可擊的樣子。
這是他施「大衍十式」以來第一次有這種感覺，他右手劍式發不出去，左掌暗藏的殺手也施不出，而他衝撲的勢子已將盡——
他開始感到一陣焦急——
他不該低估了這矮和尚的功力——
就在這時，身後金器接擊，顯然其他的人也動了手，辛捷猛覺背上勁風撲來，他不加思索地雙足一蕩，身形暴長，輕巧地躲開敵襲，正待設法盤旋下擊，突然腿上又感勁風，他瞧都不瞧就知是金魯厄的長索纏了上來，他心中大駭，想不到這陣法補位如此之快。

他上升之勢剛盡，正要下落之際，金魯厄的長索也正好掃到——

這正是金魯厄這一招的妙處，眼看辛捷就得遭殃，忽見他雙足又是奮力一踢，身體竟硬是不藉外力地拔起三尺，呼的一聲，金魯厄的長索擦靴底飛了過去。

辛捷一落地，左右兩般兵刃已自遞到，他奮力兩劍削出，閃身半退，哪知才動步，金魯厄的長索又點到頂門。

他心中大為驚駭。

想不到這陣法如此之快，使那補位換招之間似乎根本不需要時間，就如同一個人生了八隻手臂一般，運用靈便已極。

辛捷倒抽一口涼氣，梅香劍唰唰一連攻出三招，斜眼一看，吳凌風、金欹及孫倚重似乎也是手慌足亂。

婆羅五奇的陣法愈轉愈快，宛如百十樣兵刃同時飛動一樣，補招換式卻像一個人動手一般，絲毫不亂，辛捷連換兩套劍法，一絲上風也搶不到。

密陀寶樹正面發動攻勢。

金魯厄和青塵羅漢一條長索、一柄寶劍從對面輔攻，加上加大爾及溫成白羅的從旁側擊，端的配合得天衣無縫，其快無比。

辛捷只覺劍上壓力愈來愈大，他一賭氣，力貫單臂，一連刺出十多劍，但十招一過，反而愈覺不對，對方每一招都從四五個方位遞進來，實在應接不暇。

他一面咬牙拚鬥，一面竭力苦思，但卻想不出這種古怪陣勢的門道。

密陀寶樹當胸一鏟劈下，辛捷右足半退，卻碰上吳凌風的背——

原來他們被圍得愈來愈緊，本來丈多的圓圈，這時四人幾乎是背靠背的力戰了。

辛捷長嘆一聲，劍式一緩，「啪」的被金魯厄長索尾巴捲去臂上衣袖一抉！

「嚓」的一聲。孫倚重手中長劍被青塵羅漢削去一截，他踉蹌退了兩步，扶著吳凌風才立穩身軀，那青塵羅漢手中劍子似乎不是凡品呢。

吳凌風左撐右支，汗如雨下。他只覺右臂上愈來愈重，漸漸的支持不住——

雪花停止飛舞，天空卻灰得很，烏雞山像一個巨人般矗立著——

婆羅五奇的陣法愈縮愈小，愈轉愈快，辛捷、凌風都感支持不住，孫倚重長劍斷了一截，更是毫無鬥志——

只有天魔金欹仍然一聲不響地狠命拚殺，中原四人中以他臨敵經驗最豐富，而且他為人最強悍，何況他此時根本廝殺得有點近於發猛，他絲毫沒有受到其他三人氣餒的影響，「百足劍法」中毒辣的招式層出不窮，襯著他那副醜惡的尊容，真是有如鬼魅。

只見他左一劍刺出一半，陡然抽回向右刺去，而左面的溫成白羅也正一劍往他肩下刺到，他若救急就顧不得傷敵——

哪知他雙眉一掀，毫不理會地仍然一劍刺出，啵一聲，加大爾的腿上被他刺了一劍，而溫成白羅的長劍也在他左肩上劃開寸深的口子。

他眉都不皺地反手刺出，密陀寶樹一閃而過，乘勢一鏟蓋向辛捷——

辛捷似乎心不在焉地隨手一擋。

忽然金欹怒喝道：「姓辛的，這麼沒種麼？」

辛捷陡然如雷轟頂，「砰」的一聲，他的梅香寶劍被密陀寶樹震開三尺，險些脫手飛出。

他猛提一口真氣，身形左扭右旋，雙足雖然不曾移動分毫，但卻巧妙地閃開一鏟一劍。

不消說，他施出了「詰摩步法」中的身法。

他轉眼一看，金欹肩上鮮血長流、凌風大汗淋漓，那孫倚重卻揮著一支斷劍神不守舍，鬥志全消。

他右手「冷梅拂面」，右掌「萬泉飛空」，逼開溫成白羅的兩劍，大喝道：

「當年少林第七代方丈慧因大師，在終南山頂用『布達三式』連傷河洛二十一名劍客，那是何等威風，姓孫的就這等不濟麼？」

孫倚重一聞此語，只覺宛如被萬斤巨錘敲了一記。

他奮然長嘯，自言道：「我孫倚重千萬莫要折了少林威風。」

腕上加勁，一支斷劍如飛閃動，顯然他已施出「大衍十式」的絕招！

辛捷奮力削出兩劍，腳下一變，左腳尖釘立地面、右腳橫掃出半個圓弧，手中寶劍連襲三人。

哪知他一反攻，突然眼前一花，一下子四五件兵刃一齊到了眼前。

他駭得倒退兩步，手中連施出大衍十式中的「物換星移」、「閒雲潭影」才勉強化開。

但聞那密陀寶樹大聲道：「喀折巴羅，幅成苦基摩父！」

他喝聲方歇，婆羅五奇的陣勢陡然大變，五個人有如走馬燈般轉了起來。

本來他們配合得已是十分迅速，但此刻竟又增快倍餘，簡直是五團灰影旋來旋去，每一招都像是五件兵刃同時達到一般，聲勢駭人！

但是密陀寶樹這一句梵語卻令辛捷陡然大悟。

他大叫道：「大哥，咱們以快打快！」

吳凌風也是恍然而悟，長嘯一聲，展開天竺密笈學來的輕功飛轉而出！

當日平凡上人曾說天竺輕功必然另有一樁妙用，敢情正是這陣法。

只見陣中兩道白虹一匝一盤，辛、吳兩人同時展開天竺輕功，竟和婆羅五奇搶快起來。

兩人輕功身法與婆羅五奇如出一轍，霎時就混入五奇陣中，五人的陣式頓時成了七人，使得婆羅五奇不知是攻好？還是守好？

金魯厄大吃一驚，心道：「怎麼這兩個小子竟識得咱們的輕功絕技？」

他再看一下，更是驚怒交加。

原來辛吳兩人不僅步法、身法施得和他們五人絲毫不差，甚至有些奇妙的姿勢連自己都不曾見過，他大叫一聲：「喀勒爾乎，金吉……」

精亮虹光一閃，辛捷和吳凌風已是身劍合一，沖大而出，瀟灑地落在陣外！

婆羅五奇驚得面面相覷，作聲不得。

密陀寶樹突然暴叫一聲：「準巴斯，令斯也爾！」

辛捷雖不懂梵語，但也知他是說：「小子，再接我一招！」

他心想：「你功力雖高，我就怕了你麼?當日金伯勝佛的一掌我還不是照接了——」

只見密陀寶樹鬚髮俱張地一撲而至，小鐘已插在腰間，雙掌合十一拍一擦，立即收回。

辛捷只覺一股陰風迎面而至，那陰風好不古怪，雖不凌厲，但卻有一股力道，直如萬斤之力推得他立足不穩，而且陰風襲處，冷寒刺骨！

他雖不知這乃是密陀寶樹苦練數十年的西域絕技「白駝寒心掌」，但他知道只要自己雙足動了半寸，那就算是敗落。

但他卻無法硬拚出掌，因爲密陀寶樹功力之深，猶在他之上！

所有的人都注視著這一掌。

只見辛捷雙腳牢釘地面，梅香寶劍「嘶」的一聲擊出一個半圓，他全身衣衫都被真氣鼓起，有如從內灌飽了空氣一般。

莫看他這劍尖只輕輕劃個半圓。

他起手時乃是「大衍十式」中的「方生不息」。

施了一半又換為「物換星移」，不待施全，一收之下已成了半招「冷梅拂面」，三個蓋世名招的一半，配合得天衣無縫！

在場每個人都是劍法名家，看到辛捷這等精絕劍術都不禁暗暗讚嘆！

只聽到呼的一聲。密陀寶樹發出的狂飆從辛捷劍尖劃出的半圓兩旁湧了過去，只見團團飛沙走石，而半圓中的辛捷卻是眉髮不舉！

密陀寶樹呆了一呆，忽然仰天長笑，一擺手，帶著師弟們倒躍而出，不消幾個起落身形已自消失。

辛捷自然地一抖長劍。

「嗡」的一聲，梅香寶劍發出龍吟般的聲響，他反手插入鞘中，茫然呆了半晌，才轉身回視。

只見那天魔金欹又獨個兒伏在地上等他那條「金舌兒」了。

凌風身旁卻不見了孫倚重。

正奇間，一隻柔荑撫在他的肩上，一個可愛而熟悉的聲音：「辛大哥，你的劍術真了不起——」

辛捷的心差點兒跳出腔子。

他猛然回頭，映入眼簾的是一張純真美麗的小臉。

不是張菁是誰？

他險些高興得擁抱上去，一把抓住她的小手，一時四目相視，再也分不開來。

半晌他才驚覺菁兒背後還站著兩人，一個枯瘦高長的老和尙，另一個正是孫倚重。

那老僧辛捷甚覺眼熟，仔細一想，猛然想起正是小戢島上喚走平凡上人的騎鶴老僧。

他還沒有開口，菁兒已不停地道：「大哥，那天我和吳大哥分手後，竟被一個醜老鬼抓住，我打不過他，被他點了穴，後來我耍詭計逃走兩次，可是都被他捉回——」

辛捷正要插口相問，菁兒又接著道：「那老鬼說他是玉骨魔的師弟，他說爹爹害死他的師兄，他要把我抓住，逼爹爹就範，哼，他竟用一種古怪手法點了我三十六大穴——」

辛捷驚得呵了一聲，菁兒仍不停地道：「後來幸好這和尙伯伯碰到咱們，他見我頸上玉鍊兒認出是爹爹的東西，他說和我爹爹有一面之緣，就要那老鬼放我。那老鬼驕傲得很，還叫和尙伯伯不要多管閒事，否則就要殺死和尙伯伯——」

「哼，後來和尙伯伯露了一手絕頂氣功，把那老鬼打傷嚇跑了。大哥，和尙伯伯的武功真高，恐怕和爹爹都差不多哩——」

辛捷急道：「你被點了三十六大穴，後來怎麼啦？」

菁兒道：「和尙伯伯把我帶到這石洞中，叫這位——這位孫大哥守住洞口，說誰都不准進去，他用上乘內功替我打通穴脈，是受不得打擾的——」

辛捷想起孫倚重不准自己進洞，險些鬧翻的情形，不禁恍然。

菁兒嘰嘰呱呱地訴說，聲音好比黃鶯出谷，神情可愛之極，辛捷不禁看呆了。

忽然那旁傳來孫倚重的聲音：「祖師爺，您千萬要回去——弟子好不容易尋著您，您一定要回去。」

辛捷奇怪地一看，只覺孫倚重正跪在和尙面前苦求，那瘦和尙卻微笑搖頭。辛捷恍然大悟，脫口叫道：「前輩，前輩可就是少林老方丈靈鏡大師——」

老僧哈哈長笑打斷辛捷的話，對空長嘯一聲，不一會，一隻巨大無比的白鶴降落腳前。

辛捷陡然記起一樁事，對著菁兒道：「咱們快趕到湖南去找你爹爹，前三天我聽江湖傳說，說他爲了找你，在江湖上亂闖亂撞，只怕要惹出偌大風波呢！」

菁兒喜道：「爹爹也來找我啦？咦，你看——」

辛捷向前一看，頓時大吃一驚。

原來吳凌風不知什麼時候悄悄走了，他凝目遠視，只見地平線處只剩一個極小的黑影，他一急之下就想追上去。

那老僧忽然叫道：「娃兒，莫追了，讓他去——」

辛捷一怔，止住腳步，再回頭看時，吳凌風的影子已自消失。他想到吳凌風不惜千里奔波地爲自己尋找菁兒，這時卻不知爲何悄悄離去，想到這裡不覺熱血上湧——

那靈鏡大師喟然長嘆道：「此子天資極佳，俊美絕世，卻是命運多厄，終是佛門中人，以他天資精研佛理，他日必是一代高僧，你們讓他去吧！」

辛捷聽得似懂非懂，和菁兒驚奇地對視一眼。

靈鏡大師仰天長嘯，飄身跨上人鶴，那鶴兒長鳴一聲，如飛而去。

辛捷激動地望著地平線上，他不明白爲什麼吳凌風會悄然而去？有什麼不幸發生了麼？耳旁傳來菁兒甜脆的聲音：「吳大哥也許有別的事吧？他武功極高，我們別空擔心啦——」辛捷的直覺告訴他：吳大哥這一去，似乎要永別了。他聽到菁兒的話，但他沒有出聲，只是從心底暗暗地道：「但願——但願人長久，千里共嬋娟……」

正是，虎躍龍騰黃黃日，鶴淚一聲瀟湘去。

陽春三月，野花送香——

漢陽城外龜山下，西月湖畔，幽篁翠竹之中，隱藏著一所寺廟，廟門橫額上三個斗大的字：「水月庵」。

水月庵位置險僻，行人不到，但這時竟有兩個衣衫褸襤的乞丐走到庵前，其中一個身材較胖的輕輕敲了敲庵門。

呀然一聲，庵門打開，開門的竟是一個清麗絕倫的妙齡女尼，雪白的僧衣上，一張俏艷的面容，烏黑大眸子嵌在秀麗的臉上，象牙般的鼻樑，櫻桃般的小嘴；只是在那絕俗明麗之中，卻透出一絲淒苦——

那兩乞丐陡然一怔，不料在這荒庵之中竟有如此清麗超俗的少女——尤其奇的是她竟是個尼姑。

是什麼原因使得這美麗的姑娘用她可愛的青春，來陪伴著青燈古佛？

兩個乞丐怔了一會，一個年紀大的結巴地道：「姑娘——啊，不——小師傅，可以給咱們一些水麼？咱們趕路趕得太渴了——」

那美麗的尼姑溫柔地點了點頭，轉身進去提了水壺給那兩個乞丐，然後悄悄地掩上了門。

那兩個乞丐坐在庵前一棵大樹下，一面喝水，一面開始閒談——

「唉，人海茫茫叫咱們去找一個只知叫做金梅齡的姑娘，這真是難於大海撈針——」

另一個道：「誰教辛大俠是咱們丐幫的大恩人呢？辛大俠托咱們的事，咱們就是跑折了腿也得好歹辦到啊。」

原先一個道：「是啊，辛大俠那份武功、人品，真使我姓錢的佩服得五體投地，莫說他是咱們的恩人，就是他不曾幫過咱們，只要他瞧得起我姓錢的，肯差使我一聲，我也照樣心甘情願呢。」

他們談得暢快，卻不知庵門裡那妙齡女尼正側耳傾聽著哩。

她聽到自己的名字，蒼白得像冰一般的面孔霎時泛出異樣的紅暈，顯然的，她內心中正如波瀾般起伏不定。

她像是跌入了往事中，她的面上透著嫣紅，雙眉雖然微蹙著，但嘴角上卻含著甜蜜的笑容——

漸漸，她的笑容消失。

她美麗的臉上現出一種異樣的淒苦，那種可憐的表情，令每一個人見了都會由內心感到無比的震動——

她噙著淚水，喃喃地自語：「捷哥哥，你永遠也找不到我了——」

「這，這是老天爺的安排啊，我從生下來的那個時辰，就注定我這一生悲慘的命運。但是老天爺你也太殘忍了，你爲什麼要將這樣一個永遠無法補償的重大罪孽，加在我這樣一個弱女子的心上……」

然後，她再想到門外那兩個乞丐的談話，她安慰地自言道：「捷哥哥他畢竟是記著我的，這……這已經夠了，就這樣讓它結束，這樣的結束是最……最好的。」

「捷哥哥，你別找我了吧，你找不到的……我將爲你祈福……」

她輕輕轉過身，仰望著神案上的觀音佛像，方窗孔外一柱陽光正巧照在觀音的臉上，那慈祥而智慧的眉目中，好似發出令人凜然的聖潔光輝。

她虔誠地跪了下來，緩緩地點燃了一束香，莊重地插入案上的香爐，一縷輕煙裊裊上升，經過那柱陽光時，變成了青色的一片。

小尼姑虔誠的禱聲隨著那縷輕煙，緩緩升入浩渺的天庭——

天色一暗，太陽又鑽入深厚的雲層中了……

《劍毒梅香》全書完

神君別傳

【附　錄】

古龍的遊戲之作：神君別傳

著名文化評論家、聯合報主筆　陳曉林

《神君別傳》算是一個武俠中篇。在《劍毒梅香》由上官鼎接手去寫之後，古龍另外撰作了多部長篇武俠，聲名逐漸蔚起，竟回頭再切入《劍毒梅香》的情節，以《神君別傳》對辛捷的故事作出了迥異於上官鼎的表述。

筆者曾爲此詢問過古龍：是否因讀者對上官鼎接寫的反應不差，心高氣傲的你爲了讓武俠出版界「小吃一驚」，故意再另闢蹊徑，出來別別苗頭？古龍的回答是：當初對清華出版社只因他略爲耽擱了交稿時間就逕自找人代筆，確有不滿；但既然上官鼎接得不差，他也就樂觀其成了。後來是華源出版社老闆故意激他，並出重酬要他就《劍毒梅香》的故事另出機杼，但篇幅不能長，且須自成格局；古龍認爲這是一項挑戰，又看在重酬份上，便花了十天時間寫成《神君別傳》。

事實上，古龍寫的《劍毒梅香》於一九六〇年出版，而《神君別傳》在三年後才問世，確可印證他不是對上官鼎續寫的部分有何挑剔，而只是在偶然的機緣下接受挑戰，遂有了《神君別傳》之作。離奇的是，此書出版後立即熱銷至絕版，華源老闆卻改行離開了出版界，以致到古龍大紅大紫之時，讀者遍覓此書都告罔然，連古龍自己都找不著了。

如今，這部湮沒了幾近半世紀的古龍作品得以重印，且與《劍毒梅香》並呈，應可澄清關於《劍毒梅香》這部接力而成的著作，古龍究竟寫到何處的問題。居然有評論者自以爲熟悉古龍的文字風格，據以判定古龍只寫到第五章，約只爲全書的十分之一。《神君別傳》出土，卻證明古龍在《劍毒梅香》中，已寫到辛捷被「世外三仙」之無恨生所擒，囚於船上，該船隨即遭遇海盜，猝然翻船，辛捷落入海中；稍作估計，全書至此在篇幅上已超過三分之一，古龍的諸般伏筆確已安排停當，可見上官鼎按圖索驥之說，洵非虛言。

上官鼎寫辛捷落海後漂流到大戢島，與「世外三仙」之首平凡上人結緣，武學和識見得以更上層樓，從而鋪陳開一番新的情節。而《神君別傳》則另起爐灶，寫辛捷漂流到一個蕞爾荒島，島上只有一位天真未鑿的少女「咪咪」，而此少女竟是當年殘殺辛捷父母的「海天雙煞」——天殘焦化、天廢焦勞兩人刻意培養長大。

於是，辛捷與仇人在荒島及大海上殊死對決，勢不可免；古龍在此書中只處理辛捷與「咪咪」相互呵護的情愫，及他與「海天雙煞」不共戴天的深仇如何了結，卻仍能隨時出現奇峰突起或峰迴路轉的情節。甚至，在短短的島上歲月中，還插敘了一段關於前輩奇才「上大人」可驚可怖的命運悲劇，頗足顯示此時的古龍在敘事藝術上已能收放自如。

由《神君別傳》書名，即可看出古龍對「七妙神君」這位亦正亦邪、我行我素的人物有其鍾愛，但《劍毒梅香》一開場，「七妙神君」即遭暗算而失去武功，只能栽培身世淒慘、背負血海深仇的辛捷作爲替身，爲自己雪恥復仇，並以行俠天下來補贖既往的過咎。此一設定，當然是爲了使辛捷成爲新一代的「神君」，而以辛捷的事蹟作爲七妙神君重新入世的表徵。

因此，《神君別傳》對復仇這個主題的處理，有別於《劍毒梅香》原先的設定及上官鼎的處理。辛捷縱使面對以極殘酷手法殺害其父母，令他椎心泣血矢誓復仇的「海天雙煞」，在關鍵時刻，仍不願採取非屬光明磊落的手段。及至雙煞在茫茫大海中奪船不成，作惡多端，終告自行殞滅，古龍不啻已對傳統武俠小說的復仇模式，另闢了一扇可避開命運糾纏的窗戶。

成熟時期的古龍說道：「人性並不僅是憤怒、仇恨、悲哀、恐懼，其中也包括了愛與友情、慷慨與俠義、幽默與同情的，我們爲什麼特別強調其中醜惡的一面呢？」早在寫《劍毒梅香》和《神君別傳》時，他其實已體會到人性的複雜，而著意於發掘其中的光明面了。

楔子

此章原承先　重提舊事言七妙
彼文非繼後　再續新章話神君

海天無際，一片煙波浩瀚。

朝霞雖過，但在那天水交相接之處，仍然留著那種多彩而絢麗的雲彩，燦爛得這浩翰壯觀的東海泛起片片金鱗。

一艘製作得極其精巧的三桅帆船，風帆滿引，由長江口以一種超越尋常的速度乘風而來。船身駛過，在這一片宛如金鱗的海面上，劃開一道泛湧著青白色泡沫的巨大的痕跡。

你若是常在水面上討生活的，你就可以看出這船的製作是極其精巧的，甚至那其中每一片木塊互相之間都配合得那麼佳妙，就像是一件非常完美的結合體，令人除了賞心悅目之外，還有「隨便再大的風浪，這船都能安穩行駛」的感覺。

船艙半開著，艙門是兩塊上面滿雕著巧匠雕成花紋的木板。門裡有一道簾子，純白的，像是輕煙般的隨著海風飄舞著。

但你若是常在水面上討生活的，你又會覺得奇怪？因爲這船行駛的方向，完全不依航路，而是駛向那些充滿了神話的孤島——那幾個孤島，一向是被在東海上行駛的船隻視爲畏途的。

地當長江出口，鼎足而列著三個四季常青，小而神秘的孤島。

百十年來，在東海海面上討生活的船家，從沒有一人敢行近這三個孤島附近的海面上去。因爲故老相傳，在這三個孤島上面住著仙人，而仙人是不允許凡人去打擾他的。

雖然也有些年輕的、膽大的，而又充滿了冒險和好奇的漁夫，冒著萬險，不聽老人的勸告，駕著一葉孤舟駛向那些孤島去；但卻從來沒有一人能平安地從那面回來。

於是，經過百十年的渲染，這些神話就更增加了幾分神秘的色彩。

上一代的告訴下一代，下一代的再告訴自己的子孫，這三個東海中的孤島，就終年被籠罩在多彩而神秘的傳說裡。

但若你不僅是常在水面上討生活的，而且還是熟悉武林掌故的人，在你聽到這三座孤島的名字——大戢、小戢、無極——之後，你就會恍然這些神話傳說的由來。

因爲在這三座孤島上住著的縱然不是神仙，但也和神仙相去無幾。

大戢島的平凡上人，小戢島的慧大師，以及無極島上的無恨生；這三個名字，就是百十年來被天下武林中傳誦不絕的「世外三仙」。

百十年來，武林中名家輩出；南北兩君、關中九豪、河洛一劍，這些人雖然都曾是顯赫一時的江湖高手，但是歲月消磨，曾幾何時，這些顯赫一時的名字都早已風消雲散，而另一些人的聲名也當然代之而起，君臨武林。

但是百十年來，芸芸武林中，卻有三個人的聲名始終屹立不倒，那就是隱於這海外三個孤島上的世外三仙了。

那麼，此刻這艘精巧的三桅帆船上所載的又是何等人物呢？

船艙上憑窗遠眺的是一個通體白色衣衫的中年書生。他雙眉入鬢，眼角帶煞，嘴角上掛著一絲冷削之氣，像是萬古玄冰似的，只有在笑著的時候，才會帶給你幾許和煦之意。

倚在他身側的是一個中年美婦，身上穿著的也是純白色的輕羅長衫。神情之間帶著一份令人不敢逼視的高貴。

船艙裡一片純白，一塵不染。

穿過這間令人見之俗慮俱消的前艙，後面有一間更見精緻的艙房。

在這間精緻的艙房裡，一張精緻的床上，斜倚著一個美絕天人的妙齡少女。

這少女最多只有十六、七歲，身上只披著一大片純白色的輕紗。她那驕小的身軀就巧妙地裹在這片輕紗裡。

她明眸如星，膚色如玉，襯著這輕紗，這體態，除了令人一見覺得美如仙子之外，還令人見了有一種出塵的感覺。

但此刻她斜倚在床前，微顰黛眉，卻像是在想著心事！

那麼她想的是誰呢？

讓我告訴你：她想的是一個「眼睛大大的年輕人」。

她自從第一眼見到這年輕人的時候，就對他起了一種莫名其妙的好感。

但是她爹爹——就是此刻憑窗遠眺的那個中年書生，卻說這個年輕人是壞蛋，叫梅山民。還說她的九阿姨就是被他氣死的，還把他點了重穴，關在這艘船後面一間堆放雜物的暗艙裡。

她雖然不信，偷偷地將他放了出去；但是她爹爹又將他捉了回來，還嚴厲地罵了她一頓，將她也軟禁在艙裡。

此刻，這絕美的少女就是在想著他，想著他那大大的眼睛，想著他曾經在自己面頰上留下的短促而溫馨的一吻。

同時，她還在想著，她自己的爹爹這樣做，對那年輕人是否公平呢？但是她無從得到答案，因爲從她出生那天開始，她就是完全和人間隔離的，因此她根本無從知道人類的一切規範。她所知道的一切，就是她的父母口中告訴她的話。除此之外，她的心就像一張純白的紙，沒有一絲色彩。

她是極端服從她的爹爹和媽媽，那只是因爲他們是她的爹爹和媽媽。卻並非因爲她的爹爹就是名聞天下的無極島主東海無根生。

於是，你開始驚奇了！

原來在這艘船上憑窗遠眺的就是百十年來武林傳誦的異人東海無根生；倚在他身上的就是他的愛妻九天玄女繆七娘；而這絕美的少女自然就是無極島主的愛女——張菁。

但是——

梅山民，那被無恨生以武林絕學拂穴法點中掌緣上「後溪穴」，而被關在暗艙中的「眼睛大大的年輕人」就是梅山民嗎？

就是那也曾以「七藝」名震武林的奇人，那曾經傳說十餘年前在五華山裡已被峨嵋的苦庵上人、武當的赤陽道長、點蒼的謝長卿和有「天下第一劍手」之譽的崆峒掌教「劍神」厲鶚這四大高手聯手擊斃，但近日卻又在長江下游水路總瓢把子——小龍神賀信雄水寨上一現身跡的「七妙神君」梅山民嗎？

若你也在問著這個問題，我卻很難給你這問題一個肯定的答覆。

因爲這「眼睛大大的年輕人」的確是七妙神君，但是卻絕對不是梅山民！

於是，你又開始奇怪了？七妙神君梅山民昔年以七藝名揚天下，江湖同道盡人皆知，那麼此人既是七妙神君，卻怎的不是梅山民呢？難道這其中又有甚麼故事嗎？

是的，這其中是另有故事。

昔年梅山民和武林五大宗派其中之四，武當、崆峒、峨嵋、點蒼四派的掌門人在雲南五華山裡互較神功，哪知這武林四大宗派的掌門人卻以詭計將梅山民傷在點蒼第七代掌門人「落英劍」謝長卿的七絕重手之下。

他們當然以爲梅山民活命無望，哪知天無絕人之路，孤兒辛捷在父母被關中九豪之首「海天雙煞」焦氏兄弟凌辱而死之後，自身被縛於狂牛之上狂奔至五華山上，這狂牛的四隻鐵蹄竟成了梅山民的救星。

於是，在這種神奇的安排下，孤兒辛捷就成了七妙神君梅山民唯一的傳人，在武林中人都傳云梅山民已經身死的時候，辛捷卻承襲了梅山民的一身武功、百萬家財。以山梅珠寶號店東的身分，出現於文采風流的武漢三鎮上，而且他還承襲了七妙神君這象徵著無比玄奇的聲名。

他以這份武功和聲名，自小龍神的船上救回了孤女方少堃，卻因此而和武林中一個新起的魔頭——天魔金欹結下了深仇，一連串驚奇而動人的故事於茲產生。

他巧結崆峒三絕劍中的「地絕劍」于一飛，使其與武當門下連連劇鬥，以至崆峒、武當兩派此後爭爭不息，兩敗俱傷。

他年少多情，又獲得了金梅齡和方少堃的芳心，但是情仇紊亂，終至他也不能自解。金梅齡遁入空門，方少堃卻投身洪流。

而他自己卻在九天玄女誤以七妙神君梅山民薄倖，負了她的妹子「玉面仙狐」繆九娘，而使得繆九娘心瘋而死；又誤以他——辛捷——就是昔年的七妙神君梅山民，這雙重的誤會之下，被關在這艘船後堆放雜物的暗艙裡。

這些，我告訴你也許是多餘的，因爲你很可能比我更清楚地知道這些。此刻我只不過是在提起你的回憶罷了。

那麼，此刻……

第一回

無意逢生機　一閃刀光解重穴
有心怯敵膽　屢施身手懾群雄

海天無際，一片煙波浩瀚……

在這無恨生這艘精巧的三桅帆船揚帆東去的時候，這遼闊的海面上又出現了三點帆影。

海風強勁，這三點帆影看著像是沒有移動，其實來勢卻極快，而且還是朝著無恨生這艘船行來，不到半個時辰，已可看到船的形狀了。

這三艘船成品字形駛來，船桅上飛揚著一面三角形的旗幟，正是當時橫行海上的海盜船通常的形式。

奇怪的是那三艘船像是不知道這艘精巧的三桅帆船是屬於東海無恨生所有的？竟將這艘船包圍了起來。

無極島主武功已入化境，自然沒有將這些海盜放在心上，他仍然憑窗而坐。

卻見那三艘船各有號角聲起，有數十條穿著緊身水靠的大漢，雁翅般地沿著船舷肅然站立著。

他們正自暗笑這些海盜的排場，哪知每艘船的船艙中又走出十餘個穿著黃色長衫的漢子。海盜而穿長衫，卻使得無恨生夫婦奇怪了？

無極島主沉吟半晌，撫額道：「這些人莫非是『黃海十沙』的海盜幫……」微頓一下，又道：「絕對是了，若是東海裡的，也不曾有人來打我們的主意。」

他望著那船桅上繡著兩段白色枯骨的旗子，微笑一下，接著又道：「前些年，我們島上管花木的老劉到如皋城去買桃花的花籽，回來不是說黃海十沙的海盜幫全都被個叫『玉骨魔』的制服了，連當年『勿南沙』的混海金鰲全都被那個玉骨魔制服得服服貼貼的，現在看這樣子，大約就是人家找到我們頭上來了。」

繆七娘媚目輕掃一下，笑道：「這麼說來，這傢伙好像不知道我們的底細？」她輕笑一下，纖細的玉手在鬢邊一掠，望著無恨生，接著道：「人家從黃海辛辛苦苦地跑到東海來，若是專來對付我們這艘船的，那我們倒不能教人家失望了，總得讓人家稱心滿意地回去。」

無極島主也自微笑道：「只怕妳這種『稱心滿意』，人家卻有些吃不消哩！」

他夫婦二人言語從容，根本將海盜來襲視做兒戲。這三艘盜船上屏息而立的百十條梢長大漢，他們彷彿沒有看到似的。

這時候黃海十沙的三艘盜船距離他們大約只有半箭之遙了，但船上的海盜依然沒有絲毫聲音，也沒有任何舉動。

繆七娘道：「我們走出去看看。」拉著無極島主走到船頭。海風甚勁，吹得無極島主寬大的文士衣衫飄飄而起。倚在他身旁的繆七娘風韻不減，望之直如一對神仙伴侶。

他們從容地站在船頭上笑語頻頻，隔船的海盜卻一個個像是泥塑木雕，並排站著，動也不動。

又是一陣方才聽到的那種號角之聲，正中船上走出四個黃衣少女，後面又緩緩走出一個黃衫人來。

繆七娘俏笑道：「看這人的鬼樣子，大概就是那個叫做『玉骨魔』的了，倒真是名副其實。」

原來那黃衫人的確瘦得只剩一把骨頭，手臂特長，幾乎垂到膝下，一雙手像是鬼爪，露在袖外。

這人顴骨特大，眼睛卻又細又長，開合之間倒也有些光彩。

他緩緩穿過那四個少女，走到船的最前面，一雙枯瘦的手掌一抱拳，向無極島主做了一個長揖，笑著說道：「久聞東海無恨生的大名，今日一見，果然是仙風道骨，不同凡響！」

他這一笑，嘴角幾乎裂到耳根，但聲若洪鐘，又使人不禁懷疑在這枯瘦的身體裡怎會發出這麼大的聲音來。

無極島主和繆七娘對望了一眼，心裡不禁驚異著：「原來他早就知道我們是誰了，而且像是根本就衝著我們來的。」

玉骨魔又笑道：「在下林舒，江湖人送了咱們　個外號叫『玉骨仙』，在下真是不敢當的很。」

繆七娘暗笑：「這傢伙倒真會往自己臉上貼金，玉骨魔到了他嘴裡，就變成玉骨仙了。」

無極島主仍沉默地望著他，忖道：「他究竟在打甚麼主意？」雖然有些奇怪，但是仍未放在心上。

期望著他夫婦會講話的玉骨魔等了一會兒，卻見人家仍然一言未發，而且態度從容，像是全然沒有將自己當做一回事，不禁暗暗生氣。

他卻沒有想到，玉骨魔三個字，在普通武林人中或許是代表著一個驚人的意念，但在無極島主夫婦耳裡，不過僅僅是三個字而已，非但毫不驚人，而且簡直普通到極點。就像是任何一個人的名字，在他們心裡，絲毫不會因此而有些許激動。

「在下雖然久居黃海偏僻小島，孤陋寡聞，但卻還是常聽到無極島主的大名，更聽到那東海無極島是個世外仙境。」玉骨魔帶著一臉詭異的笑容說道：「所以在下半月前便到無極島去，一來是瞻仰閣下的風範，再來也是想見識見識無極島的勝境。」

無恨生不由暗驚：「原來他在我們還出時，已到過無極島了。」

玉骨魔兩隻眼睛微微一垂，讓開無恨生銳利的目光，接著說道：「哪知道恁地不巧，在下到無極島時，適逢島主卻出去了。」

他又泛起一臉詭異的笑容道：「只是在下入了寶山，豈能空手而回？就隨意在島上觀賞了一下，看到島上果然是奇花遍地，勝絕人間。」

繆七娘暗哼一聲，忖道：「這個怪物，居然還風雅得很。」

「在下在島上流連了幾日，實在捨不得離開，心裡想，如果在下能在島上住一輩子，那有多好？」

玉骨魔道：「這時候，在下有個兄弟就說：『無極島主為人最是慷慨，知道大哥喜歡這裡，他老人家一看大哥還不錯，一定就會將這島送給大哥的。』在下一聽，這話講得不錯，就想到既然島主一定會將這島送給在下，在下先住下不是一樣嗎？於是在下就老實不客氣，將家當都搬到島上了。」

他得意的怪笑一下，又道：「只是在下又想到，無功不受祿，在下又怎能平空接受島主這樣的重禮？哈哈！」

玉骨魔指手劃腳地說著：「這時候，在下的那個弟兄又說道：『大哥心裡若是過意不去，不如就拜無極島主為岳父吧，那麼，此後彼此就是一家人，島主的禮，大哥也可以受之無愧了。』。」

無極島主雖然仍沉著氣，心中卻不禁火冒三丈，暗地責怪自己，不該輕易地離島出走。他暗自忖道：「島上留著都是些武功平常的人，當然不是這玉骨魔和他手下的敵手，是以就讓他將島佔了去，我真是大意。」

「可是我又怎會想到會有人斗膽強佔此島呢？」

繆七娘柳眉微聳，無恨生側顧一眼，暗暗一捏她的手掌，意思讓她姑且先聽下去。

玉骨魔繼續接著說道：「是以小婿就整日在海面上來回地看，希望能遇上岳父，想不到事如人願，真讓小婿給碰上了。」

他滿口小婿、岳父，像是真有這麼回事似的。

無極島主殺機暗起，暗忖：「今日我若讓此人逃出活命，從此我就改名易姓。」

數十年來，無極島主第一次動了真怒。

繆七娘只覺得他的手突然變得冰冷，知道他已滿聚真氣，若一出手，這一擊之下，對方能逃出生天的機會就少之又少了。

玉骨魔目光四掃，卻見無極島主夫婦兩人始終一言未發，臉上也絲毫沒有發怒的神色，心裡也自驚疑不定？他滿懷野心，本想佔據這東海上正當長江南口的無極島做為他的根據之地。竟想憑著他自身的武功和手下的弟兄來和這武林中久享盛名的東海無恨生一較長短，是以他才以言語來激怒對方。

但人家卻行所無事，像是沒有聽到他的話似的。他哪裡知道無恨生修爲多年，早已能將心中的喜怒控制得全然不表露在面上。

此刻三艘盜船上的百十個大漢齊都摒著聲息。他們當然聽到過「東海無恨生」的名頭，也深深畏懼著這名頭。此刻見人家始終沉默著，愈發心頭打鼓，不知道人家在打算著甚麼？

每個人都沉默著。

風雨之前，往往是一陣靜寂。

繆七娘一捏無恨生的手，意思是叫他快點出走，無恨生卻在心裡盤算：「這玉骨魔敢如此猖狂，一定有些功夫，再加上這三艘船上數百個漢子，若是都跳上我的船來，倒真是麻煩。」

「是以，我必須一擊而中，先制住他們的首領，其餘的人就會比較容易對付些了。」

玉骨魔正也是恃著人多勢眾，心想就算是無恨生武功真的不是自己所能抵敵，但憑著自己這許多人以眾凌寡，也是穩操勝算的。

他方才滔滔不絕的講了一大堆話，但是對方不但沒有回答，而且毫無反應。此刻他倒愣住了，一隻手掌永遠是拍不出聲音來的。

被關在暗艙中的辛捷憑著他敏銳過人的耳力，將外面玉骨魔說的一番話聽得清清楚楚。心中不禁又是驚奇，又是好笑，卻又有些怒意。

他驚奇的是，居然有人來捋東海無恨生的虎鬚，等到他聽到那人又是「小婿」又是「岳父」的叫著，又不覺好笑。可是他想到那人所說的「小婿」，當然其中包括了對那可愛的白衣少女的侮辱，又不覺得憤怒。

「他們一動手，甚至混戰，其中就可能有我逃生的機會。」

他雖然憤怒，卻仍然冷靜地為自己所處的地位思索著。

「可是假如我的穴道不被解開，那恐怕仍然是死路一條，也許還更糟些！」

他計算著每一種可能發生的事，想來想去，都覺得自己已將近絕望了，不禁暗嘆一聲，忖道：「但聽他們口中的話，此刻船已駛在海上，就算我能逃出，卻也無法能飛渡這數萬里海面哩。」

海浪甚大，但玉骨魔手下的三艘船卻始終能和無恨生的保持著那一段不變的距離，想見這三艘船上操船的都是好手。

無恨生心裡有了決定，他鬆開了握著繆七娘的手。

繆七娘微微一笑，知道他一定已經有了對付這群海盜的方法，指尖輕輕一搔他的掌心，暗暗讚許。

無恨生修爲百年，心境雖然不能說是宛如止水，但也平靜得很。但是他對繆七娘的愛卻是強烈的。

須知他早年失意，晚年學武，情感上真正愛著的只是繆七娘一人而已。繆七娘這種親密的舉動，每次都使得他心裡忍不住泛起一絲甜意。

他根本沒有一絲發動的先兆，人已如行雲流水，但卻比行雲流水快上十倍的掠了出去。

他橫掠過這十餘丈闊的距離，甚至比常人走一步還要輕易。玉骨魔雖然知道東海無恨生武功高絕，但是卻未想到是如此地不可思議。

於是他的野心，爲他招來了殺身之禍。

但是你能說他的野心是不該有的嗎？他應該滿足於他的小小的天地裡而沾沾自喜，不求進取嗎？

當然，他的最基本的立足點是錯誤的；但是一個人的行爲又怎是單方面所能判斷的？

這一陣難堪的靜寂後面，並沒有預期的風暴，也許是黃海十沙的盜黨並不出色；也許是其他的原因，玉骨魔並不是無恨生心目中那麼厲害的對手。當無恨生閃電般的以「玄玉通真」的最高掌力將玉骨魔輕易地擊斃在掌下時，無恨生甚至有些失望和不滿。

他所思索的，此刻全都白費了；因爲他的敵手根本就不值得他花如許多腦力來思索。

被壓制著的那一群故意嚴肅而有規律的海盜被這突如其來的驚嚇激發了原始的粗獷，他們吶喊著拔出了刀。

那十餘個黃衫漢子臉色發青，但卻並不是因爲玉骨魔的死。

原來他們本是黃海十沙的首領，被玉骨魔制服後，便完全失去了他們原有的地位。是以他們見了玉骨魔的死，反而有些喜悅。

自私的情感永遠不會絕跡於人類的，每個人都會爲對自己有利的事而喜悅，至於這種事是在何種情況下完成的，卻不在他們的思慮之中了。

只不過每個人「自私」程度的強弱有著深淺不同而已。

辛捷許久沒有聽到聲音，突地——

他覺得船身一陣劇烈的震盪，像是有許多身手粗笨的人跳上船的聲音，接著船身又是一聲大震。

原來其中有一艘盜船撞上了無恨生的船。

辛捷無助地隨著船的顛沛而顛沛著。這暗艙本是堆貨的地方，四周角落裡推放了許多貨品和什物。

辛捷的身軀就在這些什物上撞著。他忽然想起梅叔叔對他說的話，於是便忖道：「梅叔叔曾經被牛蹄踐得解開了穴道，我不知道會不會因為身體的撞擊而解開穴道呢？」

船上有廝殺的聲音，其中還有重物落水的聲音。辛捷聽了，心中有數：「他們到底還是打起來了；看樣子還有不少人被無恨生拋下了水。」

他身不由主在艙中滾來滾去，周身被撞得發痛。須知他穴道被點後，就完全不能運氣抵抗任何外來的擊打。

此刻，他不禁變得聽天由命起來。因為他縱使掙扎，也是無用的。

船上腳步之聲雜亂，像是盜黨在船上四散奔逃。其中還夾雜著野性的呼喊，瘋狂的叫號。

忽地，砰然一聲，那暗艙的門被撞了開來，一個重濁的聲音說道：「老二！我看你真是愈活愈回去了，在前面跟那小子拚個甚麼命？據我看，就衝人家那種身手，我們黃海十沙八成是完了，還不趁這個機會撈上一票幹甚麼！你看這裡，準保是人家放東西的地方，還怕沒有值錢的嗎？」

此刻艙內光線遠較艙外黑暗，辛捷目力又迴異常人，是以辛捷能很清楚地望見他們，他們卻看不到辛捷。

那是兩個穿著緊身衣靠的漢子正摸索著朝裡面走來。手裡拿著的刀，被艙外的光線所映，在黑暗中發著一閃一閃的亮光。

那人又輕聲說道：「老二！你身上有沒有帶火摺子？點亮了，讓我看看這裡有甚麼值錢的玩意兒？」

另一人道：「水靠裡哪有地方放火摺子？你把眼睛先閉一會兒，等一下再張開眼睛來，就看得見了。」

先前那人笑道：「哦！老二，真有你的！」

隨即不再說話，大概已將眼睛閉起來了。

辛捷暗暗著急：「這兩人若看見了我，還怕不一刀將我斬卻？唉！我若死在這兩個渾人手上，豈非冤枉已極！我空有一身武功，現在卻一絲也用不上。」

片刻，那個「老二」驚叫了一聲，道：「喂！你看！那裡好像還有個人在地上來回爬哩？」

原來此刻船身搖晃甚劇，是以辛捷便也隨著來回滾動，那兩人不明就理，還以為有人在爬哩！

先前那人怪笑道：「大概又是哪位弟兄已比我們搶先了著。」

他稍微提高了些聲音，道：「喂！是哪位哥兒呀？真有值錢的，咱們可要見面分一半呀！」

他說話傖裡傖氣，是濃厚的山東口音。停了一會兒，那人又道：「喂！哥兒們怎麼不說話呀？你想要獨吞，那可不行呀！」說著，他一步步地往前面走，手上的刀光，燦耀著辛捷的眼睛。

辛捷再是鎮靜，也不免心裡發慌，他瀕臨死亡的邊緣已有多次；但這一次卻使他認爲最是不值！

那人此時大概已看清辛捷的衣著，不是他們的自己人，便喝道：「你是誰？」聲音裡，已帶著些驚懼的意味。

另一人一揚手，「磞」地，打出一支袖箭來，辛捷躲都無法躲，被這支袖箭著著實實地釘在肩頭。

那人見辛捷中了袖箭，哼都沒有哼一聲，心中也大感驚異，壯著膽子道：「你是人、是鬼？」

辛捷痛得冷汗直往外冒，卻苦於不能則聲。

那人想是也有些膽怯，便舞著手裡的刀，刀光一閃，刀尖在辛捷往上伸著的手掌上劃了一道口子。

須知他被點中穴道後，就周身僵硬，動也未動一下。此刻臥在地上的姿勢正是雙手前伸，右腿弓曲。是以那漢子一揮刀，便齊巧揮中他的手掌。

辛捷「哇」地一聲叫了出來。那兩人一驚，嚇得連連向後倒退，幾乎又退到門口了。

辛捷自家也不禁為之大吃一驚，忖道：「我怎地能喊出來了？」

這念頭尚未轉完，突然他前伸著的雙手，也緩緩落了下來。

雖然仍是毫無知覺，但那只是因為多日來的僵硬所引起的麻木而已。

他不禁狂喜：「莫非我的穴道解開了？」

忙試一運氣，氣血竟也立刻活動。他將真氣極快地運行一周。

那兩人仍驚恐地站在門口，不知道這艙裡的到底是甚麼怪物？

這時辛捷麻痺的四肢已漸有了知覺。他內功已具上乘火候，是以很快的便能回復。

而這其中最主要的原因卻是無根生的點穴手法並不傷害人體。他若是被點蒼派的「七絕重手」所點，此時就是穴道已解，怕不早已變成廢人了，哪裡還能夠運氣成功呢？

他感到右掌掌緣血流如注，悄悄一摸，刀口正在「後溪」穴上，心中一動：「莫非我穴道已解，就是因為這一刀嗎？」

此時他穴道既解，心中遂就大定。望著門口那兩個穿著緊身水靠的漢子，心中又是一動，暗忖：「我的逃走方法就在這兩個傢伙身上了。」

於是他仍然靜臥不動，也不發出聲息來。

那兩人見他久無動靜，又試探著一步步地往前走。

辛捷突地一提氣，人像彈簧般地從地上彈了起來。

那兩人見狀大驚，轉身便逃，但卻已晚了。

辛捷雙掌乍分，右掌切在一人的右頸，左掌切在另一人的右頸，他掌下已盡了全力，那兩人悶哼一聲，翻身栽倒，已自氣絕。

辛捷生平第一次斃人於掌下，望著這兩人的屍體，心中不覺歉然，暗忖：「這兩人和我本無仇怨，我又何苦置之於死呢？」

但是他劍眉一揚，轉念又忖道：「但我又何必心腸這麼軟？別人若是殺了我，他們心中又何嘗會有歉疚的感覺？反正我目的已達。」

他忽忙地脫下一人的水靠，一邊暗忖：「再過半個時辰，假如我的計畫完成，我又可以自由了。」

這時艙外的打鬥之聲已漸微弱，他不禁著急：「呀！假如這船海盜已全部被無恨生解決，那我的計畫可又不能實現了。」

於是他更匆忙的將扒下來的緊身水靠穿到自己身上。

又在四周角落裡抓來一些塵土抹到自己臉上。這樣一來，他蒼白如玉的臉，立刻變得齷齪而失去原來的光彩了。

於是他極快地掠到艙口，但方自竄到外面，他卻又立刻停下身形，略顯得有點張惶地朝四周打量一下。

艙門至船舷之間，是一條寬約兩尺的通道，船面比艙口高出尺許，艙口到船尾還有丈許，船頭有一塊方圓八尺許的船面。

辛捷目光四掃，立刻發現船舷側和船尾都杳無人踪。船頭上有一條白色的人影，彷彿穿花的蝴蝶，極快地在十餘條黃衫漢子中打著轉，微一出手，便有一個黃衫漢子被拋出船外。

辛捷心情雖然緊張，但仍不失鎮定。在一個人生死存亡的重要關頭上，鎮定往往是其中最重要的因素。

他暗忖：「只要我稍待片刻，這些黃衫漢子都被他拋入水裡，那我就是真的絕望了。」

在思索的時候，他看到有一艘船就在船側不遠之處打著轉，在那艘船和自己處身的這艘船相隔的一段海面上，載浮載沉地浮著許多軀體，想必就是被無極島主拋下的漢子了。

他心中立即做了個決定，知道此刻自己若展開身法，不難一躍而至另一艘船上；但是，他卻極謹慎地考慮到：「若然我這麼一來，恐怕立刻就會被那無極島主發覺，那就糟了！」

於是他平著身子，像是滑動著似的，由船面悄悄溜進海水裡，一面暗運真氣，屏住呼吸。

須知他幾次落水，對水的性質已略略瞭解。他知道若能在水中保持身軀的不動，那麼，就絕對不會沉下去。

這種對事情清晰的判斷，使得他許多次逃出了難關。

他落入水後，便努力地壓制住內心想動的念頭，果然他的身軀也沒有沉下。

隨著海浪，他向左前方漂了幾尺，這時有一個穿著緊身衣靠的漢子突地由水中冒了上來，一把拖住辛捷，向另一艘船上游去。

辛捷暗自心喜自己的僥倖。

他暗忖：「這個一定是他們派出來救援自己同伴的人，見了我，也以為是他們的同伴，是以將我救走。」

他索性完全放鬆自己的肌肉，將自己完全交給那身穿水靠的漢子，那漢子水性甚精，三划兩划，便已到了那艘船邊。

這漢子兩腿踩著水，將辛捷放在船側垂下的籃子裡，那籃子便又升到船上，他們之間配合得甚是確實而迅速。

辛捷暗忖：「這大概是他們早已訓練有素的吧？」

船上有兩個也是穿著緊身水靠的大漢輪流地交換著手將籃子提了上去。旁邊側立著的另一個漢子立刻將辛捷抱出籃子，一面說著：「這小子點穴的功夫好狠，這位兄弟竟然被制得全身都發硬了！」

辛捷暗笑：「敢情他以為我是被點中穴道。」

於是他將錯就錯，全身愈發不動。偷眼一望，甲板上已橫七豎八地躺著二、三十個漢子。那些漢子躺在地上的姿勢全不一樣：有的捲著腿；有的曲著肘；有的身軀弓得像個蝦米一樣。

「這些想來都是被那無極島主點中穴道的了。」

辛捷自己有過這種經驗，此時自然一望而知，他也加入了這些漢子，被放到甲板上。

此刻突然一陣清吟，一個清朗的口音說道：「此次念在你們初犯，快滾吧！以後假如你們再入東海，要走就只怕沒有那麼容易了。」

聲如金石，入耳鏘然，使人有一種被震盪的感覺。

辛捷暗忖：「這無極島主內功果然已入化境，唉！我若想報復今日的屈辱，那恐怕將是一件非常困難的事了！」

正自思忖間，他覺得船身突然向右一轉，接著另兩條船也沿著無恨生的船劃了個半弧，靠了過來。

這些海盜們操著船就像是鐵球滑動在塗著油的石板上似的，那麼悠然而自如！瞬即，這三艘船已並排，很快地朝著另一方向駛去。

直到這時候，辛捷緊張著的神經才鬆弛了下來。

海風強勁，風帆滿引。

辛捷極快地在心中量忖著，他該怎樣來應付此後將要發生的一切事：「這些海盜大概一定是要走回老巢的了，我總不能跟著他們回去，我要做的事那麼多……！」

每一件事像一條線，此時辛捷心中真是千頭萬緒！但是他冷靜的分析，像一把刀，將這些纏結著的思緒從中腰斬。

「假如他們的船真的是駛回老巢的話，我就應該迅速地改變他們的方向。」

他替自己做了決定。

「但是應該改向哪個方向呢？是應該讓他們駛回長江？抑或是應該追踪在那無極島主後面呢？」

又是兩個抉擇。

辛捷非常清楚自己和無恨生之間實力的懸殊。以他的個性，本不應有跟踪人家的念頭，因爲那是無補於事的。

但是他這個念頭卻有兩種想法在支持著他。

而這兩種想法卻是兩種極端相反的情感，那就是「恨」和「愛」，「報復」和「補償」。

而在他心底深處，他對無極島主的「恨」，遠不及他對張菁的愛來得強烈；而他想「報復」無極島主的情感，更不及他想「補償」張菁對他的恩愛那麼急切。因爲他知道，以他現在自己的力量，「報復」幾乎是絕望的。

於是這兩個抉擇在他心中開始互相搏擊著。

「當然，」他思量著：「我是應該回去的。先回到武漢，那裡有太多我該做的事。何況『齡妹妹』……」

這名字使他的思路中斷了。

在一陣迷惘和思念之後，他下了決定：「回到長江口，再溯江而上，這是我唯一該走的路。」

有了決定，他開始想到對他自己的決定，該做些甚麼事，才能使得這決定變爲事實。

「大概這三艘船上所剩下的沒有受傷或沒有被制的人已經並不太多了吧？」他暗忖著。

於是他微微支起身子來。

果然，他眼中所看到的，和他心中的思忖是完全相同的。

但是，這卻並非說是他的計劃已經成功。

他迅速地將自身此時的功力做了個試驗，看看有沒有因爲多日來被點中穴道而使功力有所損害？

氣通督任二脈、會三陰、三陽，行十二周天，極舒適而完美的，他完成了真氣的運行。

「居然一點事也沒有，看來這無極島主的點穴手法果然神妙！居然一點兒也不傷害人體。」

他微微一笑，抬頭一望，船桅上的帆滿引著風，張得滿滿的。

於是他微一提氣，身軀像彈簧似的，倏然從甲板上躍了起來，雙臂一張，兩腿下沉，像支離了弦的長箭，急地掠至船尾。

在船上的人還沒有來得及驚呼之前，辛捷已運掌如刀，極快的削斷了桅上掛著風帆的粗索。

他力透十指，抓著風帆往下一扯，那風帆便「唰」地落了下來，船身也因著突然失去了藉以前行的力量，猛一傾斜，在海面上打了半個轉，便倏然而停頓了下來，在海面上飄蕩著。

這突來的變化，使得船上的海盜們嘩然發出一陣驚呼！

有的人已經看到船桅上的辛捷，在還沒有弄清楚這究竟是甚麼事故以前，他們高聲喝罵著：「小子！你在幹甚麼？」

因爲方才辛捷所施展的那種近於絕頂的輕功，快得使那些海盜們根本沒有注意到，在他們還以爲這不過是他們的夥伴之一偷偷地溜上了船桅，切斷了船索，在幹著莫名其妙的勾當而已。

辛捷揣量情勢，知道在這種情況下，非要有真足以使這幫亡命之徒懾服的武功，才能達成他的願望。

放眼而望，因爲這一艘船的停頓，另兩艘船此刻也放緩了速度。他們方受劇創，幾乎成了驚弓之鳥，不知道又發生了甚麼事故？

船上有兩個漢子已縱身跳在船桅上，手足並用地爬了上來。

他們終年在海上討生活，身手自然非常矯健，正如兩隻攀爬而上的靈猴。

辛捷估量，瞬息之間他們便可爬上來了。

這時候，他再沒有思索的餘地，眼角微瞟，另一艘船和此船相隔的距離最少已有二十多丈了。

船與船之間距離二十多丈，並不是一段太遠的距離，在一艘船突然停頓的情況下，另一艘船仍能和它保持著這樣的距離，足可證明這些人平日訓練之佳，合作得驚人地嚴密。

但是在辛捷眼中看來，這段距離想要飛渡，可已是有些近於不可能了，他靈機一動，心裡已然有了個計較。

這是一艘三桅大船，辛捷正盤在中桅上，三桅船的上帆、中帆已被扯落，但前桅還有個小小的三角帆以及另一片縱帆，只是這兩片帆並不吃風，是以船身早停頓了下來。

辛捷俯首下望，那正往上爬的兩個漢子，此刻距離他的足部已不滿三尺了，於是他右掌抓著船桅，人卻在船桅上打了旋。

那種瀟灑而曼妙的姿勢，他自己當然不會看見，只不過是他多年來的修為自然地使他達到這種境界而已。

可是盜船上的海盜們卻的確驚訝了，這是全然出乎他們每個人意料之外的，他們再也想不到在這遼闊而荒涼的海面上，會出現這麼多他們想像不到的高人，不禁又都失色地發出一聲驚呼。

須知辛捷此時的武功雖然遠遠不及東海無根生，但在這幫海盜的目光中卻分辨不出來。

這正如一個身長九尺的巨人和一個身長八尺五的，當他們兩人同時站在一處的時候，人們當然一眼就可以分辨出他們的高矮。

可是當人們在不同的地點、不同的時間看到他們兩人時，那麼這兩人的高度相差多少，就不是人們所能夠衡量的了。

在船桅上，辛捷的身軀像是一片輕柔的落葉在空中轉折一下。

然後，藉著這一旋之力，他飄然落在船身的前桅上，左掌緣一搭桅身，便自牢牢黏住，生像是他掌內蘊含著一種強大的吸力似的，這自然又是他十數年來從未間斷的內力的修爲了。

他右掌搭著前桅後，上身便自微微後仰，兩條腿隨即靈巧地攀附著桅身，雙掌倏然伸出，一牽一引，像是輕描淡寫似的，竟將那塊浸著桐油的厚帆布製成的三角帆扯在手上，「唰」地一分爲二。

這使得船桅下的海盜們又發出一陣驚呼。

辛捷忖量情形，知道自家所顯露出來的功夫已經使得這般亡命天涯的海盜們極爲驚異了，但若讓這般亡命之徒完全懾服，卻不是一時半刻之間全能做到的事。

思路數轉，他驀然發出一聲清嘯，嘯聲高亢，幾乎已入雲霄。

此刻另兩個漢子已爬上中桅之顛，也正朝著辛捷高聲喝道：「朋友！你是幹甚麼的……」

但是話聲被嘯聲所掩，根本聽不出來。

那兩人只得將自己的問話中斷，驚異地望著這船桅上的怪客。

嘯聲未住——

隨著這長嘯之聲，辛捷盤在船桅上的兩條腿猛一用力，向外一蹬，手中的兩片帆布也隨著這一蹬之力向外揮出，這兩股滙集而成的力道，使得他瘦削的身軀又倏然從船桅上射了出去。

甲板上企首而望的海盜們驚呼之下，卻見他在空中又一轉折，那被他持在手裡的兩片帆布，此刻就像蒼鷹的雙翅似的搧動之下，他的身形「呼」地竟在空中劃了個圓弧，又飛了回來。

於是，就像是一隻可以任意遨遊天際的蒼鷹那麼曼妙而自然！藉著那兩片帆布的力量，他的身軀竟在空中盤旋著飄然落了下來。

甲板上原就滿站著海盜，但此刻見他飄落下來，竟沒有一人敢上去向這突來的怪客吆喝、動手的，他們甚至後退了幾步。

顯然，這些亡命海上的漢子已被他這種超凡的身手懾服住了。

這卻也是因爲他們對方才那一役，自家所受到的損傷仍然心悸，見到和那無恨生身手相似的高人，也自膽怯。

被蛇咬過的人，見了一條井繩，卻也會心驚的。

辛捷目光炯然四掃，看到這些漢子臉上的驚悸之色，滿意地暗中一笑。

目光轉動間，卻又見兩個穿著黃色長衫的漢子從後面掠了出來。他一望而知，這兩個黃衫漢子的武功遠在這些穿著緊身水靠的梢長大漢之上。

心中轉念，腳步微錯，在事情未見分曉之前，他只得仍然全神戒備著。

第二回

生死窄一線　卻喜絕地得生路
海天遙千丈　但悲何處是歸程

那兩個黃衫漢子一掠而前，卻也沒有動手的意思，遠遠朝辛捷一抱拳，目光上下打量了幾眼，竟抱拳朗聲道：「朋友身手高絕，駕臨敝舟，不知有何見教？朋友只管明言，只要兄弟們做得到的，一定效勞。」

原來這黃衫漢子是久歷江湖的光棍，一上來就先將話挑明了講出來，卻也不亢不卑，中肯得很。

辛捷劍眉微皺，方自沉吟間，另一黃衫漢子卻已冷笑一聲，道：「朋友身手雖然高明，但也不要強人所難，否則……」

他含蓄地止住了話，像是已看出了辛捷的展施身手，必定是有意示威，言下之意，大有你身手雖高明，卻也嚇不住我。

這種自然是人家江湖老到的地方，辛捷暗哼一聲，忖道：「你既已看出我有求而來，我也何妨挑開來說呢。」

雙掌一揚，將掌中的兩塊帆布「呼」地掄了出去，這兩塊帆布竟像鐵片似的遠遠落在水裡。

那兩個黃衫漢子面色又不禁變了一下。

卻見辛捷微一抱拳，朗聲道：「兄弟別無所求，但望朋友轉舵南駛，將兄弟送到長江口。」

他傲然一笑，又道：「兄弟這小小的請求，朋友們想必也不會拒絕吧？因為朋友們若是答應了，兄弟自是感激不盡，於朋友們也無損害，不然呢……」

他微微一頓，目光四掃，又道：「只怕於你我兩下都有些不便。」

他這種請求，卻無異已是要脅。

這兩條黃衫漢子臉色又一變，其中一個渾身衣衫仍然濕透，想是也剛從水裡爬上來的漢子乾笑了幾聲，阻住了另一人的發作，搶先說道：「這小事一件，兄弟自可遵命。」他又乾笑一聲：「閣下請先到艙中待茶，兄弟這就傳語夥伴，轉舵南去。」他答應得竟極其爽快。

辛捷心中一動，像是覺得這其中必定有著些可疑之處，但人家既然如此說，自己也只得微笑道：「如此多謝了。」

隨著這黃衫漢子的讓客手勢，從驚異的海盜群中穿了過去，走向船艙。

那黃衫漢子和他並肩而行，卻像毫無異狀。

入艙之後，辛捷不覺又心定了一些，目光始終不離這兩條黃衫漢子身上，心中暗忖道：「這兩人想必是此船的首腦，我只要盯住這兩人，便不怕生變。」

他這種判斷自是非常合理，而且除此之外，他也實在別無他法。

使他奇怪的是這兩個黃衫漢子面上的表情竟完全不同，其中一人面色鐵青，不時用眼睛先去瞟前發話的那人，神色大大不滿；而先前發話的那人此刻卻言笑晏晏，一副心安理得的樣子，而且不住殷勤地向辛捷問話，又自稱姓黃，叫黃平，對辛捷的姓名來歷卻絕口不問一字，像是知趣得很。

這種情形雖然有異，但辛捷斜倚桌前，目光動處，看到日光從左面的窗子裡照進來，此刻還是上午，那麼這艘船正是朝南面駛去，他心中不禁更是篤定，暗暗忖道：「看來這叫黃平的漢子被我所脅，已然就範。」

他眼瞟另一人：「而此人心中雖然不忿，但卻又無法可施。」

他自覺自家的推測極爲合理，便展顏微笑一下，也隨意和那黃平談笑了兩句。

忽然聽到有嘹亮的號角響了幾聲……

黃平立刻站了起來，拱手道：「兄台請在此稍坐，小弟出去和另兩艘船上的夥伴打個關照。」話聲一落，便匆匆走了出去。

辛捷望著他的背影，謹慎地思慮了一下，卻也並不覺得這其中有著甚麼足以危害自己的詭計。

因爲無論如何，他自家是安全地坐在船艙，而且他自信憑自身的武功，這船上的海盜們縱然對自己不忿，卻也無可奈何，那麼，只要這艘船是確實向南面駛去，一切便不足爲慮。

他暗中微笑一下，忖道：「除非他們不要這艘船了，都跳下水裡去，那麼我一個人留在這船上，倒是有些可慮，但是，這又怎麼可能呢？」

若說這些海盜們棄船而走，這當然極不可能，一念至此，辛捷心中愈發寬懷，想到只要一到岸上，那他便甚麼也不怕了。他要立刻趕回武漢，將一切事料理一下，最主要的，他得先尋得金梅齡的下落。

於是金梅齡的倩倩身影，音容笑貌，在這一刻間又在他心中潮湧而起。

他不禁帶著些許幸福地嘆息一聲，忖道：「齡妹妹找不著我，一定著急得很，如果看到我回去，怕不高興得立刻投入我懷裡……」

他聰明絕頂，以往他自己所做的一切判斷也都極爲正確，每每使得他從極端危難之中逃出生天；但是智者千慮，必有一失，他不知道世情的變化，有許多是任何人也無法推測的。

同時，更嚴重的是他千思萬慮，覺得這些海盜們理應不會棄船而走，因爲那是絕對不值得的；但是他卻不知道，他此刻所置身的這艘船，方才曾經和無恨生的那艘極其精巧的三桅船猛烈地撞了一下，此刻不但船頭破裂，船身也有了一些裂隙，根本已是一條接近沉沒的廢船了，於是他的一切判斷，便得因之而改觀。

此刻，他全心沉浸於往事的回憶之中，除了不時向窗口的陽光投視一眼，藉以辨明這船行駛的方向之外，他竟全然沒有了警惕，就連另一個黃衫漢子悄悄蹔出艙外去，他竟也未曾在意。

其實他的判斷也並無錯誤，錯誤的只是冥冥中的安排罷了，若他方才是獲救於另一艘船上，那麼豈非一切妥當？

突地，他從沉思之中倏然驚醒，因爲他聽到一連串的噗通之聲，這種聲音無庸辨別，入耳便知是人們跳入水中時所發出的聲音。

他不禁翼然大驚，唰地一個箭步掠出艙外，目光四掃，卻見甲板上空蕩蕩地，連一條人影都沒有。

他更驚，極快地挪動身形掠至船舷，卻見碧綠的海水中人頭湧現，正朝著距此約莫三十丈外的另一艘船上游去。

此刻，他心中驚怒之中又大爲詫異！他不明暸這些海盜們何以會因著不願多繞些路送他到長江口，而情願棄船而去。

他惶恐地大罵著，但他毫無水性，自然無法跳下水裡將這些他罵爲「蠢才」的漢子一個個抓回來，也更不能飛越這三十餘丈的海面，掠到另一艘船上去。

他所置身的這艘船，此刻已因無人操舵，再加上風帆被自己所斷，只是在海中緩緩地打著轉。

他驚怒、惶急，站在船舷旁，他再一次落入無助的黑暗之中。

這些海盜水性都極為精熟，三數十丈的海面，恍眼之間便游了過去，一個個捷矯地從垂下的繩索上爬到另一艘船上去，其中還有的甚至譏嘲地向辛捷揮著手，零亂地高聲叱罵著。

被自己所卑歧著的人們譏嘲、辱罵，確乎是令人不能忍受的事，但辛捷暴跳了一陣之後，才發覺即使不忍受，也是枉然，反而徒讓譏嘲、辱罵自己的人們多對自己加了幾分輕蔑。

片刻之間，泅水過去的漢子都上了那艘船。

辛捷遠遠看到那叫黃平的黃衫漢子高高地站在船舷上向著自己指點笑罵。

辛捷此刻若有著能夠遠射至三十丈外的暗器，他會毫不遲疑地朝著這漢子發去，只是七妙神君終生不用暗器，辛捷自然也沒有暗器帶著，何況普天之下，再也沒有能遠及三十丈外的暗器。

於是他只得強忍著怒氣，眼看著黃平站在船舷上，隨著那船的揚帆遠去而消失在水天深處，直到它的身形已完全模糊，才回過頭來。

他對黃平的恚恨也已深誌心底。

於是這偌大的一艘船上，此刻只剩下了辛捷一人，他目光惶然四顧，空蕩的甲板外，是一片一望無際的青色海洋。

除了海濤撞擊船身所發出的聲音之外，他再也聽不到一絲聲音。寂寞的感覺像是一隻惡魔的巨手突然攫住了他，那甚至不僅是寂寞，而是一種近乎絕望的空虛。

但辛捷卻不是易於向環境屈服的人，方才他雖然因著自己的判斷生出錯誤，而致此刻落得這種狀況，但此刻他卻仍未失去冷靜思考的能力。

他立刻掠進船艙四下檢視一下，發現船裡留下的食物尚有很多；於是他稍稍鬆了一口氣，覺得生命威脅已減輕了一些。

然後他再去檢視食水，發現這盜船的設備果然極其完善，竟有一間專門貯放食水的暗艙，艙裡的食水幾乎足夠他飲用十年。

於是他緩緩走回前艙，隨手捎了食物放在桌上，一面嚼吃著，一面獨自沉思，忖道：「這船上飲食既然沒有問題，那麼我又何妨在這船上躭著，讓這船隨意漂流，即使漂不到陸地，但至少也會被過往的船隻發現。」

他隨手撕下一塊肉脯，微嘆了口氣，但是這嘆息之中包含的卻不是憂鬱，因爲他此刻暗自忖量，覺得自家所處的地位雖然不佳，但卻並非絕望。因之他心懷也爲之稍敞，胃口也大開，不知不覺地，竟將桌上的食物吃得一乾二淨。

他這許多天來穴道被點，人又是被關在那間暗艙裡，不時地被那些粗漢灌著稀飯，此刻吃了些肉食，看得見陽光，比起那些日子來，已不啻霄壤之別了。

這當然是因爲他還沒有發覺他自身所處地位的嚴重性，也不知道這艘船曾經縱橫黃海，幹過不知幾許殺人越貨勾當的盜船，已正一分一寸地往深達千尋的東海海底沉沒下去！

辛捷靠在一張頗爲寬敞的木椅上，落寞地望著窗外的白雲蒼穹，天光海色，故人之思又復油然而湧，心中情潮雲落間，神思漸惘，他竟在這艘即將沉沒的海船上悠悠睡著了。

金黃的日光由東面照到西面，淡藍的天色也逐漸變得多彩而絢麗。

晚霞漫天，已是黃昏了。

辛捷夢到自己又回到五華山深處的幽谷裡，迷迷糊糊地，他看到那雪地上躺著一人，像是張菁，又像是金梅齡，卻又有些像是方少堃，他連忙要跑過去，但是低頭一看，自己卻沒有穿鞋子，赤足踏在冰涼的雪地上，覺得很冷……

他機伶伶打了個寒顫，驚醒了過來，發現在夢中自己所感到的寒冷，此刻仍然停留在自己的足部，於是他又低頭一看……

這一看，他不由驚惶得立刻從椅上跳了起來，因為這時他才發現艙中已經入水，而且已經浸透他的鞋襪了，他才一側目，海水幾已平著窗口。

這種類似的經歷，他以前也有過一次，只是那時候他身側還有著方少堃，還有著金梅齡，他心中也正為著一些強烈的愛、恨情感充滿著。

而此刻天地茫茫，卻只有他一人，正瀕臨著死亡的邊緣。這時，他才真正地體驗到那種無助的絕望和空虛的感覺。

他知道不出片刻，船便全沉，而且沉船的位置不是兩側見岸的長江，卻是四望無際的東海。

水聲，他聽得愈發清晰了，奇怪的是，在這一瞬間，他求生的慾望遠超過其他一切情感，除了「怎樣才能活下去？」之外，其他的一些問題，此刻他看來都是無足輕重的了。

艙中的桌椅全都漂了起來，他想到數日前長江中流沉船的那回事，心中極快地掠過一個念頭，那就是他首先得找一塊木板，而這木板又必須大得足以在海面上載住他的身軀。

此刻海水已漸沒他的膝蓋，他惶急地四下搜索，這間艙房裡，除了桌椅之外，就別無巨大的木板，而且那正中的八仙桌的桌面上還嵌著一塊雲石板，在水中可根本浮不起來。

他更急，轉身掠到窗口，外面的甲板根本已看不見了，他心慌意亂，手掌一緊，竟將窗框都抓得全裂碎了。

但這卻讓他心中一動：「這船艙不都是木頭做的嗎？」

趕緊後退一步，雙掌聚滿真力，唰地朝船艙猛擊了過去！

只聽嘩然一聲，這以最上好堅木做成的船艙之壁，被他這一掌擊得片片散落了。

但一擊之後，他不禁更為惶急，原來這船艙本是一條條寬約尺許的木板製成的，此刻被他這一擊，又散成原先的樣子，甚至更加零落，又怎能在海面上載得起人？

船，毫不留情地往下沉沒著……

辛捷距離死亡也愈來愈近了……

有生以來，他曾不只一次接近死亡，海天雙煞的掌下、狂奔之牛的背上、揚子江心的沉船、無與倫比的劇毒、無極島主的囚困。

每次他距離死亡也都僅有一線，但是從未有一次像此刻這樣真切，他此刻環顧四周的一片汪洋，幾乎已嗅出死亡的味道來。

這因為在那些時間，他心中都有其他的情感為他沖淡了死亡的味道——或是驚恐，或是憤恨，或是愛情——而此刻，他心中卻是空空洞洞地，全被「死」之一字充塞著。

「自古艱難唯一死！」他長嘆一聲，目光動處，忽然看到前面的海水上浮著一塊東西。

他連忙再定睛一看，那竟是一條船底朝天的小艇，想必是先前被縛在船艙外，被他掌力一震而震得飛了開去。

於是，他在絕望中有了一線生機。

而此刻海水漸高，他幾乎無法再穩當地站在船艙裡了。

生與死之間的界線有時遙隔千里，有時卻有如利刃邊緣，窄才一線。

生機一現，活力頓發。他倏然伸手抓住了那張寬敞的木椅往那覆舟之處一拋，腳尖卻找著一片木板，微一藉力，身形便自掠起。

這時那木椅方自落下，砰地一聲，濺起水花，辛捷在空中微一轉折，等到那木椅再浮出水面，雙臂一張，便掠了過去。

他身形一落，腳尖在那木椅上一點，身形又倏然而起，一掠數丈，飄然落在那艘覆舟之上，像是一片落葉似地，全然沒有引起絲毫震動。

他真氣一洩，轉身四顧，先前他置身的那艘海船，此刻已只剩下半間船艙還浮在水面上，那張他曾經坐過的木椅，此刻也遠遠的浮了開去。

被晚霞映照得泛出色光的海水，此刻一眼望去，像是甚麼都沒有了，四周的寂寞和空虛，連著天邊的晚霞，像是千仞之山，沉重地朝他壓了下來。

他無助地孤立著，默然地負荷著這沉重的重擔，他的心此刻像是已流出苦汁來，一滴一滴地往下滴著，卻又滴回他的心。

天邊絢麗的色彩轉瞬之間就消失了，海天相接，變成一塊灰暗而沉重的鉛塊，濕了的下裳，夜晚的海風，辛捷覺得有些冷，這時候，他甚至不願意以內功的修爲來驅逐這寒冷，因爲他知道寒冷一去，比寒冷更可怕的孤獨就會來了。

在他說來，寒冷是極易忍受的，十年石室的苦練，使得他有遠比常人容易抵抗困苦的能力，但心靈上的負荷，人類卻是完全相同的。

夜晚過去，旭日復升。

看到太陽，辛捷彷彿又振奮了許多，他覺得自己因這光芒萬丈的旭日而又有更多的勇氣忍受煎熬。

但是太陽又落下去了，孤獨的夜晚又復降臨。

沒有水，沒有食物，沒有人類的信息，他孤獨而無助地在這無情的海面上竟漂流了四天。

沒有風浪，沒有滴雨，沒有船隻，甚至連希望都變得極爲渺茫起來！

這五天的折磨，孤獨的夜晚，苦惱的白天，連星光都變得冷酷起來，但是辛捷仍憑著他多年的修爲和求生的決心支持了下去。

生存，在他說來，已經變得成爲世上最困難的事了，死亡的解脫，他反而看得無比的美妙。

但是他求生的意志仍然是強烈的，他想到這世上還有許多他應做而未做的事，還有著被他熱愛著，也深深熱愛著他的人，恩、仇、愛、恨，這許多的情感，使得他忍受了下去。

他忍受著喉嚨裡那種像是火炙一般的乾燥，他忍受著肚中那種已使他癱軟的飢餓，他還忍受著心中那種刻苦銘心的孤獨、寂寞和相思。

他仰臥在這孤葉似的覆舟上，看夜晚的星星升起，像是一個個笑靨，那其中有金梅齡的、方少堃的、也有著張菁的。

然後，白天又來了。

他看到一隻海鷗在隨著他飛翔著，像是在希冀著能從自己這裡尋得一些食物。

於是他乾燥欲裂的嘴角上泛起一絲譏嘲的微笑，隨著這微笑，天地像是變得渾沌起來，只剩下那海鷗一點白色的影子在他眼前飛舞著，飛舞著……

他終於昏迷了。

第三回

經歲伴孤石　縱是蓬萊也寂寞
冷月照人影　到底真情最動人

海灘上有許多細碎的貝殼，有些是埋藏在細沙裡，有些已因著潮水的奔激而露了出來。

在海灘邊的近岩之處矗立著一塊石碑，上面卻寫的是「擅入者死」四字，在海風中散發著無比的寒意。

這是一座孤島，又是這麼小，像是連人跡也沒有，只有一些飛得累了的海鳥才會偶爾駐足期間，歇息一下，尋找一些食物。

但是這海灘上爲甚麼會有一些零亂的足跡呢？而且這些足跡又是這麼纖秀，顯然是一個女子留下來的，難道在這荒涼的孤島上，竟會住著一個女子嗎？這豈非有些不可思議？

足跡是零亂的，顯然留下這足跡的人曾在這海灘上來回躑躅著，而這些足跡又只是同一人留下的，那麼她不是太寂寞了嗎？

果然——

遠處有一個人走過來了，果然，這人是個女子，而且她又這樣年輕，這麼美麗。

她的長而柔軟的柔髮，像是流水一樣地從肩頭垂下去，一直垂到腰際，秀髮的下面是一張其白如玉的面靨，大而明亮的雙瞳，無邪地望著海天深處，散發著聖潔而動人的光輝。

但是，她微顰地黛眉之間，爲甚麼鎖住那麼多憂鬱和寂寞呢？

她的身形是婀娜的，身上穿的卻是一件長長的袍子，深黑的，一直垂到她那潔白如玉的足踝上，生像一尊女神似的。

她緩緩地在這細軟的沙灘上漫步著，一個浪花湧過來，浸濕了她赤的雙足。

她幽幽地嘆了口氣，向海水中走了過去。

浪潮湧過，海水平靜了一會兒。

她俯身下望，從海水裡看到了自己的影子，於是她又嘆了口氣，攏了攏散落下來的頭髮，幽幽地思忖著！

「這世界上是不是還有著一些像我一樣的『人』呢？我真希望看到他們，唉……一天一天地過去，大哥、二哥，爲甚麼總是不帶我離開這裡，和他們一齊到別的地方去，卻把我一個人留在這裡？」

她又嘆息一聲，後退了兩步，撿起一粒貝殼在手裡玩弄著：「自從雷婆婆死了，這裡只剩下我了，我只希望能到別的地方去，看看這世上是不是還有像我一樣的人？抑或是他們也都和『大哥』『二哥』生得一個樣子。真奇怪——『大哥』『二哥』爲甚麼生得和我那麼不一樣呢？」

她憂鬱地思忖著，心中有許多她想不通的事，因爲自從她有知識那一天開始，她就沒有離開這孤島一步，對於這世上的一切，她只模模糊糊有個影子。

因爲她除了她的大哥、二哥和帶著她長大的雷婆婆之外，她就再也沒有看過別的人類了。十多年了，除了每年一度，她的大哥、二哥乘著船到這裡來一次之外，她就是一個人住在這孤島上，吃著野生的菓子和大哥、二哥帶給她的食物。

她多麼想看一看這孤島以外的世界，多麼想看一看大哥、二哥以外的人類。是以她終日徘徊在海灘上遙望著海天深處，像是在等待一些事的來臨。

又是一個浪潮湧過，她突然看到有樣東西隨著這浪潮而浮了過來。

於是她眼睛立刻瞪得大大地，瞬也不瞬地望著——

下一個浪潮湧來的時候，那東西也隨著浪花浮在這沙灘上了。

她很快地跑過去，低下頭一看，她不禁呀地一聲，驚奇地喚出聲來！

因爲隨著浪頭打來的竟是一個「人」？這個人既不是雷婆婆，也不像大哥、二哥，倒有些像她自己。

於是她高興得在這海灘上跳躍起來。

可是過了一會兒，這個「人」仍然動也不動地躺在沙灘上，她不禁又著急，暗自思忖：

「這個『人』是不是和雷婆婆一樣也死了？」

對於死，她也只模糊地有一些觀念。她只知道一個人若是死了，便再也不能走路，再也不能說話，再也不能吃飯，因爲雷婆婆就是這樣的「死」了。

她著急地蹲了下去，用春蔥般的手指在這個「人」身上撫摸著，她發現這個「人」身上還有些暖意，不像雷婆婆那樣已完全僵硬、冰涼了。

於是她又生出一些希望，將這個「人」抱了起來。

她轉過身，抱著這個「人」向島中走了過去，她的身形竟像是行雲流水似的，抱著一個人的軀體，悄然一舉步，便已掠過數丈，連肩頭都沒晃動一下，生像是能夠馭風而行似的。

海邊有險峻的岩石，她快如電光一閃般地從上面掠了過去，穿入青蔥的樹林子，在密集地樹幹間靈巧地移動著身形。

然後，她在一間青石蓋成的小屋子前停了下來，這間小屋子是在樹林深處一個小山坡的下面，石板上已滿生著青苔，門是新鮮的樹枝編成的，門前面有幾處石墩，還有一張青石板的桌子。

她推開那樹枝編成的門，悄然掠了進去，將這個人放在那上面鋪著一張織錦棉褥的石床上。

然後，她就開始忙碌著，爲這個人燒了一些熱水，擦了擦臉，又將這個人身上已經濕透的衣服脫了下來，換上自己一件乾淨的袍子。

在做這些事的時候，她又發現了這個人和自己另一些不同的地方，而且她生平第一次有了一種難言的心跳感覺……

但是，這個人還是不醒，她完全不知道此刻該怎麼做了？

她坐在石床的邊沿愣了許久，突然又跳了起來，極快地掠出石屋，嗖地，又竄上石屋後面的那個小山上，又是兩三個起落，才在一塊上面長滿了枯藤的山壁前停住了身形。

她將那些長得密密的枯藤拉開了一些，裡面的山壁竟有一條裂隙，她毫不考慮地鑽了進去。

過了半晌，她又鑽了出來，手上卻多了一瓶東西。

她掠回石屋，看那個人仍然直挺挺地躺在石床上，動也未動一下。

於是她就將手裡的瓶子湊到這個人的嘴上，將這個人的上身扶起一些，撬開他的嘴唇、牙齒，將手上這瓶子裡的東西倒了進去，然後她再靜坐在床側，眼睛瞬也不瞬地望著這個人，等待著他的甦醒……

海鷗的白色影子在辛捷腦中旋轉著，旋轉著……

也不知過了多久，他的腦中才由動盪的渾沌中平復了過來，他悄然張開眼睛，首先進入他眼簾的竟是一雙明亮的眸子。

他立刻眨了兩下眼睛，清了清自己的視界，再定睛一看，卻是一個披著長髮的絕美少女正高興得從自己所睡的床邊跳了起來。

這少女穿著一件黑色的長袍，臉上有一種聖潔的美。

辛捷雖然已自甦醒，卻又立刻迷惘了，他不知道自己是在人間抑或是在仙境？

他試著輕輕一咬舌尖，很痛，再試著運了運體內的真氣，竟然出乎意料之外的暢達，於是他忍不住從睡著的床上爬了起來。

他剛支起上身，就看到那仙子般的少女歡躍地拍著手掌，一面道：「沒有死，你沒有死。」語聲是那麼輕脆嬌美，但口音卻是一種混合著南方話和北方話奇怪的語調。

辛捷兩條腿一旋，下了地，覺得四肢一些也沒有異樣，身上卻也穿著一件和這少女一樣的黑色袍子，他的臉不禁紅了一下。

在這一瞬間，他腦海中極快地閃了幾閃。

「我怎麼會到這裡來的？大概是這少女從海中將我救了起來，但這裡又是甚麼地方呢？這少女又是甚麼人呢？」

這一連串問題都令他奇怪，然而最令他奇怪的卻是在經過多日海上的漂流、日光的炙晒、飢餓的折磨、無水的恐怖之後，他此刻卻怎地會全身舒暢已極，真氣的運行甚至比以前還要精練些？

他不禁以懷疑的目光望著這少女，只見她歡躍了一陣，突然在自己身前站了下來，兩隻大眼睛瞬也不瞬地望著自己。

他努力地鎮定一下自己驚疑的神智，然後站了起來，一揖到地，朗聲道：「小可瀕臨絕境，想是姑娘仗義援手，將小可救出生天，活命之恩，小可不敢言謝，但望姑娘賜告大名，以便小可薰香頂禮……」

他話未說完，哪知道這小女突然咯咯嬌笑了起來，一面道：「你說的甚麼？真好玩，喂！你從哪裡來的呀？你是個男人，還是個女人？」

她一連串問出這些話，辛捷可又愣住了，半晌說不出話來。

「莫非這女子是個瘋子？」他不禁暗忖，一面又上下打量了這少女幾眼，又暗暗惋惜：「若她真是個瘋子，那真可惜！」

他心裡正奇怪，卻聽那少女又道：「我知道你是個男人，因爲……你和我不大一樣。」說到這裡，她的臉不知怎地竟紅了一下。

「可是你若是男人，怎麼又和大哥、二哥長得不一樣呢？你……你比他們好看多了。」

辛捷愈發驚異了。

卻見這少女突然嘆了口氣，接著說道：「不管你是男的還是女的，你來了，我真開心，你不知道，我一個人在這裡多難受，自從雷婆婆死了，這孤島上就只有我一個人了，大哥、二哥又不常來……」

她略微停頓一下，突然改口道：「你一定看過很多人，你告訴我，別的人都是長得像甚麼樣子呀？」說著，她在石床上坐了下來，眼睛直勾勾地望著辛捷。

辛捷極力將自己紊亂的思路整理著，從這少女的這些話裡，他已隱隱約約知道了一件駭人聽聞的事，此刻暗自思忖著：「難道這少女有生以來還是停留在這孤島上，除了她口中的大哥、二哥之外，再也沒有見過別的人類？而且她這大哥、二哥還一定生相極為奇異，甚或醜得不成人形。」

他不禁全身起了一陣悚慄的感覺，這種匪夷所思的事，使得他不敢相信是真實的，他甚至希望這不過是一場夢，而且希望自己快些醒來。

「可是，這一切又都是這麼真實呀！」他望了這無邪而美麗的少女一眼，暗自忖道：「她的大哥、二哥又是甚麼人呢？為甚麼讓她一個人孤零零地生活在這孤島上？」他知道這其中必定包含著一個神秘的故事，只是他此刻非但不知道這個故事的真相，甚至連猜都無法猜到。

那少女見他許久不曾說話，便又道：「喂！你怎麼不說話呀？我叫咪咪，你叫甚麼呀？告訴我好不好？」

辛捷腦海中極快地轉了幾轉，對這少女的身世，他不但起了極大的好奇心，也起了一種憐憫和同情的感覺。此刻，他竟有了一種揭穿此真相的慾望，希望能將這少女從這悽慘的生活中挽救出來，何況這少女還是他救命的恩人呢！

於是他也在石床上坐了下來，緩緩說道：「我叫辛捷，我是從另一個地方來的，那裡有許多許多人，長得都和你我一樣……」

那少女咪咪突然叫了起來，搶著道：「真的嗎？別的人都和我們長得一樣嗎？」

她突又黛眉一皺，像是自言自語地說：「那麼為甚麼大哥、二哥說別的男人都和他們長得一樣呢？哦！我知道了，他們在騙我。」

辛捷心中一動，問道：「姑娘，你叫做甚麼名字呀？你的大哥、二哥又叫做甚麼名字呀？」

那少女瞪著大眼睛，道：「我叫咪咪，我大哥就叫大哥，二哥就叫二哥，我不是都告訴你了嗎？」

辛捷微喟一下，知道這少女的身世必定是極為辛酸而悽涼的，一瞬間，他再也說不出別的話來。

悵然四顧，卻見這房子全為石板所建，裡面還有一間暗間，房中一塵不染，收拾得乾淨已極。

咪咪笑著站了起來，朝裡面那間暗間走去，一面道：「你進來，我弄些東西給你吃好不好？你肚子餓不餓？」

她輕輕一笑，又道：「真奇怪？這裡四面都是水，你怎麼會跑來的？」

辛捷望著她的背影兀自出著神。

半晌，咪咪從裡面拿了一盤蒸好了的臘味出來，還有些米飯，放在桌上，一面嬌笑著說道：「這些肉真是難吃死了，可是大哥每年都只帶這些東西來，我也沒有辦法。」

辛捷暗嘆一聲，心想：「這少女吃這種臘肉，竟吃了一生，這其中包含的意義又是多麼地值得悲哀呀？」

但是，此刻他又不禁為自己的處境思索一下，到此刻為止，一些事還只隱隱約約地有個影子，真相仍然隱藏在後面。

於是他耐心地向這少女咪咪問著許多問題，最後，他將她口中的回答整理成一個大約的故事。

這咪咪是個孤女，從小就在這孤島上，有個奇醜的老太婆陪著她，還有她的大哥、二哥每年來看她一次，只是她這大哥、二哥也都是奇醜的怪物，甚至究竟是不是她的「哥哥」都不一定，只是他們叫她這樣稱呼罷了。

到了咪咪十一歲那年，雷婆婆竟也死了，從此咪咪就一個人住在這孤島上，孤獨而寂寞，直到現在。

這就是辛捷所能知道的全部事實，至於這事實後面神秘的真相，大約普天之下，除了那大哥、二哥兩人之外，誰也無法知道。

於是辛捷就在這神秘的孤島上留了下來，因為他即使急於離去，但這裡四面環海，絲毫不懂水性的辛捷，即使有船，也無法越過這遼闊萬里的海面，何況他此刻不但沒有船，連支槳都沒有哩。

他深切地希望這咪咪口中的大哥、二哥能夠快些來，那時候，他就要憑著自身的武功來揭穿這個神秘的謎。

他也希望自己能將咪咪帶回人世，讓她享受一些人類的溫暖。

至於咪咪呢？她完全沉醉於辛捷口中有關人類的一些事了。

直到此刻，她才知道人類是這麼可愛，和她大哥口中所說的完全不同。

日子就這麼一天一天地在他們終日相對中溜了過去，而少年的男女終日相對，能不互生情愫嗎？

尤其是咪咪，她第一次接觸到「真正的人」，而且是一個和她年齡相若的男人，在這以前，她少女的心完全是一片純白，絲毫沒有任何雜色，此刻卻讓辛捷抹上一片淺紅了。

雖然她還不能十分清楚地瞭解自己這份情感的意義，但這種純真情感卻最是動人，因爲這是絲毫沒有夾雜著別的因素的。

而辛捷呢？這曾經歷過許多情感波折的少年，對咪咪的情感也在不知不覺之中因「憐憫」而轉變成「憐愛」了。

辛捷來的時候尙是有星無月，此刻卻已月滿中天了。

自從他來到這孤島之後，生命的意義，在咪咪的感覺上像是已經完全改觀，以往的寂寞、空虛，此刻已變爲充實、幸福。

她輕輕地倚在辛捷身側，那些她前些日子還認爲是那麼冷酷悽涼的黑夜，此刻在她眼中卻充滿著幸福的溫馨。

同樣一個月明之夜，卻往往會使幸福的人益覺美妙，不幸的人倍感悽涼。

他們靜靜坐在兩個距離極近的石墩上，繁星滿天，月明如洗，面對著那蒼翠青蔥的小山，晚風從林木中和煦地吹到他們的背上，咪咪心中固是滿懷溫馨，就連辛捷也不禁爲她這份純情所動，一縷情思冉冉而起。

夜靜得很，誰也不願意說話，因爲世間永無任何一句話能比得上這種靜穆的情意，偶爾交換的匆匆一瞥，便是世間最美的言語了。

突地，隨著晚風傳來一聲陰森入骨的冷笑。

這笑聲像是一縷尖風，頓時使得辛捷的骨髓都像已凝結住了！

大驚之下，他雙手一按石墩的邊沿，唰地衝天而起。

他久經憂患，對於應付這種突生之變，已比先前鎮定得多，他也知道對於背後而生之變，最好的應付之法便是騰身而起。

此刻他身軀凌空，蜂腰在空中一扭，瘦削的身軀便倏然轉變了一個方向。雙掌交錯，後腿微蹬，目光機警地朝下面望去，卻見兩個灰綽綽的人影冷然並肩站著，距離他先前所坐的石墩不過僅只丈餘。

他倒吸一口涼氣，這兩人來到自己身後這樣近的距離之內，自己卻連影子都不知道，孤島之上何來此輕功如此高絕的人物？

這念頭在他心中一閃而過，這情況雖然令他驚嚇，但他可也不能永遠停留在空中不下來，他雙腿再次後蹬，身軀便曼妙地朝後面飄落下去。

他儘可能地將自己的下墜之勢放得極慢，以便自己能夠有充份的準備來應付這突生之變；

因爲雖然這兩人的來意尙不可知，但是就衝那笑聲中的寒意，也就可忖度出一些了。

就在他身軀拔起再下落的這一刹那，咪咪也站了起來，轉頭去望，脫口呼道：「大哥！原來你來了。」

這句話使得辛捷下墜之勢倏然加快，腳跟一落地，目光前望，一接觸到那兩人的身形，他不禁驚得往後退了兩步，若不是他生性的鎮靜，任何人都會嚇得叫出聲來。

此時雖已入夜，但月華甚明，辛捷的目力又倍敏於常人，只見幽清的月色裡，冷然站著兩個灰慘慘的人影，一個雖然身軀與常人無異，但臉上卻像是平整的一塊，無鼻無耳，甚至連眉毛都沒有，只有眼睛像是兩粒孤星，發出徹骨的寒光。

另一個卻只齊到他的胸部，頭如巴斗，身軀也頗粗大，但兩手兩腿卻像幼兒似的又細又短；在這幽清的孤島月夜裡驟眼望去，這兩人簡直比鬼魅還要可怖，哪裡像是人類？

辛捷目光一落到這兩人身上，便再也收不回來，全身也起了一種難言的悚慄，一縷寒意沿著骨髓直透入心裡。

這兩人四隻餓狼般的眼睛也正在打量著他，對於他方才施展出的那一身輕功也像是無動於衷。

咪咪走前一步，道：「大哥！這次你帶了甚麼東西給我……」

語聲未落，已被一聲冷哼切斷，一個像是發白墳墓的聲音冷冷道：「這個漢子是誰？從哪裡來的？難道他沒有看到岸邊那塊擅入者死的石碑嗎？」

辛捷雖然驚悸，此刻仍然一抱拳，朗聲說道：「在下海上偶遇風暴，飄流此間，多承這位姑娘仗義相救，卻不知此處是兩位的禁地，只是……」他劍眉一軒，接著道：「小可卻有一事請教兩位，這座海上孤島，難道是兩位買下來的嗎？」

自從咪咪訴說了自己的身世之後，辛捷就對她口中那毫無人道的大哥、二哥起了極大的厭惡感，此刻見了這兩人的形狀，就知道做出這種滅絕人性的事來的人物，外表也無人味，他雖然也有些驚悸，但與生俱來的傲骨俠心卻未因此而磨滅，是以朗然說出這番話來。

哪知這兩人卻像是根本沒有聽到似的，四道森冷的目光凜然在他身上滑動著，等他說完，才陰笑一聲，緩緩道：「盞茶之內，閣下還是想個最舒服的死法吧，若是閣下憑著一些身手想和我兄弟爲敵，那麼閣下恐怕就死得沒有那麼舒服了。」

他一字一字地說出，每一個字都像是一塊寒冰似的，生像是他叫一個人馬上就死，是極其公道而自然的事似的。

辛捷面色微變！

咪咪卻又搶上了兩步，惶恐地說道：「大哥，他……他沒有做壞事，你爲甚麼要他死呀？」

那四肢如廢的怪人目光一轉，冷然移到她臉上，尖銳地微笑一下，道：「妳記不記得妳說過要永遠聽我的話？再過兩年，我就帶妳離開這裡，讓妳過神仙一樣的生活，妳要記得，天下除了妳大哥、二哥之外，都是想害妳的，妳千萬不要上他們的當。」

在對咪咪說話的時候，這怪人顯然已將聲調儘量放得和緩，甚至他有生以來，再沒有對其他人說過這麼和緩的話。

咪咪嗯了一聲，低下頭去，從她有知之口開始，她就不斷地聽著這種相同的話，對她大哥、二哥的命令，也從來沒有違抗過，因爲她一生中所受的全部教訓，就是她的身心都是被她的大哥、二哥所擁有的，她是應該屬於他們的，這種觀念似乎已在她心裡生了根，任何人若處在她的環境之下，怕也都是如此的。

但此刻她心中卻有著一種奇異的感覺，這種感覺像是已要突破多年來錮禁她心靈的枷鎖，像是已要使她來反抗她身心的主人——這兩個形如鬼魅的怪人。

辛捷此刻心中卻在捕捉著一個回憶，他甚至沒有去留意她的神情。

突地——他悽厲地大叫一聲，雙睛火赤，向那兩個怪人撲了過去……

第四回

孤島生情愫　月白風清來雙煞
佳人共生死　情癡意切動檀郎

月夜風清。

辛捷在那神秘的孤島上，正和那神秘的孤女咪咪依偎含情之際，哪知突生劇變，這孤島上竟來了兩個神秘的來客。

這兩個來客形跡詭異，形狀奇醜，武功卻極高，而且生性冷酷，一上來就要叫辛捷自刎，否則自己便要對辛捷下毒手。

但辛捷卻又知道了這兩人就是咪咪的「大哥」，也是將咪咪禁於孤島，終生未曾見過人類的人，本來就在為咪咪這種不幸的遭遇而憤忿，正自思忖間，卻突然想起一事來：「這兩人是否就是『海天雙煞』？」

海天雙煞，這素著兇名的魔頭，也是他不共戴天的殺父仇人，辛捷雖然僅在年齡極幼時見過一面，但這兩人的形狀，任何人一經入目，便永難忘記，何況辛捷心念父仇，自然更將這兩人銘記於心，只是他起初在大驚之下，心念未曾轉到這一面來，也想不到這兩人會來到這海中的孤島。

但此刻他稍一思忖，十餘年前，昆明城外，辛家村裡，寒夜之中，那一段慘絕人寰的往事，便在他心中電閃而過。

他只覺心胸間一股熱血上湧，天地間任何一件事，人類間任何一種情感，都比不上那殺父之仇在他心中所留下的仇恨和憤怒那麼強烈！

他慘吼一聲，和身撲了上去，他十年石室苦練，爲的就是此刻的一擊。

咪咪目光方動，只見他已如飛鷹般撲了上去，十指箕張如爪，雙掌揮出，右手的食指、中指、拇指點向那面目如玄冰的怪人身上天宗、肩貞、膻中三處大穴，小指輕輕一勾，卻巧妙地橫劃神封穴；左手卻向下一帶，點向那身形如侏儒的天殘焦化臉上的四白、下關、地倉、沉香、下玄五穴；左腿向右斜踢，帶著激厲的風聲，橫掃這並肩而立的海天雙煞。

海天雙煞再也想不到這少年會驟地出手，也更想不到這外表儒雅如處子的少年會有如此玄妙高深的武功，何況這一招威勢無匹，正是辛捷苦練的菁華。

昔日他在情急拚命之中，曾向無恨生發此一招，連無恨生這種高人也還曾身形後退，先避其鋒，然後再加以回擊；此刻他雖是同擊兩人，但全力之下，卻有兩大高手同時出招的威力。

天殘焦化一驚之下，腳下立即錯步，身形立刻滑開五尺。

天廢焦勞卻在鼻孔間悶哼一聲，沉腰坐馬，避開一腿，雙掌倏然推出，硬碰硬地去接辛捷這一招。

辛捷雖心切父仇，情感激動，但神智可仍未迷亂，他怎肯以自己一半的功力去硬接人家這全力的一擊？身形隨著左腿的去勢一轉，右掌剛剛移開，左掌已倏然切向焦勞肘間的曲池穴。

他收招出招之間，渾如一體，其中根本沒有片刻的餘隙。

哪知他一招方自擊出，左脅下已覺出襲來尖風一縷，那天殘焦化已如行雲流水般重複掠來，戳指點向他腋下三寸間的天池穴。

辛捷清嘯一聲，身形滴溜溜一轉，但這時海天雙煞的四隻手掌已四面八方地向他壓了過來，猛烈的掌風擊得他衣衫亂飛。

他兩招落空，銳氣未消，嘯聲未歇間，腳下步踏連環，雙掌像兩柄利刃似地在海天雙煞掌影的空隙中著著搶攻。

一時之間，名揚天下的關中九豪之首，武林中一等一的魔頭，海天雙煞以二敵一，仍未能佔得半分便宜。

天殘焦化這一下可爲之暗暗吃驚了！他不知道這少年究竟是何來路？竟有如此的身手，最厲害的是這少年竟然招招毒辣，欺身進逼，完全是拚命的招路，生像是和自己有著甚麼深仇大恨似的。

他此刻自然還不知道這少年就是昔年他曾自以爲得計，將其縛於奔牛之上的「奇怪孩子」，更不知道自己是人家不共戴天的仇人，心中自然微感奇怪，但手下卻不敢有半點馬虎。

瞬息之間，三人已拆了數十招，辛捷情切父仇，自然招招狠辣，每一出手便是殺著。

但天殘焦化多年來苦心的計劃，此刻也因辛捷到這孤島來而隨之被毀，心裡的憤恨可也並不在辛捷之下，招路更是全往辛捷致命之處下手，辛捷只要沾上一點，便得立時亡命當場。

掌風相激，震得遠遠屹立的孤女咪咪身上的袍子都爲之飛揚起伏，這身世孤苦的少女心中的起伏卻還在她袍子的起伏之上，自從她還在娘胎裡，她的命運就被人家安排好了，而且安排得極其冷酷、殘忍，若非辛捷的闖入，她就得變成這冷酷安排下的犧牲者！

但是，那種根深蒂固的觀念，卻使得她此刻還不知何所適從？她雖然不願意她的「大哥」將她已深愛的人殺死，但是大哥這兩個字，在她心中卻仍然有著很大的份量。

辛捷或指或掌，在這名揚天下的海天雙煞四隻手掌的猛攻之下，雖然還能夠搶攻，但他自家心裡有數，自己可已盡了全力，此時雖然仍可支持，但時候一久，自己卻是凶多吉少了。

他生性冷靜深沉，無論對任何事，都有著極其明確的判斷。

此刻，在這種情況下，他心中仍如閃電般地掠過許多事，爲自己冷靜地思考著。

他知道除非有奇蹟發生，否則自己今日若想生出此島，是萬萬不能，何況自己也不能面對殺父的仇人而生逃走的想法，那麼，自己和海天雙煞既不能同留人世，只有爭過勝負存亡。但自己處於劣勢，若說這場動手之下還有活著的人，那絕對不會是自己，這點他可知道得非常清楚。

於是，只有同歸於盡才是解決這件事最好的方法。

他心中千轉萬轉，覺得除此之外，實在別無選擇，於是他暗中淒然一笑，世上雖有許多他值得留戀的事，但是生命這本來他極爲重視的東西，此刻卻變得非常輕賤。

金梅齡、方少堃、張菁，這些人的影子在他心中一閃而過。

然後梅叔叔慈祥的笑容、關切的言詞、殷殷的垂注，就變成他此刻唯一的歉疚，因爲，他覺得自己有負梅叔叔對他的期望，沒有能完成梅叔叔交給他的使命。

然後，他慘然一聲長笑，笑聲中那種懾人心腑的味道，甚至連遠遠翺翔著的飛鳥也聽得出來，而爲之束翼而下。

他身形一錯，避開天廢焦勞直能開山裂石的一掌，雙手連揮，倏然發出兩招，然後轉身向那怔立著的孤女咪咪喊道：「人世間儘多值得追尋的東西，等會兒你無論如何也得跑到船上離開這裡，就算你死在海上，也比這樣強得多。」

說到後來，他的話聲已幾乎爲天殘焦化的怒喝聲所掩，他不得不儘量提高聲音，期望咪咪能聽到自己所說的話。

高手過招，怎容得他這樣提氣而喊？就在說這句話的工夫，他已被海天雙煞搶了先機，五招一過，情形便自危殆。

但他心志已決，心中反而坦坦蕩蕩，再無半絲雜念，數招一過，便又平反。

這七妙神君以無比心血調教出來的高弟果然不同凡響，若梅山民能親眼見此，想必也會爲之慰然了。

他儘量將身法活動開，避開天廢焦勞雄渾的掌力，卻將天殘焦化繞在自己的圈子裡，「暗香浮影」輕功本是一絕，此刻他身法活動開，連天殘焦化這種以輕、軟功見長的人物都為之遜色。

辛捷步如流雲，眼角微瞥，咪咪仍然站在那裡，不禁又喝道：「咪咪！你快些跑到海邊，坐上他們坐來的船逃走，你相信我，我絕不會騙你，知道了嗎？」

他一面大聲喝喊，一面卻知道自己的話無甚用處，在這種情況下，咪咪怎會獨自離去？哪知他眼角再次瞟動處，咪咪卻已走了，他心念一了，心裡更無牽掛，雙掌如風，嗖嗖嗖，又劈出幾掌，一面大笑道：「海天雙煞，海天雙煞呀！想不到你們今日命歸此處！」

天殘焦化身形微錯，避開他勢如飈風的一掌，冷笑著道：「只怕未必吧！」掌影紛飛，腳下一步之間，雙掌已向辛捷拍去三次。

加上凝立如山的天廢焦勞推出的兩掌，在這一瞬間，辛捷已避了五招，但是他仍然有空隙冷笑道：「船一開走，大家都是死路，就算是區區比兩位先行一步，但兩位馬上就會趕上來的，這點區區倒是清楚得很！」

他生性不會說甚麼激烈的話，面對著殺父仇人，話中仍然只帶著冷冷的譏嘲，因為他覺得只有行動是最重要的，罵人又有甚麼用？

天殘焦化眼角微瞟，果然看到咪咪已走得無影無蹤，他再也想不到咪咪會走掉的，因為他在她身上已花了無數心血。

此刻他心中才稍微有些著慌，大喝一聲，劈出一掌，就想抽身從海岸邊退去，但眼前一花，辛捷也掠了過來，正攔在他的去路之上。

原來辛捷的輕功確然比這魔頭高上一籌。

辛捷哈哈又一笑，道：「等一下我尋個機會拚著受上一兩掌，卻也讓你們身上多兩個掌印，就算你們不死，可是在這荒島上也活不長了，誰先死的，倒反而痛快些。哈哈哈！我辛捷今日真痛快得很。」

天殘焦化想不通這年輕人爲甚麼寧可陪著自己死去，卻不設法逃走？但這年輕人這麼一說，他自己在心中一轉，知道人家可絕對不是虛言恫嚇，心念一分，手底下可就慢了。

辛捷又冷冷笑道：「可是兩位就這麼不明不白地陪著區區一齊死去，未免死得糊糊塗塗，也會以爲有點冤枉。」

他笑聲突頓，手掌唰地三擊，然後厲喝道：「那麼我就告訴你們，滇桂雙鵰的兒子，此刻向你們索命來了！」

此話一出，天殘焦化不禁又爲之一凜！昔年自己手掌之下那小孩的倔強神態，此刻又猛地回到他心裡，他不禁暗嘆：「我那時爲甚麼不一掌劈死他？我早就知道這小孩不死，必成心腹大患，想不到今日果然讓我眼見。唉！今日就算我能除去此人，而我也能不死，但我多年的心血卻毀諸一旦了。」

一念至此，心思愈發紊亂，手下也就更形遜色，若不是天廢焦勞甚麼話都聽不到，此刻仍然鐵青著臉，一力施爲，辛捷此刻恐已得手了。

掌影翻飛間，又是數十招過去了。

辛捷雖已有了決定，但卻仍然不敢冒然動手，一來是怕一個不巧，自己身死，卻不能讓這兩個仇人也同歸於盡，縱然這在孤島上絕不可能插翅而走，但這孤島上可以食用之物甚多，自己若不先將這兩人擊傷，這兩人在孤島上活個三年五年絕無問題，若再遇著一般迷失海路漂來此間的船隻，能逃出生天也未可知，若是如此的話，自己豈非死得冤枉已極嗎？

但時間一久，他的真氣就透著不支了，他心裡有數，這一刻中，就將是決定此事的階段，全神凝注，留意著對手的空隙。

此時這三人心裡雖各個轉著念頭，手底下可還都是招招致命。

天殘焦化連想抽身趕到海岸去都無法做到，除非他能冒著背後被擊上一掌的危險，而這似乎又是絕對可能的事；他百忙之中向天廢焦勞比了個手勢，兩人心思相通，動手之間，立刻變攻爲守。

辛捷是何等人物？自然也立刻知道人家已看出自己的真力不支，想慢慢將自己氣力消磨，再施殺手。

於是他再次長嘯一聲，身形倏然掠起，微一轉折，雙掌雙足便都已滿注真力，隨著嘯聲陡然下擊，掌切頭頸，腳踹胸腹，他竟以四肢同時擊下，分襲兩人，再也沒有半點內力含蘊，以備一擊不中的後路。

海天雙煞面色驟變，這種招式確是前所未見，兩人目光瞬處，卻望到這招空門百露，但自己只要一動手，對方雖得立刻受傷，自家卻也難免捱上一拳一腳。

但此刻大家都是箭在弦上，不得不發，這種同歸於盡的招數前所未見的原因，就是因爲武功低的根本施展不出來，武功達到能施展這種招式階段的人，當世本已寥寥無幾，卻誰都不願意出此下策。

筆下寫來自慢，當時可真快如電光一閃。

就在辛捷這早已打算同歸於盡而絲毫沒有留下餘力的一招將要擊下的那一剎那……

突地——

海天雙煞只覺得有一種強大的力道驀地自左側襲來，這力道雖尚不能使得他們因之被擊開，但這兩人心念動處，卻藉著這力道倏然向右掠開，藉以避開辛捷這一招，這原因自然顯而易見，這兩人此刻並不想和辛捷同歸於盡。

在這同一剎那裡——

辛捷卻覺得自己氣血相交的氣血囊上微微一麻，自己已滿引待發的真力便像一只洩了氣的氣囊似的洩了出來，他凌空下擊的身形也立刻飄落到地上，幾乎連腳步都站立不穩。

他不禁爲之驟然大驚！須知道氣血囊乃人身最重要的穴道之一，又名腹結穴，只要被拳指輕輕點上一些，四十日內便得不治而亡！

是以他腳尖一沾地面，便立刻將真氣在體內運行一周，哪知卻無半點阻滯，他不禁更驚！

因為由此可知出手的這人力量輕重竟已把持得爐火純青，想必是內家絕頂高手。

「但會是誰呢？」

這些念頭在他心中一閃而過，他立刻錯步回身，想看看這突然插手的高人究竟是誰？

那邊海天雙煞自然也是大驚！

三人目光動處，見到自己身側果然俏生生地站著一人，卻是那似乎弱不禁風的孤女咪咪。

這一下三人可都不禁為之驚喚出聲了！

咪咪微微一笑，眉宇之間卻帶著淡淡的憂鬱之色。

辛捷雖然被這事所驚，但他驚異的程度可遠遠比不上海天雙煞。

因為焦氏兄弟毫無疑問地可以確定這咪咪自幼未曾離開這孤島一步，而自己也絕未教過她武功，那麼她這一身其深難測的武功卻又是從甚麼地方練得的呢？

三人都不禁愣了半晌……

咪咪卻只是將她那一雙柔情似水的眼睛瞬也不瞬地望在辛捷身上，也沒有說話。

晚風穿過樹林，簌簌地做著聲響。

咪咪輕輕地又一笑，道：「石房子裡面還有八塊臘肉，半條多一點火腿，薰雞、薰鴨早就吃完了，米也只剩下了小半桶。」

辛捷心裡不禁奇怪？在這種時候，咪咪怎麼有心思談起家常來了？

天殘焦化卻跨前一步，說道：「咪咪，大哥這次來，替你帶了好些好吃的東西，等一會兒我將這壞人打死，你就可以吃了。」

話聲中竟然帶著些阿諛、討好的味道，連聲調都是和緩得很，這不但和他對辛捷說話時的聲調不同，而且根本不像是從這名震天下，素來心狠手辣的魔頭海天雙煞口中說出來的。

辛捷心中一動，他冷眼旁觀，忽然看出這海天雙煞的語聲、行動中已隱隱約約地透出一些對這孤女咪咪的企圖來。

他立刻將前前後後的因素和事實在自己心中歸納一下，想冷靜地分析出海天雙煞中這身形如侏儒的醜怪兇人費了這麼多心力將這孤女咪咪囚在島上，到底是爲了甚麼？

咪咪卻又一笑，像是根本沒有聽到天殘焦化的話，又道：「而且熱天已快過完了，寒冷的日子馬上就要來了，這孤島上再也不會有可以吃的野獸、飛鳥和野菓。」

她忽然向天殘焦化橫瞟了一眼，帶著淡淡的憂鬱，又一笑道：「我也知道大哥的船上帶著好些好吃的東西，但是我已將那艘船放走了……」

她話未說完，天殘焦化已跨前一步，厲聲地喝道：「你瘋了！」

辛捷立刻也橫跨一步擋在他面前，兩人目光相遇，各個都覺得對方的目光中透露出一種強烈的殺機來，生像是恨不得就將對手斃在掌下似的，兩人不自覺地又往前跨了一步。

於是，立刻又變得劍拔弩張。

辛捷凜然一笑，森冷地說道：「今日我辛捷不將閣下的心肝都掏出來，也就對不起武林中那些被閣下殘殺的人了。」

天殘焦化厲吼一聲，喝道：「好小子，你還差得遠呢！」身形微動，又想施以暴擊。

哪知兩人只覺眼前又一花，中間已多了一條人影，自然又是咪咪，此刻她似乎帶著些埋怨地望了辛捷一眼。

這一眼之中，生像是含蘊著甚麼強大而奇妙的力量，使辛捷不禁為之垂下了頭。

咪咪又淡淡一笑，輕輕說道：「雖然我弄不清是怎麼回事？但是我知道你們兩人都想把對方打死，可是……」

她嘆了口氣，眼睛又落在辛捷身上，接著道：「可是你們現在也不要打啦，因為不出一兩個月，我們四人就都得在這島上餓死，反正都是死，你們又何必打啦？」

她溫婉的說著，像是在談論著一件非常輕鬆的事似的。

但是她話中的意思，卻使聽她話的人心中都不禁一凜！

辛捷已抱必死之心，此刻望了她一眼，也嘆了口氣，道：「我們都是該死的，可是你……我不是早就叫你乘船離去的嗎？你又何必……」他又長嘆著。

此刻他已多多少少領會到一些咪咪的情意來，這種溫馨的情意，也多多少少沖淡了一些他心中的仇恨憤怒。

咪咪卻輕聲說道：「我知道你叫我走，是自己已不想活了，可是你叫我走到哪裡去？」

她又淡淡一笑，伸出一隻柔荑握住辛捷的手，接著道：「我也不知道為著甚麼，只覺得沒有你，我活著也沒有意思；假如你想死的話，我就陪著你死，我也知道死是一件很可怕的事，但是有你陪著，再可怕的事也會變得不可怕了。」

辛捷只覺得心胸中又是一股熱血上湧，喉間彷彿被甚麼堵塞住了，握著咪咪溫暖而柔軟的小手，不知該說甚麼好……

天殘焦化卻雙目火赤，大喝一聲，奔了上來，厲吼著道：「咪咪！你上了這壞人的當了。」

他嗖地一掌，朝咪咪和辛捷緊握著的雙手切下，又喝道：「咪咪！只有大哥對你好，你要相信大哥，大哥對你最好！」

天殘焦化這一掌，掌風嗖然，倏然已將切到辛捷的手上。

哪知咪咪纖手突然一翻，五支玉蔥般地玉手像蘭花似地一揚，看起來是那麼美妙，但天殘焦化卻不禁爲之硬生生地收回手掌。

原來他知道只要自己的手掌再往下切去，那麼自己掌上的後溪穴，甚至自己的脈門，都得被這五支玉蔥般地手指點上。

這孤女咪咪輕鬆而美妙的一揚手之間，其中卻蘊藏著一招無比精妙的擒拿錯骨招式。

然而，她幽幽地嘆道：「大哥，你爲甚麼不喜歡他呢？他不是壞人呀，他很好。」

目光又溫柔地回到辛捷身上，像是慈母的手似的，在輕輕撫摸著辛捷心中的傷痕，一隻玉手也又溫柔地抓住辛捷的手掌。

第五回

縞衣如仙子　冉冉凌空升絕艷
殘霜凋夏綠　茫茫絕海禁孤雛

天殘焦化面目驟變，臉上青一陣白一陣，眼中似將噴出火來；他手掌縮回，又重新伸出，卻只是指著咪咪厲聲道：「好好好！我這樣對你，你現在卻這樣對我，好好好！你們兩人要死在一起，我今天就叫你們稱心如意，讓你們舒舒服服地死在一起。」

話雖如此說，卻仍只是氣憤地站著，並未出手。

此刻，這素稱心冷如鐵的魔頭竟像是一個妒忌的丈夫似的，簡直有些語無倫次起來。

辛捷看在眼裡，心中連動，再將先前的分析一一想了一遍，加上天殘焦化此刻的神色，辛捷不禁暗中怒罵一聲，已將這形狀奇醜、內心奇毒的兇人對咪咪的算計全部瞭然於胸。

他心中正思忖間，咪咪卻已說道：「大哥，不管你對我好不好，我總算對你不錯了，我要不是對你不錯，我幫著辛哥哥一齊將你打死不就完了？又何必要和你一起死？唉……這就是因為我既不能幫你打死辛哥哥，可是也不願意幫辛哥哥打死你，我才這麼做的。」

天殘焦化大喝一聲，道：「你為甚麼不能幫你大哥打死這姓辛的小子？這些年來，你大哥哪一年不是遠遠跑來看你，替你帶些好吃的東西來，可是這姓辛的小子又對你怎麼樣了？他只不過就是花言巧語地騙你罷了。」

咪咪目光一轉，問道：「可是大哥，你為甚麼不帶我離開這裡呢？你為甚麼要讓我一個人留在這孤島上？大哥，你說你對我好，我可有點不相信。」

天殘焦化連忙道：「這是因為別的地方壞人太多，你大哥怕你吃人家的虧，難道你把你大哥對你的這番好意還看成別的意思了嗎？」

他故意長嘆一聲，道：「你要知道，大哥對你是真的好呀。」

這些話又不禁使得咪咪又相信、又懷疑？她對世事可說是一些也不知道，世間的一切醜態、無恥的事，她也未曾經驗過，因此她對甚麼是醜態，甚麼是無恥，根本分辨不出來。

此刻她如此做，完全是為了對辛捷的愛心。「愛」之一字的意義，對這純如白紙的少女而言，雖仍是一件不可解釋的字，但愛之一字的力量，卻已在她的身上發出了效能；此刻，她對她大哥的話已不知該怎麼回答才好……

辛捷卻突地冷笑一聲，望著天殘焦化，不恥之極地說道：「姓焦的，我原先以為海天雙煞雖然心凶手狠，但還可以說得上是個男子漢，哪知道你卻是個卑劣已極的小人。」

天殘焦化怒極而笑，笑聲突頓之間，他目注辛捷，狠毒的說道：「想不到！想不到！辛老六養了你這麼個好兒子，此刻還有臉在我面前張牙舞爪，當年若非我姓焦的心慈手軟，你有十個也都早就送了終，你不要以爲現在有了三分道行，你焦大爺就制不住了。」

辛捷木然而立，心胸中只覺得舊恨新仇翻如湧潮，但是握在他手上的一隻小手卻像是有著神奇的力量，竟能使得他此刻還不出手。

但是這並非說他心中的不共戴天之仇已被這似水柔情溶化了，而是他知道若不讓咪咪完全明瞭她「大哥」的毒狠卑劣，那麼這純情的少女就將永不寬恕自己對她大哥所施的殺手。

若是自己也和這兩個兇人同歸於盡，那麼她就將更爲傷心，甚至也立刻隨著死去，於是他冷笑一聲，道：「姓焦的，你大概想不到十年前被你縛在瘋牛上的那個孩子還沒有死吧？可是你更想不到，卻是我已將你那滅絕人性的卑劣行爲知道得清清楚楚。」

他轉向咪咪，道：「咪咪，我告訴你，世間上所有的人不但都比這兩人好看，也要都比這兩人善良得多；你知不知道，你的一生幸福就險些毀在這兩個卑鄙、無恥的兇人手上。」

咪咪似懂非懂地點了點頭。

天殘焦化已大喝一聲，撲了上來。

那邊天廢焦勞一見其兄動手，身形一動，也掠了過來，雙掌外登，挾著勁風直劈辛捷的右脅。

這海天雙煞驟然竟又各以殺著左右擊向辛捷的兩脅。

辛捷冷哼一聲，腳步微錯，身形微轉間，正待避招還招，那時他那仍被咪咪握著的左手上突然傳來一股奇異的力道，他全身竟不由自主地飛騰了上去，生像是腳下有人托著似的。

他不禁大驚！目光動處，卻見咪咪仍在他對面望著他，而就在這一瞥之間，兩人的身軀竟已倏然上拔了三丈。

海天雙煞四掌自然擊空，抬首望處，不禁也被這奇景驚得呆住了！

他兄弟二人稱霸關中，走遍江湖，武林中成名立萬的好手，開宗立派的高人他們都見得多了，但此刻他們自問有生以來卻還沒有見過一人武功比這咪咪更高的。因爲此刻咪咪婀娜的身軀正自凌空而起，全身絲毫沒有一絲藉以上拔的動作，就像是一個白日冉冉飛升的仙女似的。

夜色之中有風吹過，吹起咪咪寬大的袍子，天殘焦化只見兩條玉也似的小腿也像是站在雲霄似的沒有絲毫彎曲，這種已近神奇的武功，使得他望著這兩條玉腿時，卻連心中的淫邪之念都生不出來。

咪咪輕輕將她的左袖擺動一下，於是她和辛捷兩人的身子就凌空移開了一丈，然後，又像落葉似地飄了下來。

辛捷心中暗叫一聲慚愧！他和咪咪相處這麼多天，可是卻沒有看出這弱不禁風的少女竟懷有這麼高深的武功來。

眼角微動，他也自看出海天雙煞面上的驚愕之色，不禁暗忖：「原來這兩個魔頭也不知道她身懷絕技，那麼她這一身武功是從哪裡學來的呢？當今之世，又有誰能調教得出？」

他心裡正自奇怪，卻聽咪咪道：「辛哥哥要說話，你爲甚麼不讓他說？假如是我的話，我甚麼事都不怕別人去說。我覺得怕人說出來的事，就不是好事。」

她說話的聲音雖仍是那麼輕柔，但天殘焦化聽了，卻像已不是從那「可憐」的孤女口中說出來的，而生像其中有著甚麼懾人之力。

當一個人顯露他的真才實學的時候，他說的話也會被人重新估價。

辛捷不禁暗暗稱讚，他想不到這未經世事的少女，卻說得出如此睿智的話來；他眼角不屑地橫睨雙煞一眼，朗聲說道：「咪咪，你知不知道，世上有些人，他不但外表醜惡得不像人類，內心也和豺狼虎豹一般地狠毒，他們不喜歡人類，人類也不喜歡他們，這些人雖然一個個兇狠殘暴，常常藉著殘酷的手段使得別人怕他們，其實他們心理卻也自己鄙視自己，所以這些人也常常會做出一些滅絕人性的事來。」

咪咪眼角也瞟了她的「大哥」一眼。

只見天殘焦化面上的神色難看已極，再加上他本來的醜惡，使他看起來更加不像人類。此刻他已將辛捷恨到極處，只是卻又畏懼著咪咪那種神奇的武功，只得將這份狠毒隱藏在心裡，暗暗思忖著除去辛捷的毒計。

這原因是為了辛捷使得他多年的心血，也是他幻想的美夢化為泡影。每當他望到咪咪對辛捷甜笑著的時候，他的心就像是被戳了一刀似的，恨不得將辛捷碎屍萬段才對心思。

原來他對咪咪所做的這些滅絕人性的事，是基於他一種瘋狂的想法……

天殘焦化雖然長得不似人類，可是一些人類與生俱來的慾念他也還是有的，尤其是男女之間的情慾，更是他不能忘卻的，但是他生來畸形、內心的凶殘、外型的醜惡，這兩樣事相生相長，於是他內心愈凶暴，行事愈殘酷，外表也就愈醜惡。

他知道絕不會有任何一個女人真心愛他，他深深地自卑，但他也深深地希望能獲得一個女人的全部身心，而不僅是肉身，因為以他的武功來說，光是佔有一個女人的肉身是非常容易的。於是，他心裡起了一個瘋狂的想法……

他認為沒有女人愛他，是因為他的醜怪畸形，但是，他想到：「假如我將一個剛剛出世的女孩子送到海外，一個沒有人住的荒島上，只讓一個老太婆帶她長大，而不許任何一個人走近她，那麼，這女孩子一生之中除了自己之外，就不讓她看到任何一個另外的男人，她不知道正常的男人是甚麼樣子，而我再對她好些，等她長大了，我就討她，這樣我就能佔有一個女人的全部身心了。」

他天性奇癖，對這想法非但不以為恥而卑劣，反而沾沾自喜，於是他在一個鄉村裡搶掠了一個美麗的村婦的初生女兒——因為美麗的女人們生下來的子女，大多是美麗的。

然後，他又找了個老婆子，將這女嬰和老婆子帶著，駛著船，在東海上找了個最荒僻無人的小島，他實行了他的狂想。

他辛苦地親自動手在這荒島上蓋了幢石屋，又運來許多日用的東西，然後他就將那老婆子和女嬰留在那荒涼而美麗的地方了，不管死活地，將這兩個可憐的人隔絕在那裡。

每年他都會到這孤島上去看看，帶些食物去，同時，他反覆教這可憐的孤女一套問答：

「我是誰？」他問那孤女。

「你是大哥。」她就回答。

「你愛誰？」他又問。

「我愛大哥。」這可憐的女孩子就會回答。

十年來，這話不知被說了千百次，他滿心歡喜地看著這女孩一天比一天長大，長得漂亮，身材也一天比一天的豐滿。

他像一頭貪婪的狼，將一隻獵獲來的死山雞慢慢留著吃的那種心理似的，也想將這美麗的少女留做慢慢的享用。

因爲他認爲她已完全屬於自己的了，她身上的每一分、每一寸都屬於自己，她的心裡也只有自己一個人的影子。

但是，此刻——

他知道自己的美夢成空了，他望著那在自己掌下逃生的男孩正和那自己費了無窮心血養成的女孩在說著話。

他甚至沒有聽到他們在說甚麼，他的心已被怒火和妒火燒得發黑了，甚至已開始發出那種惡臭難聞的焦味出來。

他望著那少女婀娜的胴體、明亮的雙瞳、嬌美的面頰、渾圓的足踝，他想到佔有這一切的快樂——

於是他更憤怒、痛恨了！

第六回

幾次示柔情　柔情怎有深仇重
一線通仙境　仙境卻無辟穀人

辛捷聰明絕頂，他將此事先後歸納了一下，便已猜出海天雙煞這種卑劣行爲的原意，是以他就對咪咪說了出來，竟然和事實分厘不差，這自然是咪咪夢想不到的。

夜色更深，碧空如洗。

水銀般的月光照在咪咪那清麗絕俗的臉上，只見她黛眉深歛，眼簾低垂，平生第一次，他瞭解到人心的邪惡。對那種純情的少女來說，這些話竟像是晴空霹靂，旱地焦雷，但卻將她這麼多年許多不能解釋的謎團都震破了。

她站在那裡愣了半晌，才緩緩抬起頭來，向天殘焦化道：「大哥，他說的話是真的嗎？」

天殘焦化此刻怒火、妒火正自衝天，而且他根本沒有聽到辛捷對她說了甚麼話，聞言身形一動，朝咪咪掠了過去，伸出那隻枯乾短小的怪手去抓她的膀子，一面喝道：「咪咪，大哥對你好，你不要聽別人的話，那是害你的！」

哪知他手指方自沾著咪咪的袖子，忽覺一股強人無比的力道倏地反震過來，以他浸淫數十年的功力，竟都無法抵擋，手腕一麻，蹬蹬蹬，身不由主地朝後面退了幾步。

他面容驟變，卻見咪咪袍角飄飄，朝他走前一步，冷冷問道：「你以前對我說的話，我現在已經知道全都是騙我的，我以爲你對我好，想不到你對我這樣，你快走，從此我再也不要見你。」

說著，她纖腰一轉，朝辛捷招了招手，又說道：「我們走。」

辛捷此時何嘗不是思潮如湧，面對殺父仇人，他怎能就此一走？

方一遲疑，卻聽咪咪又道：「等一會兒我把吃的東西分一半出來放在這裡，你們拿著到那邊去，反正大家都活不長了，可是這幾天我要快快樂樂的，再也不要看到你的臉。」

一拉辛捷的袖子，朝石屋走去。

辛捷手臂一沉，方道：「咪咪……」

但覺得她拉著自己的那隻手，其中竟有源源不絕的內力傳到自己身上，自己若不用力，便無跡象，但自己只要也一用力，立刻便被她這種奇妙無匹的力量反震回來。

他心念一動，望了那木立著面如死灰的海天雙煞一眼，也就一言不發地隨著咪咪朝那石屋走了過去。

天殘焦化望著他們並肩而去的背影空自咬牙，卻不敢撲上前去，他所畏懼的自然不是辛捷，而是咪咪那身深不可測的武功。

他回身朝天廢焦勞極快地打了兩個手勢，兩人朝林中掠去。

辛捷聽到他們身形帶動的風聲，忍不住向咪咪問道：「你真的將船弄走了嗎？」

咪咪柔聲一笑，纖手沿著他的手臂滑下去，握著他的手，輕輕道：「我們死在一起，你說好不好？」

辛捷長嘆一聲，心胸中雖覺情柔若水，但卻被父仇堵塞得奔流不開，緊緊握著咪咪的手，嘆道：「我能和你一起死，還有甚麼不知足的？但是在我死之前，卻一定要先將那兩個怪物斃於掌下，否則我死不瞑目。」

咪咪一皺眉，思忖一下，才將他話中的意思弄清楚，輕輕問道：「你爲甚麼要看他們先死你再死呢？這樣說來，你的心不是比他們更狠嗎？我……我不喜歡這樣，大家都是人，爲甚麼人也要殺人呢？」

她心如純紙，此刻雖然對險惡人心略有瞭解，但有些事情卻仍教這純真的少女覺得迷惘。

辛捷側顧一眼，但覺她雙瞳之中滿是純真，甚至散發著聖潔的光輝，心裡暗嘆息一聲，覺得她被困於孤島雖然可憐，但是她心無雜念，人世間的一切邪惡、恩仇，彷彿都影響不了她，這卻又比自己幸福得多！不禁黯然道：「咪咪，你知不知道，任何一個人，他之所以生存，就是因爲他的父母養他、教他，這些恩情是沒有任何一件事可以比擬的，所以當有人殺了自己的父母時，那麼做子女的就一定要報仇。」

咪咪眨了眨聖潔而美麗的雙眸，似乎有些不懂似的。

辛捷不禁又嘆息一聲，道：「這兩個怪物以前將我的父母凌辱至死，這種仇恨，十幾年來，我一時一刻都未嘗忘記過，我死不死倒無所謂，可是這種深仇卻是非報不可的，這也許你現在還不瞭解，但是……」

咪咪輕輕點了點頭，突地截住他的話，帶著些許疑惑問道：「我懂得你的意思，可是你好像打不過他們？我……我又不能幫你的忙，而且……我還有些不懂，反正他們也快要死了，最多我把吃的食物不給他們，他們就一定死得快些，那麼，你不是也可以親眼看到他們死嗎？你說這樣好不好？唉……這樣，我雖然有些不應該，但是爲了你……」她的眼睫似乎有些潮濕了。

辛捷忍不住又將自己的手掌緊緊地握了一下，他知道這少女此刻尚不能了解恩、仇兩字其中真正的涵義，她之所以這樣，也真的是爲了自己。

「但是，我昂藏七尺，又怎麼用這種方法來報卻父仇呢？」

他雖然有些時候也曾用過並不十分正大的手段來達到他的目的，但卻絕不是苟且的小人，真正遇著大事，便不肯苟且半分，這正是恩怨分明的男子漢大丈夫的本色。

此刻他突覺胸中熱血如潮，奔騰不已，昂然說道：「你對我好，我知道，可是我卻不能夠像這樣做，我雖然打不過他們，但是爲了父母深仇，就算我明知要被他們打死，也得去拚一拚。咪咪，現在是晚上，今天晚上你要我怎麼樣都可以，可是明天早上，我……我就要去爲我的父母報仇了。」說到後來，他的語調也不禁變得極爲悲愴。

其實他聰明絕頂，何嘗不知道這咪咪身懷絕技，只要她出手，自己的大仇便可立時解決，但不知怎的，他卻說不出口來，這也許是他的驕傲吧？但這份驕傲，卻也正是男兒本色哩！

是以，他強迫自己認為咪咪僅是個弱不禁風的少女而已，他強迫自己忘記她會武功，因為他要手刃親仇，讓殺父仇人的鮮血來洗清這筆血債。那麼即使不能成功，但自己上對天心，下對九泉下的父母才能心安。

咪咪幽然嘆道：「人類的事，我還有些不太懂；但是你這樣說，我就認為是對的，因為我相信你。」

情之一字，就有這等奇妙，它能使一個人毫無保留地相信另一個人，也將自己的身心完全交給他，既無任何根據，也不需要任何代價。

她倚在辛捷的肩頭，走進了那幽清的石屋，月光照得他兩人長長的影子已變成一個。

突地——

咪咪像是想起了甚麼，竟拉著辛捷的手朝屋外奔去，一面道：「我帶你到一個地方去，我要把你的力氣變得大一點，這麼你也許就打得過他們了。」

辛捷心中一動，知道這其中極有可能又包含著一件極為重大的秘密，而這也就是這孤島上的少女為甚麼身懷絕技的原因。

咪咪身形一動，便已掠上石屋，她的手仍握著辛捷的手。

辛捷只覺得她掌心生像是蘊含著無窮的內力，連忙也提氣飛身，隨著她輕若飛鴻，動若流星的身形掠向那石屋後的山上。

咪咪側臉輕輕一笑，道：「你跑得也蠻快的嘛！」

婀娜的身軀倏然停了下來，她身上那寬大的袍子便因之向後飛揚而起，宛然乘風欲去。

辛捷定睛望去，卻見自己面前是一塊上面長滿了山藤的山壁。

哪知咪咪將這緊結糾纏的山藤拉開了一些，裡面宛然竟有一個隙穴。

咪咪又輕笑道：「跟著我裡面來呀！」一俯身，朝這隙穴中鑽了進去。

辛捷心中又一動，也曲腰鑽入，但覺一股陰森潮濕的味道撲鼻而來。

這洞穴中黝黑如墨，但辛捷十年苦練，黑暗之中也能明察秋毫，是以弓身而行，絲毫沒有不便，只是也在奇怪：「難道咪咪也曾苦練過目力？」

因為在這種黝黑而狹長的山隙裡，咪咪仍然行走得極快，這除了她目力自也異於常人之外，但是她駕熟車輕也是原因。

行走了約莫半盞茶時候，辛捷不禁又奇怪這山隙怎地如此之長？竟生像是沒有底似的。

哪知他心念方動，咪咪又停下身來。

這山穴寬不到兩尺，辛捷當然不能走去和咪咪並肩而立，只能從她的肩頭望過去，卻見前面仍然是黑黝黝的。

他不禁出聲問道：「這是甚麼地方？」他原以為裡面必定有個山窟，裡面有著一些武林的祕藏。

哪知此刻卻見前面彷彿已到盡頭，卻仍然祇是一條山隙而已，他自然覺得又是奇怪，又是意外。

咪咪一笑，道：「你急甚麼？」

辛捷只覺得兩人的話聲雖停住，但回聲嗡然，似是由這條山隙的上面傳來，他心中一動，暗暗思忖道：「難道這上面另有洞天？」

心念動處，目光上抬，上面卻已是頂部，自己只要一抬頭，立刻便得碰到山石上。

哪知咪咪忽然大叫了一聲！

辛捷猛地一驚！心幾乎跳到嗓子眼來……

但更奇怪的是接著這一聲大叫，前面突然又發出一連串隆隆之聲，像是一連串焦雷似的，震得辛捷耳中嗡然，他更爲驚詫。

卻聽咪咪笑道：「嚇了一跳吧？可是我以前駭得比你更厲害哩！」

隨著話聲，她又向前走了兩步。

辛捷這才看到前面的山隙中竟然垂下一條鐵鍊，而咪咪此刻正拉著那條鐵鍊道：「你從這鐵鍊上爬上去，我跟著就來。」說著，她身形一動，竟從辛捷胸前擠了過去，竟又從來路輕快地掠了出去。

辛捷此刻真是驚疑交集，他雖然知道咪咪絕對不會有害自己的意思，但在這種情況下，他焉能不心中怦然。

只是咪咪身形太快，此刻已掠出很遠，他雖然想問個清楚，也不能夠，只有朝著那條鐵鍊又走前兩步，抬頭一望，卻見上面果然有一處裂隙直達頂端，目光上望，生像自己是在一個深不見底的枯井底下似的，只是在這個枯井的上部也看不到天光就是了。

辛捷企首而望，心中卻在暗忖：「難道這上面竟住著一位武林異人嗎？一聽到咪咪的叫聲，就放下鐵鍊來。」

這想法雖然已近於荒謬，但事實如此，卻又使他不能不如此想，只是連他自己都有些驚異這想法的不可思議罷了。

站在這鐵鍊前，辛捷沉忖了半晌，終於毅然伸手抓著這條粗如兒臂的鐵鍊縱身一躍，雙手一帶勁，朝上面竄了上去。

須知他此刻本來早已將生死置之度外，是以才有爬上去的勇氣，再加上他此刻連害怕的意味都變得極弱，因爲另有幾種感覺遠比害怕還要強烈些，而那就是疑惑、好奇和驚異。

這條鐵鍊上竟然連鐵鏽都沒有，顯然是因爲時常有人摩挲。

辛捷一面奇怪，身形卻如靈猴攀樹般，瞬息已上升十餘丈。

再一攀援，他已升到頂端，這時距離地面已有三數十丈了。

但這時他竟發覺頂端又是一片山石，根本沒有道路，他驚異之下，只得又緩緩向下降去。

約莫下降了七、八丈，他這才發覺，在這條裂隙旁邊的山壁上又有一處洞穴，錯非是他的目力，若換了別人，便再也看不出來。

他清了清喉嚨，朗聲道：「晚輩辛捷，承咪咪姑娘相告，來至此間，但望老前輩能允許晚輩進入仙居，拜見仙顏。」

他以爲這個洞穴裡必定住著一位異人，甚至可能是仙人，是以恭恭敬敬地說著，哪知說了半天，除了回聲嗡然外，哪裡有人回答他的話？

雖然無人回答，但他卻認定了這神秘的洞窟裡必定有人居住，否則怎地那鐵鍊會突然落下來？

但他靜等了半晌，方待再開口，腳下卻輕輕傳來一聲笑聲。

他嚇得幾乎從鐵鍊上掉下去，低頭望處，咪咪已曼妙地攀升了上來，一手彷彿挾著一些東西，一面卻笑著說道：「你剛才一個人說甚麼話？怎麼停在這裡，也不進去？」

說著，已升至辛捷腳底，又道：「那麼你就再爬上去一點，讓我先進去，可要小心一些呀，掉下去可不是玩的！以前我就掉下去過一次，幸虧爬得還不高，所以還沒有怎麼樣，不然恐怕我早已跌死了。」

一面說著，她已將手裡的東西拋進了洞，人也跟著鑽了進去，一面卻又叫道：「你快些進來，我保證你又要嚇一跳。」

辛捷兩手交替而下，忽地眼前一亮，竟有強光從那洞穴中射了出來，霎目間，這山隙就從極端黑暗變得極端光亮，這可讓辛捷又大吃一驚！

他再探首朝洞中望去，只見裡面耀目生花，一眼望去，得到的感覺倒有幾分和昔日走到

「毒君」金一鵬那間華美絕倫的船艙中所有的那種感覺相似。

於是他也鑽了進去，卻見裡面三丈見方的一處山窟四面竟然被磨得光滑雪亮，但無燈無火，卻不知光從哪裡來的？

他目光再一轉，這才看到這山窟裡竟然床几俱全，而且收拾得一塵不染，靠牆的一個石几上排滿了尺許高的玉瓶以及一些書冊，石床上卻是空空的，床褥枕頭一概沒有，這竟又和辛捷昔日所居住的梅叔叔那間練功石室相似。

這一切使得辛捷如墜五里霧中，抬目去看咪咪，卻見她正笑吟吟地望著自己，道：「想不到吧？這裡還有著這麼一個好地方。」纖手一指，指向他身後，又道：「你看，那顆大珠子多亮，像月亮一樣。」

辛捷轉身一看，看到這洞窟的入口頂端果然有著一粒巨珠發著耀目的光彩，仔細再一看，這粒巨珠乃深嵌入石內，石壁上有一道深漕，上面有一塊鐵板，像是能夠活動的。

辛捷恍然而悟：「先前這珠子的光彩想是被這塊鐵板所掩，等到咪咪推開這鐵板，才有光彩照出來。」

這點他雖然想透了，但是別的事仍是疑團重重。

這山腹中的洞窟不但深幽神秘，其中的設施竟有如仙人所居，須知若非奇人，怎能闢此仙境？又怎會窮極心力住在這裡呢？

他心中思索了半晌，但覺一切事都是他生平未見之奇，不禁脫口道：「這仙府中的主人到哪裡去了？我們就這樣闖入，是否有些不妥呢？」

咪咪噗哧一笑，眨了眨她那明亮的眼睛，道：「這裡哪裡還有別的主人？我就是這裡的主人，知道嗎？」

辛捷再次環視這仙境似的山窟一眼，滿懷驚異地問道：「你就是這裡的主人？難道這個山窟是你開出來的？但是剛才那條鐵鍊又是誰從這上面放下去的呢？」一面說話，他不免一面懷疑：「若是這裡還有著人類，那麼咪咪怎會說她一生中從未見過別的人類，難道她有些事是在對我隱瞞著嗎？」

這問題使他深深爲之困惑，因之他極爲留神地去傾聽咪咪的答覆。

哪知咪咪纖腰一扭，朝前走了兩步，將手裡拿著的東西朝辛捷面前一揚，像是滿心含著極大興趣似的問道：「這本書你是從哪裡來的？上面寫的東西好妙呀，不過這裡還有兩本好玩的書，等會兒給你一看，你又要高興得跳起來。」

這純真的少女第一次在人類面前享有了一件秘密，而她也顯然看出自己的這一件「秘密」頗能打動對方的心，因此她不禁爲之竊喜。

這就是人類與生俱來的根性，而這種根性在女子身上尤爲明顯。

但辛捷此刻卻是疑竇叢生，他想不到她還會向自己賣關子，眼角瞬處，看到咪咪手上的那一本書竟是自己得自金梅齡的「毒經」。

於是金梅齡俏生生的身影便在他心中一閃，往事又復湧至心頭，長江江岸的溫馨綺麗，他縱然心如鐵石，也不能忘記，何況他雖然機智深沉，但卻是個最最多情的本色男子。

因此這瞬間，他又像是愣住了，無言地自咪咪手上接過那本毒經，翻了兩翻，滿懷的情思卻將重重的疑竇淹沒了。

咪咪眼珠一轉，嬌笑道：「好好好，你別著急，我告訴你。」

這純真的少女到底沉不住氣，生怕自己心懷中的人會不高興，大眼睛又轉了兩轉，彷彿在思索著，回憶著甚麼似的。

然後，她輕輕移動她那飄飄如仙了的身軀，走到那一張也是光可鑑人的石几旁，從几上排著的一堆書籍中拿出一冊形狀似書的東西來，交到辛捷的手上，辛捷才從迷惘中驚覺過來。

咪咪又笑了笑，接著她就說出了一件奇異而又玄妙的經歷來。

這經歷不但使她自身由平凡而變爲不凡，也使辛捷的一生也因此有了許多極爲重大的變化，實現了許多本來僅是他夢想的事。

人生，對辛捷來說，不是太奇妙了嗎？

第七回

滿室明珠影　孤女深宵談異事
半生滄桑淚　俠士無地不生情

辛捷接著咪咪交到自己手上來的東西一看，目光轉動之下，不禁又微微色變，只見這東西似絲非絲，似絹非絹，既不似紙張，卻又不是獸皮，入手又鬆又軟，顏色泛出淡黃，竟不知到底是甚麼？

而且這東西雖只一尺見方，卻是摺疊而成，他心中一動，將它打開一看，使他這種素來鎮定之人都不禁全身慄然！

原來這張東西上面寫滿了密密麻麻的字，字跡泛著紫黑色，一經入目，辛捷就可以斷定這是用鮮血寫上去的。

最可怕的是這張東西竟然似人形，除了手中間一塊之外，四面還有肢體，竟像是一整張從人身上剝下來的人皮。

辛捷直覺得一股寒意直往腦門上冒，巴掌心也變得濕漉漉的。

抬頭一望，卻見咪咪笑嘻嘻地望著自己，一面道：「你先把上面的字看清楚，我再告訴你是怎麼回事。」

辛捷心中既驚又疑又懼，對自己面前的這女孩子也愈發有了一種莫測高深的感覺。

但是他在這些情感之中，無可否認的，還有一些好奇之心存在。

於是他強自收懾著心神，朝這張人皮上的字跡一字字地望下去，只見上面寫道：「自古真情最可貴，從來造錯是多疑。」

這兩句話並不通順，字跡也不甚蒼勁，其中的涵義也似乎極為平常。

哪知辛捷再往下看，才知道其中竟包含著一段驚人之事。

原來這張人皮上的字跡乃數十年前一位名滿江湖的異人所留，此人武功絕高，更以點穴和內力名滿江湖，竟已達到十步抓空，傷人要害這種比「隔山打牛」更高一層的功力。

除了武功之外，此人生性也極怪，生平好酒好色，滑稽玩世，每以喜怒為好惡，隨心任性，不拘小節，最重先入之見，只要他心裡以為是對的事，一經認定，就絕不更改。

此人本是無名無姓的孤兒，長大後就自己替自己取了個名字，叫做上大人，他幼遭孤露，雖屢獲奇緣，練得一身武功，文字一道，卻不甚高，取了這麼個名字後，頗以為喜，誰要是對他這名字稍有恥笑，那他立刻翻臉就不認人。

數十年前，也就是這奇人聲名最盛之際，哪知卻突然失踪，此事在江湖上也有人提過，只是誰也不知道這其中的究竟？

辛捷看了這張上面寫滿血色字跡的人皮之後，才知道這位武林奇人——上大人爲甚麼會突然隱跡江湖的原因。

原來這上大人在中年之後，竟墜入情網，愛上了他生平一個至交的女兒，他雖然在江湖上素稱心狠手辣，但一經動情，竟其深入骨，雖然明知此事犯了大忌，但卻也無法化解得開。

尤其是他那心上人之父，也就是他的至交，江湖名劍之一蕭逸人對他更是極爲不滿，甚至割席絕交，將他逐出大門。

哪知他所愛的人蕭秋文也極爲愛他，竟不顧父親的反對，悄悄和他私奔，這一對名教中的罪人，爲著愛情，竟反抗父母，遠離了人群，也拋卻了辛苦樹立的聲名，遠颺海外。

他們在海上漂流數日，才尋得這座遠海中的孤島，夫婦兩人就在這孤島上的山腹中盡了無限的心力，建了這麼一處秘窟。

多年之後，上大人的武功自然愈發深湛，蕭秋文也幫著她丈夫進修文字，世外的歲月每每過得特別快，他兩人雖然爲人類背棄，但自覺彼此相愛，生活卻過得幸福得很。

這時候上大人靜中又參悟透一種超凡絕世的功夫，他每天就以兩個時辰的工夫，全心全意花在這種武林絕學的修爲上面，也只是他潛修武功的這兩個時辰，才是他夫婦兩人唯一分離的時候。

哪知平靜的生活突然生出了波瀾——

上大人突然發覺在自己練功的時候，蕭秋文總是偷偷摸摸地出去，有時弄得雲鬢鬆亂的樣子回來，不知在做甚麼？這情形被他看在眼裡，也不去說破。

有一天在練功的時候，拚著荒廢，悄悄地去搜尋蕭秋文的行藏。

這孤島本不甚大，上大人此時的武功是何等的驚人，他以絕妙的身法，在這孤島上搜尋一周，果然在一叢雜樹亂石之間聽到了他所熟悉的，他愛蕭秋文那種甜得起膩的聲音在說著：「親親！來！過來一點，靠我近一點，輕輕地親親我……」

這種聲音一入上大人之耳，他面容立刻爲之慘變，厲吼一聲：「好淫婦！」身形也跟著猛掠進去。

只見一條淡黃色的身影極快地一閃而沒，而自己的愛妻蕭秋文卻正斜倚在草地上，滿面嫣紅地望著自己。

此時他全心已滿被妒忌的火焰所淹沒，看到蕭秋文此刻嬌慵的樣子，想起她和自己親蜜的情形，再聯想到方才的情況——

於是，他雙目火赤，厲吼一聲：「好淫婦！你敢背著我做出這種事？」

話聲未落，他身軀已快如閃電般掠了上去，在他愛妻頭頂上一按。

雖僅是輕輕一按，但此刻的上大人掌下是何等功力，蕭秋文僅只能慘呼半聲，面容驟變之下，便已香消玉殞了。

上大人一掌擊斃了愛妻，盛怒仍未平息，身形再次一動，沿著方才那人影消失的方向又追了過去……

他像發了狂似的在漫山中飛掠著，以冀求追尋到那和自己的愛妻有著姦情的人物，以他的武功，果然被他搜尋到了。

但是——

那只不過是一隻穿上了淡黃色衣裳的大猴子而已，想是在很久以前繁衍到這孤島上來，蕭秋文那時武功尚不高，不能參研他那時在練的絕學，少婦寂寞之中，就用猴子來解解悶。

上大人望著這隻被他擒獲的猴子，心裡真不知是甚麼滋味……

他想起愛妻臨死前那滿含著驚懼和委曲的一瞥，想到自己的愚昧和無知，他痛責自己：「為甚麼我不想一想，這孤島上除了我們，又怎會有別人？」

於是他心痛欲裂，竟將遍島的猴子都搜捕一盡，將牠們的皮都剝了下來，用自己的鮮血在上面寫上了自己一身武功的精華和一些自己尚未練成但卻已完全參透的武林絕學。

他雖然功力絕世，但人體內血液到底有限，寫完了這些之後，他自覺已精枯血竭，但是，他自覺肉身所受到的痛苦仍不能彌補內心的創傷，於是這武林奇人竟將自己身上的半張皮硬生生地揭了下來，然後才抱著自己愛妻的屍身躍入深無窮盡的海底。

辛捷看完了這些，才知道此刻自己手裡拿著的就是這一代武林怪傑的皮，這上面的字跡，也就是他在未死之前，用自己的血液一字一字寫在自己身上的他自己的一生事蹟。

一陣寒意上湧，辛捷只覺得全身打了個寒噤，再一抬頭，咪咪仍帶著笑容望著自己。他此刻雖已知道自己此刻容身的山窟就是名滿天下的一代武林怪傑上大人曾經住過的地方，但是——

咪咪是怎樣發現這裡的，她的一身武功自是從此練得，但爲甚麼連海天雙煞都不知道？方才那鐵鍊究竟是如何放下來的？這些問題仍然困惑著辛捷。

辛捷望著咪咪，也就將自己心裡的這些困惑一一問了出來。

咪咪噗哧一笑，道：「你說那鐵鍊子是怎麼跌下來的呀？我也不知道，先前我鑽到這裡來的時候，頭碰在石頭上，痛得我叫出聲來……」她哈哈笑了一陣，又道：「哪知道我剛叫完，前面就轟隆轟隆地落下一條大鐵鍊子，那時候雷婆婆還沒有死，她說這是聲音震下來的，可是我還是不懂，聲音又怎麼能夠把這大鐵鍊子震下來呢？」

她略微停頓一下，想是在回憶著那個老婆子，眼眶都似乎紅了起來。

但是目光一轉，她看到了辛捷。

於是她又嫣然一笑，伸手拭了拭眼睛，接著說下去道：「雷婆婆真好，她說的話沒有一樣不對的。那時候我們發現了這裡，高興得不得了，那時候雷婆婆就告訴我，不要把這事告訴大哥，甚至她臨死的時候還在這樣關照我，唉……」

她幽幽地嘆了口氣，才接著道：「那時候，我根本不知道這其中有著甚麼涵義？只是因爲是雷婆婆說的，我就這樣做，一直到她死了也不更改，現在我才知道，原來雷婆婆要我這樣做是有著用意的，她要我能夠自己防護自己……」

辛捷一直全心的傾聽著，他這半生以來，雖然也可以說得上是遍歷滄桑，但如論遭遇之奇，卻從未有甚於此刻的。

此刻那明珠正閃著銀光，那嬌美而純真的咪咪也正在這銀光中散發著醉人的光彩。

而他自家的手中仍拿著那張人皮的遺書，那上面的血字也宛然在目，這一切都是這麼樣的真實，真實得不容你懷疑。

咪咪俯首沉思了許久，但此刻任何一種情感都無法比得上這純情的少女對辛捷的愛戀——也是她第一次愛戀——來得強烈。

於是她抬起頭，道：「我替你拿了些吃的東西來，你就在這裡把那些猴皮上寫的東西唸一遍，力氣一定可以大很多。」

她又一面指了指那些瓶子，又道：「這些瓶子裡的東西，雷婆婆說都是極好的藥，有的是吃的，有的是只能貼在身上的，以前我在山岩上跌了一跤，就用這種藥一敷，不到一個時辰就好了，而且連一個疤都沒有。」

她望了辛捷一眼，又笑道：「那天你從海上漂上來，就是昏昏迷迷的，像死了一樣，也是我給你吃了些這種藥才好的。」

辛捷恍然而悟，爲甚麼自己在經過那麼多天的折磨之後，一醒來就完全恢復了精力，想必都是因著這些靈藥的功力。

於是他走到石几之前，只見那些瓶子的表面都光滑如鏡，但大小形狀不一，生像是被人以無比的掌力弄成這樣子的。

他再一看桌几石壁，也都是這種情形，暗中不禁大駭！這上大人無怪能名揚天下，他掌、指之間的功力也的確駭人。

然後他日光一轉，轉到石几上那些又厚又重的書冊上，果然全都是用猴皮製的，上面寫著四個約莫有茶碗大小的字：天一神功。字跡紫黑，入眼便知也是用鮮血寫上去的，他只覺得腦中一陣暈眩，想到那些可憐的生物慘啼於上大人一雙鐵掌下的情況，心裡似乎有一陣異樣的感覺，使他甚至不敢去觸摸那些書冊。

但是他終於還是翻開了它們，因為他深切的知道，這些武林絕學將對自己有多麼大的用處，自己的一切希望都將寄託在這上面。

背後，有一陣溫暖的感覺，他知道是咪咪靠近了自己，但是他並沒有回頭，只是伸手翻開了那以猴皮製成的書，這些此刻已變得十分堅硬了。

於是他又想到，這些猴子之生滅，本來根本無足輕重，但此刻卻因這一代武林怪傑的字跡，而使這些本是無足輕重的東西變得有用起來。

「這些猴子也該算是幸福的了！」

他暗中一笑，只見第一頁上面的字跡並不整齊，甚至有些零亂地寫著：「所謂天一者，天下第一之謂也，余闖蕩江湖達三十四年，遍歷南七北六十三省，可謂從未遇見敵手，故敢謂之天一。」

辛捷暗中微笑一下，覺得這上大人的文理的確不太通順，他不禁想起自己的梅叔叔來。這時他才體驗到文武雙絕是一件多麼困難的事，而自己能得到這種教養，又是多麼幸運。

但是等他接著看下去的時候，他對上大人那種淡淡的蔑視已經完全沒有了。

因爲這天一神功竟然真是這麼神奇，其中武學包含之博大深奧，連辛捷都不禁爲之驚異不已！

於是他也開始瞭解這上大人文理爲甚麼欠通的原因，這是因爲人家已將全副精力花在武學上，自然沒有時間去研究別的學問。

就在這三丈見方的山窟裡，辛捷經歷了許多種情感，也獲得了一件他此刻最需要的東西——超凡絕世的武功。

須知七妙神君昔年以七藝妙絕天下，可稱絕世之才，但人類的智力終歸有限，心智一分，他在武功一道的成就自然就打了折扣。

是以他「虬技劍法」招式雖亦妙絕，但內功一道卻未見深厚，「暗香浮影」之功也嫌稍微失之於浮，以之用來施於輕功自是大妙，但若用之來對敵別的高手，也就顯然有些軟弱了。

但此刻這天一神功卻正是至陽至剛的武學，功力之雄渾，自稱不可思議，辛捷在這種情況下得了這種奇遇，再加上他天性本就極爲好武，自然除了喜不自勝外，就在這山窟裡，將這本武林中人連做夢都不會夢到的秘笈參研一詳。

這當然是因爲他確信海天雙煞絕對沒有離開這座孤島的可能，是以他能將自己完全浸沉於這種超凡絕世的武學裡。

於是，這些天裡，咪咪變得寂寞了，因爲辛捷幾乎已完全忘記了她的存在，只是這種寂寞內含欣喜，因爲她到底可以終日坐在辛捷旁邊，望著他那一雙明亮和機智的眸子。

這一次辛捷自信判斷沒有錯誤——像人多數次一樣，海天雙煞的確沒有任何方法離開這座孤島，何況天殘焦化又怎會捨下他多年的心血，讓自己心目中的愛侶——咪咪和一個自己的宿仇結合，而自己卻僅是一走了之哩。

海天雙煞昔年稱霸關中，儼然爲關中黑道群雄之首，除了武功高絕之外，心智的冷酷毒辣，自然也是極主要的原因。

他們在這一段時間裡，自然也想出了各種方法來拔除他們這根眼中釘，只是在山窟中苦練秘笈的辛捷並不知道，而這兩個心智冷酷的魔頭自然也不知道辛捷爲甚麼突然在這孤島上失去了踪跡？就像是一個會隱形的神人似的。

世事就是這麼奇妙，一個未經世事的純真少女的行動，竟然操縱了三個武功絕高的武林高手此後一生的命運。

半個月過去，焦化兄弟在這半個月裡，幾乎搜遍了這孤島上的每一個角落，以期發現辛捷爲甚麼會突然失踪，咪咪爲甚麼武功如此高深的秘密。

須知海天雙煞是何等人物，他們此刻也已猜出這兩樣事之間必定有些關聯。那就是說，他們已猜出在這個孤島上必定有著一個神秘的地方，這地方百十年來始終隱藏在黑暗裡，然而卻被一生未離此地的咪咪發現了。而且這地方也必定就是咪咪神奇武功的來源，也是他們爲甚麼會突然失去踪跡的原因。

他們輕功俱都絕頂，再加上這孤島本不甚大，他們日復一日地搜尋著，卻一面在這孤島上佈下了許多惡毒的陷阱，想誘使辛捷上當。

一天——

天廢焦勞在海濱的岩石下突然發現了一處洞窟，裡面黝黑而深沉，他立刻打亮火摺子，一步步向裡面探測進去，於是，他發現了一件驚人之事。

原來在這個陰僻幽暗的洞窟裡竟藏著一艘小船，而這艘小船卻原來是他們乘來的那艘海船上留做救生之用的，於是他立刻將這告訴了天殘焦化。

天殘焦化不禁爲之驚喜交集，吃驚的是他再也想不到未經世事的咪咪會來上這麼一手，欣喜的卻是這小船建造甚是精妙，他們大可乘了這一艘船離開這孤島。

而這艘船雖不見得能載著他們漂渡重洋，直達彼岸，但至少可以載著他們在海上，直到遇著另一艘海船爲止。

於是死亡的恐懼便因此過去，他們再也不必擔心會被困死在這孤島上，在嚴冬來到的時候，因食物不繼而死去。

天廢焦勞朝他的大哥做了幾個手勢，意思就是勸他的大哥先離開這裡再說。

因爲冷酷的他深知自己此時也不是那孤女咪咪的敵手，假如萬一辛捷也學成那種神奇的武功，事情便大爲危險。

而天殘焦化卻只陰毒的微笑一下，並不接納他弟弟的意見，他之所以自恃的是他對自己那些陰毒的陷阱頗爲自滿，他以爲辛捷縱然論武功已是江湖中的一流高手，但是機狡奸計一類的事，這毛頭小子又怎比得上在江湖中闖蕩　生的自己？

這兄弟兩人略一計議——當然像往常一樣，永遠是哥哥的主張。

然後，他們就將那艘小艇搬到另一個隱密的地方。

然後，他們就在這本來藏匿小船的洞窟四周潛伏著，因爲他們知道無論辛捷和咪咪藏到甚麼地方去，但他們終究一定會到這地方來的，因爲這艘小艇也是他們逃離此島的唯一生路。

他們在這岩石的洞窟旁邊的沙灘上掘了兩個深與人齊的地洞，然後就藏身在這地洞裡，只露出兩隻眼睛嚴密地監視那洞窟。

白天過去，黑夜又臨。

夜色迷濛之中，遠處突然傳來一陣悠揚而甜蜜的歌聲，唱著：

呵——

相逢是樂事，分手是悲哀。

黑心的人呵，

比強盜還壞！

因為強盜再壞，

也不過只是拿走我的錢財，

可是黑心的人呵——
卻要把我的心，送進棺材。

歌聲悠揚曼妙，曲詞雖然顯見是隨手拾來，然而卻是那麼婉轉動聽，就像是春風吹動著鬱金香的花葉時所發出的樂聲似的。

於是躲在地洞中的天殘焦化也不禁為之溫馨地一笑，假如他有個美麗的童年，那麼他此時的心懷就會被黃金色的回憶充滿。

只是海天雙煞生具畸形，從一出生開始，就被人類仇恨，因之他們也仇恨人類。

是以，這種甜蜜的溫馨在天殘焦化心中僅僅一閃便過，心胸間瞬即被仇恨、嫉妒這些卑劣的情感所滿塞住了。

而天廢焦勞呢？他根本甚麼也聽不到，甚麼也感覺不到，他的心永遠是一座冷冰冰的墳墓。

歌聲方歇，遠方已如浮雲般飄來一個人影，秀長的黑髮和寬大的黑色袍子在夜色中使得咪咪的面容看來更瑩白如玉，她輕飄飄地在空中移動著身形，就像是一條在水中漫游的魚，一到了那塊岩石上面，就停了下來，然後也掠進那山窟裡去。

隱匿在地下的天殘焦化聽得那洞窟中傳出一聲驚呼，不禁暗中陰森的一笑，侏儒般的拳頭緊握起來，得意地幻想著這咪咪發現自己藏匿的小船失蹤時那種驚異與懼怕。

然後，他看到咪咪的身形飛也似的從洞中掠出來，在四周極快地轉了幾圈，然後身形愈來愈慢，垂著頭朝島中走去。

若不是天殘焦化還有更毒辣的計劃，他此刻怕不要高興地奸笑起來，但此刻他只得將這份高興的心情按捺住，只是悄悄地從地洞中鑽出來，遠遠地跟在咪咪後面。在他那狠毒、殘酷的心中，卻禁不住幻想出一幅美麗的藍圖。

他幻想著自己箕踞在一塊大石上面，旁邊躺著辛捷的屍首，面前卻跪著咪咪那嬌小玲瓏但卻婀娜成熟的軀體。

他幻想著這美麗的少女哀懇著自己帶她離開這孤島，然後自己才從那秘密的地方取出那艘小艇，帶她離開這裡，到另一個遠離人煙的地方，和這個美麗的少女在一間華麗的美室中……

這幅圖畫的確是美麗的，只是太過美麗了一些；而天殘焦化之所以會發出這些太過美麗的幻想，卻是僅僅依恃著那幾個惡毒的陷阱。

那麼，是天殘焦化的思想太單純，單純得使他竟生出一些絲毫不可能實現的幻想呢？抑或是他所依恃的陷阱足夠惡毒，惡毒得能有十分的把握將那兩個年輕人陷害得達到不能自救的地步，而達成他的幻想呢？

這是一個不容易解答的問題，只有等待事實來回答了。

此刻他屏住聲息，跟在咪咪的後面，以期發現那神秘的所在，尋出辛捷，也尋出這本是弱不禁風的少女為甚麼有這份武功的原因。

這其中尤其是後者更令他心動，普天之下，有哪一個學武的人不希望自己能得到一份足以君臨武林的神功秘笈呀？

只見咪咪垂著頭在前面走著，像是懊惱已極。

然而天殘焦化卻滿心喜悅，跟著咪咪走上了那座孤山，走到那上面滿佈藤枝的山壁之前，看到她撥開藤條鑽進了山隙。

天殘焦化幾乎高興得跳了起來，這一切事，幾乎都盡如他所料。他幾乎忍不住立刻跟著咪咪鑽進那條裡面黝黑無比的山隙。

但他終究還畏懼著咪咪的武功，因之，他只得在外面等了約莫一頓飯時候，然後和焦勞一打手勢，兩人魚貫著走了進去。

山隙裡像先前一樣，黑得伸手不見五指，海天雙煞雖也武功高絕，可沒有暗中明察秋毫的本事，因此，他只能憑著比常人稍微敏銳一點的目力緩慢地摸索著，蛇行了進去。

黑暗就像是一頭噬人的怪獸似的蹲踞在他前面，他開始有些心怯了，甚至不敢再舉步。

但是，黑暗中的那些事物的誘惑又是那麼大，他考慮了許久，終究又極爲緩慢地爬了進去，一面卻在安慰著自己：「咪咪是絕對不會向我出手的，她雖然已有些恨我，但是這麼多年來，她一直聽我的話，就算此刻恨我，也不會要我的命。而那姓辛的小子武功雖高，卻也未必比我高明多少，也萬萬不能致我死命，就算他這些天有奇遇，但是他難道在這極短的一段時間裡就能把武功練得比以前高明一倍嗎？哼！不可能。」

「何況他們在明，我們在暗，哈哈！他們自以爲這地方隱密非常，卻不知到底還是被我這隻老狐狸發現了。哈哈！」他愈想愈得意，幾乎笑出聲來。

這名滿天下的魔頭海天雙煞兄弟兩人就在黑暗中摸索前行，自然也不敢弄出一絲聲響來。終於，他們到了盡頭，竟發現上面有亮光照下來，還垂著一條鐵鍊。

這時，海天雙煞膽子再大，可也不敢往這鐵鍊上爬，只得蹲伏在下面，找了個可以容身的山隙，在裡面躲了起來。

須知天殘焦化的縮骨之功在武林中本是一絕，是以任何一處狹小的地方，他都可以藏身。天廢焦勞雖然較爲困難些，但是在這種崎嶇的山窟，還怕找不到一個藏身的地方？

這時，天殘焦化又在心中轉著念頭，但想來想去，也想不出一條妥善的方法將他們誘到自己苦心弄得的那些陷阱裡去，因爲稍一不慎，說不定自己就得遭辛捷的毒手。

他心中正自思忖，卻聽到上面傳來一陣人言聲，接著咪咪在說道：「我再出去找找看，你在這裡好好練功，你放心，不會有人來的。」

語聲一落，咪咪那飄然如仙子的身形也跟著落下，極快地向洞外走去。

只是此刻雖然有光，但仍太暗，海天雙煞也看不到她的面容。

海天雙煞看到咪咪走了，不禁又爲之大喜，暗忖：「只有那姓辛的小子一個人在上面，又正在練著功，我還怕甚麼？先上去把他弄死了，把那些神功秘笈弄到手，然後……」

以後的事，天殘焦化竟好像想不下去了，因爲那滿滿充塞著幸運美妙，而且看起來千真萬確，一點也不虛幻。

於是他又朝焦勞打了個手勢，伸手一拉那鐵鍊，朝上面攀援而去——

但是，這一切事，若被一個冷靜而聰明的人看來，就知道其中有些不對的地方，只是這些不對的地方究竟在哪裡呢？

第八回

滿穴無光　咤叱喪膽
鐵鍊中分　瑲瑯驚魂

海天雙煞在那孤島上佈滿了惡毒的陷阱，發現了咪咪藏在洞窟裡的一艘小舟，但令這兩個魔頭高興的還是他們竟跟踪著咪咪找到了辛捷隱藏的所在，也找到了咪咪爲甚麼身懷絕技的原因。

但這兩個橫行一時的魔頭終究還是畏懼著咪咪那種超凡入聖的武功，是以他們一時還不敢朝那條神秘的鐵鍊上爬上去。

直到咪咪在上面對辛捷說了一句話，離開這神秘的山窟，天殘焦化才朝天廢焦勞打了一個手勢，心胸中滿滿充塞著幸運和美妙的幻想，伸手一拉那鐵鍊，朝上面攀援而去……

他那畸形的身軀卻靈活敏捷無比，身形動處，便已上升三數十丈，他自也發現了在這條裂隙旁的山壁上的洞穴。

因爲此刻這個洞穴裡正發射出異常明亮的光芒，照得這條上下數十丈的裂隙都有了青濛濛的光亮，只是愈到下面愈暗而已。

天殘焦化心中暗暗吃驚！他闖蕩江湖的經歷何等老到，一目所見，就知道這種光芒絕不是油燈、蠟燭之類的東西所能發出的。

此刻他所驚異的自然是有甚麼東西能發出如此強烈的光亮？如是珠寶之屬，其價值自也足以驚人了。

但是，此刻他卻不能在這問題上多所探究，他身形一展，毫無聲音地從鐵鍊上移到這條裂隙旁邊滿生陰苔的山壁上。

這時就可看出這昔年名震武林的關中九豪之首，在輕、軟功上的造詣的確不同凡響。

他在這滑膩膩的山壁上依附著，就生像是一隻壁虎似的，四肢略一滑動，便已到了那洞穴的旁邊，然後悄悄探首向裡張望。

他目光所及之處，靠著最裡面的洞壁是一張淨潔光滑的石榻，石榻的旁邊有一張石几，上面排滿了一些瓶子和書冊。

他的心狂喜地跳動了一下，因爲他已想到這些玉瓶和書冊就是咪咪那一身神奇武功的來源。但是他又不禁有些奇怪？因爲他看不到辛捷的影子。

他用一隻眼睛朝裡面張望，是以只能看到這洞穴的一半。

此刻他目光略一凝視，忖道：「這姓辛的小子一定在洞裡的另一邊了。」

心念又轉動幾下，覺得以自己的武功，絕無畏懼辛捷的必要。

於是他暗中獰笑一下，左掌微一使力，嗖地，朝這洞穴裡竄了進去。

他這一舉動雖然似乎大意了些，然而這久闖江湖的魔頭卻早已將退路打算好了，而且對任何突來的打擊都早就防備周全。

他渾身滿佈真氣，身形一進洞，就斜斜掠向那張靠牆的石床，因爲他身形是斜著的，是以他也能照顧到方才他目光不能看到的地方。

哪知就在那一刹那裡，本來照耀四壁的光芒突地一起斂去，本來極其光亮的洞穴，竟在這快如電光一閃的時間裡突地變爲黑暗，這種情形幾乎令人有一種天地突然崩潰的感覺。

天殘焦化剛好掠到石床上，這突來的黑暗，使得他驀地一驚，接著由背脊傳來一陣難言的悚慄。

他立刻一擰身，將背脊貼在石壁上，努力凝神而視，然而卻甚麼都看不到，他就像突地由光亮的仙境落入黝黑的地獄裡，四周像死一樣的黑暗，方才的光亮就像謎一樣地失踪了。

黑暗裡有輕微的呼吸聲，那是屬於天殘焦化自己的——

這種黑暗對他說來無異是一種生命的威脅，方才他那些美麗的幻想，此刻全都隨著光線的突變而無影無踪。

他掌心開始沁出冷汗——

因爲他知道自己已落入人家的陷阱裡，黑暗中就隱伏著一個隨時可以向他的生命襲擊的敵人，而他卻無法預防。

在這一瞬間，他本來狂熱的思潮也突然變得冷靜起來。

他想到這件事自始至終就有些不對的地方？譬如說咪咪去找尋那艘她自己隱藏的小船時，她當然不會希望被別人知道，但是她那時嘴裡卻在唱著歌，而且唱的聲音很大，老遠就可以聽到。

「呀！原來她是在誘我上當！他們老早做好了圈套，而我……我這隻老狐狸卻上了這乳臭未乾的兩個小孩子的當！」

天殘焦化一念至此，掌心沁出的冷汗不禁愈發地多了。

四周的黑暗也像是愈發濃厚，濃厚得幾乎使他透不過氣來。

黑暗之外，還加上無比的沉寂，他聽得見自己的呼吸聲，一次……兩次……三次……

然而四周卻仍然半點動靜也沒有，此刻即使是僅僅一滴水由上面滴到下面，一顆流星自蒼穹間閃過——這麼短暫的一剎那，在這靠在石壁上，四面滿伏殺機的天殘焦化看來，卻有如一年般漫長。

他悄然將手掌貼在冰涼的石壁上，藉著手掌的吸附之力，悄悄在石壁上滑開一些，他希望那隱伏在黑暗中的敵人也看不清自己存身的所在，如此，那人便也無法襲擊自己。但是——

黑暗中突地發出陰惻惻一聲冷笑，一個森冷的口音低沉地說道：「姓焦的，只要你身子再動上一動，我就叫你身上添個大窟窿！」

天殘焦化厲喝一聲，雙掌揮出凌厲的掌風，朝這發聲之處撲去。

他凝集了畢生的功力，冀求自己這一擊能夠奏功，但是掌風到處，接觸到的卻只是堅硬的石壁。

然這時在他的身後卻又響起一個冷冷的聲音，帶著令人悚慄的意味說道：「姓焦的，我勸你好好待在那裡，你要嫌死得不夠早，要叫我儘快地打發你，哼！那你的想法卻太痛快了！」

天殘焦化縱然素來殺人不會眨眼，此刻卻也不禁冷汗爲之淋漓而下。因爲他此刻已知道自己雖然看不到人家，人家卻清清楚楚的看得到自己，這又和一個瞎子來對抗明眼人何異？

何況他也知道自己和人家仇恨似海，人家似乎連將自己痛痛快快地殺死都嫌不過癮。

他暗暗嘆息一聲！方才他臨爬上來的時候，曾經向他弟弟打了個手勢，叫他不要上來，而此刻自己縱然聲音吼得再大，他也不會聽見，此時此地，自己就連個幫手都不會來。

黑暗中的聲音又不再發話，生像是看著他的恐懼而引以爲樂。

他的呼吸聲也愈發粗重了起來，因爲他知道自己的身形反正暴露在人家的目光之下，他甚至索性閉起眼來，而且也不說話，因爲他不是笨人，知道自己此刻縱然冒火也是無用。

他留意地用耳力去聽那人的行踪，但是四周除了他自己的呼吸聲之外，他卻甚麼也聽不到。

自他進洞、光滅，到此時僅僅不過是極爲短暫的一刻而已，然而他卻覺得有如不可忍受的漫長。

他不知道人家在甚麼時候會對自己發出突擊，他只知道人家若一發動，那必定是有著極大把握致自己死命的。

而辛捷呢？

他此刻正站在石几之前，在黑暗中望著他這不共戴天的仇人，十年來石室的苦練，使得他能非常清楚的看到天殘焦化的每一個動作，也看得出這不可一世的魔頭驚駭而恐懼的表情。

他暗中微笑一下，因爲他的仇人已落入他的圈套裡了。

他此刻甚至可以毫不費事地將天殘焦化傷在他的掌下。

但是，他卻感覺到這勝利中欠缺了甚麼？他遲遲不能下手，又急急迫著自己出手，這份矛盾的感覺是令人很難瞭解的。

「我這樣就算能殺了他，但能夠將我的仇恨和屈辱洗清嗎？我這種報仇的方法，能算得光明正大嗎？唉……」

他暗中又嘆了口氣，腦海中思潮紊亂，不知究竟該如何是好……

他學會了許多狡計，但是，他此刻卻不能用這些狡計來對付他的仇人，這一霎時間，他覺得世上所有的陰謀狡計都再也和自己無緣了，他甚至對自己以前所做的一些陰謀勾當覺得遺憾起來。

因爲他突然感覺到用這些狡計所獲得的勝利是非常空虛的，這正如沒有經過耕耘收穫而得來的果實，雖能令饞夫稱心，卻不能令農夫滿足。

沒有經過努力得來的光榮，雖能令小人喜悅，卻不能不令男子漢大丈夫感到羞愧一樣。

兩種截然不同的思潮在辛捷心中閃電般地交擊數次……

貼在石壁上的天殘焦化只覺得這洞穴像是突然起了一陣極爲輕微的風聲，但是這風聲的來勢卻是飄飄蕩蕩，生像是四面八方都有，自家雖然是久闖江湖的武林高手，對於聽風辨位一類的功夫熟得不能再熟，但是卻摸不清這風聲的來勢。

這一瞬間，他突然想起昔日武林中的奇人七妙神君所施的輕功身法，就是這種令任何人都不能預測來勢的。

「難道這姓辛的小子是七妙神君那老兒的徒弟？」

這念頭僅僅一閃而過，他哪有時間來思慮這些？渾身真力滿注，雙掌交錯，橫亙胸前，以期能對這種絕險的襲擊做一抵擋，因爲他深知，只要自己稍一不慎，便得立刻命斃當場。

哪知風聲一凜過後，滿洞穴立刻又恢復了光亮，這強光的驟然來臨，使得他不自覺地眨了幾下眼睛，然後他看到他的大敵正赫然站在自己眼前。

辛捷目光凜然，在他臉上一掃，冷冷道：「姓焦的……」

他話未出口，突然看到這天殘焦化面上驚容未已，眼光在自己身後一轉，竟突地閃過一絲獰惡的笑意。

他心中微動，立刻停住了口，腳步微錯，身形倏然滑開五尺，目光瞟處，果然看到洞穴的入口之處正站著張臂待撲的天廢焦勞。

這一來主客便大爲易勢，天殘焦化陰惻惻地冷笑一聲，道：「姓辛的小子！有甚麼話怎地不快說呢？再過一會兒，你有話就說不出來了。」臉上的驚懼之色全退，獰惡的笑意滿佈。

辛捷突地仰天大笑了起來！

天殘焦化倒爲之一愣！

卻聽辛捷笑聲一頓，冷冷道：「十年前，不管怎樣，你舉在我頭頂上的一掌總算沒有拍下來，現在我也放過你一條生路，來來來，姓焦的，你也不必承我的情，你們哥兒倆只管一齊上吧！十年前，辛捷家莊雪夜裡濺的血，今天我姓辛的也要你們用血來還，而且這血還要讓你們流得口服心服。」

辛捷話聲一落，身形暴長，撲向焦化。

天殘焦化獰笑未已，雙掌一錯，哪知辛捷一擰身，突地在中途轉了個方向，右臂斜引，嗖地一掌，劈向洞口的天廢焦勞。

他身形之變化轉折，矯如遊龍，快逾閃電，等到天廢焦勞驚覺的時候，這一掌已堪堪劈到身上，掌風凜凜，襲體生寒。

天廢焦勞寒玉似的一張醜臉，也不禁變了變顏色，雙掌外翻，硬往辛捷劈來的一掌接上去。

數日前天廢焦勞和辛捷動手時，幾次硬接硬碰，辛捷都不敢擋其鋒，此刻他也指望辛捷這一掌會中途變招，那麼自己雖失機先，也能緩過氣來。

哪知辛捷口中悶哼一聲！掌心突地往外一蹬，吐氣開聲，竟也是硬接硬架，毫不遲疑地往天廢焦勞這雙掌上擊了過去。

三隻手掌甫一交接，只覺「噗」地一聲聲響，就像是一聲悶雷似的，辛捷的身形竟又往前一邁步，左掌倏然穿出……

這時候，天廢焦勞才知道不妙，方才自己盡雙掌之力和人家互接了一掌，雖然還未落敗勢，但自家此刻舊力已竭，新力未生，眼看人家的一隻左掌又帶著凌厲的掌風向自己襲來……

這正是間不容髮的一刹那，天廢焦勞一著失機，身形一挫，大仰身，往後便翻，堪堪避過了辛捷在這種情況下仍能發出的一掌。

但是他卻忘了自己處身的地方，他本來就僅僅是半個身子進了洞，此刻他全神都放在避開前面的一掌上面，身形翻仰處，頓嘗失去了重心，再也穩不住身形——

辛捷這些天埋首於武林怪傑上大人所遺留的武林秘笈中那種至陽至剛的內力功夫上面，他發覺將這種內力的修爲拿來和自己昔日所練的「暗香浮影」互做融會，其中妙用無窮！

須知辛捷本是聰慧絕頂之人，再加上他內力的修爲本已登堂入室，此時稍做琢磨，正是一藝通，百藝通；雖然只是短短幾天的工夫，他卻已將自身功力以前虛浮的地方全都充實了起來。

此刻辛捷雙掌交替而發，但體內的眞氣仍然源源不息，一點兒也用不著憂慮匱乏，左掌雖然一擊落空，右腳往前輕溜一步，右掌一伸一縮，一股新的掌風頓時又發了出去。

但這時天殘焦化已厲叱一聲，掠了過來，駢指如劍，疾地點向辛捷右脅下乳後一寸，著脅直腋、搬脅間的天池重穴，左掌卻劃了個半弧，掌緣橫切辛捷的頸項。

這一招兩式也是快如疾風，他兄弟連心，眼看天廢焦勞的身形已自搖搖欲墜，情急之下，用的招式自然也特別凌厲。

辛捷口中悶哼一聲，捽右掌，大擰身，連消帶打，居然以攻爲守，右掌斜立，竟從天殘焦化的雙掌中直穿了出去，手掌微翻，已擊向天殘焦化的胸膛，而左掌藉著右掌的這一捽，身軀的一擰之力，掌風著著實實地朝已自穩不住身形的天廢焦勞壓了過去。

這一招本來極爲普通的「鳳凰展翅」，一運用到他的手裡，竟有了這種極其驚人的威力。

天殘焦化胸腹一吸，右掌金絲剪腕，左掌雷針轟木，雙掌伸縮之間，也是帶消帶打，寓守於攻的妙著。

但這時天廢焦勞可卻已招架不住了，他連聲音都沒有發出來，身子一栽，竟朝那條數十丈深，天井似的裂隙中栽了下去。

天殘焦化不禁大驚失色！厲吼一聲，突然將已發出的兩掌硬生生往回一撤，身形一晃，竟往辛捷脅下鑽了過去，嗖地掠出洞口，一把抓住那條鐵鍊，凝神往下面去望他二弟的究竟？

辛捷冷笑一聲，也掠至洞口，雙掌並揚，掌風擊向攀在鐵鍊上的天殘焦化。

只聽這條鐵鍊發出「嘩啦」一連串的巨響，來回一陣搖晃，天殘焦化的身軀卻向下滑了一丈，一伸手，竟然將天廢焦勞帶了過來。

原來方才天廢焦勞身子雖然已往下墜，但是這聲名赫赫的海天雙煞果然久經大敵，臨危不亂，一伸手，這隻手掌竟像鐵爪似的穿入山壁，身子一貼，也貼到山壁上，此刻被天殘焦化的全力一帶，便也落到那條鐵鍊上。

辛捷大喝一聲，上身往外一探，雙足石樁似地釘在地上，雙手卻抓住這條鐵鍊，奮起全力往上便抽——

海天雙煞兄弟兩人的身形被他這一抽，果然隨著鐵鍊向上升了幾尺。

辛捷雙臂如鐵，交替著又一抽，這條鐵鍊嘩啦啦地搖曳著，但卻再也抽不上來，生像是下面墜著千鈞之物似的。

原來這時海天雙煞兄弟已施展出千鈞墜的功夫，尤其是天廢焦勞對於這類以氣力見長的功夫可稱一絕，此時這兄弟兩人一齊用力，便無殊在這條鐵鍊上加了千斤的份量。

辛捷嗔目而喝，十指如鉤，緊緊抓著這條鐵鍊又往上一抽。

這一下他使出了全身的真力，只聽又是嘩然一聲巨響，這條鐵鍊竟應手而起，本來重逾千鈞的東西，此刻竟變得輕若無物。

辛捷也不禁驟然失了重心，蹬蹬蹬！往後連退了幾步才拿樁站穩，這條鐵鍊雖全被他扯進了洞，但卻只剩下小半截了。

試想，以辛捷和海天雙煞二人的功力，他們這一較勁，這條鐵鍊如何承受得起？方才辛捷這全力一抽，竟將這條鐵鍊拉斷了。

鐵鍊撞在山壁上，和掉下去時所發生的那一連串巨響，此刻仍在山腹中回響不絕，滿山之中似乎全響著這種嘩然的聲音。

辛捷定了定神，廢然一聲微嘆，將掌中的小半截鐵鍊往外一摔，身形也隨即往洞口掠去。

正待辛捷俯首下望的時候，哪知眼前一花，竟像又有兵刃朝他迎面擊來。

辛捷大驚之下，腳步微錯，一擰身，眼前的黑影便回身側打了過去。

他凝神一望，不禁暗中為之失笑，方才迎面朝他打來的「兵刃」，只不過是那半截鐵鍊而已。

原來這半截鐵鍊的上端仍掛在上面，辛捷隨手一拋，這條鐵鍊一晃、一撞，竟又往回蕩了過來，正好迎面擊向辛捷。

然後，這條鐵鍊自然又蕩了回去，滿山那種鐵器撞擊的聲音也漸漸微弱，終歸靜寂。

辛捷在洞口俯身下望，這條天井似的裂隙，此刻從上到下都是空蕩蕩的，海天雙煞這兩個魔頭已連影子都看不到了。

第九回

濃煙漫山 俠士有命
清風拂島 倩女無蹤

從上面往下望，這條裂隙竟有些深不見底的感覺，因爲愈到下面，光線就愈暗，辛捷站在洞口旁出了會兒神，愕了許久。

他知道方才天殘焦化在黑暗中恐懼的時候，自己如果能將正直、磊落……這些觀念稍微看得淡些，那麼他此刻就絕不會逃出自己的掌下，而此刻，這十年來時刻使他切齒的仇人雖然已經走了，辛捷卻絲毫沒有後悔的感覺。

人們永遠不會爲自己曾經做過的無愧於心的事感到後悔的！辛捷也正是如此。

他突然領略到一些事的不能成功，也比不擇手段的成功要令人欣慰得多，他也領略到人們假如狡計做成了一件有愧自己良心的事，他縱然能夠尋出很多種理由來獲得別人的諒解，但卻永遠找不出一種理由來獲得自己的諒解的。

在這一瞬間，他也突然想起了地絕劍于一飛，想起了對他的歉疚，因爲無論如何，這地絕劍于一飛總是以誠對己，而自己卻欺騙了人家，將他看成自己為了要達到某種目的的工具。

於是，站在這神秘的洞穴邊，辛捷突然思潮如湧，想起了許多事；當然他也不能忘懷方少堃、金梅齡、張菁這些美麗的影子。

這是奇怪的事，人們常常在某些時候想起一些他不應想到的事。

他勉強整理了一下自己紊亂的思潮，突地，他發現濃煙上湧，其中還夾雜著令人不能忍受的氣味，使得自己生像是立刻便得窒息。

他大驚之下，再探首下望，但是這條裂隙已全被濃煙佈滿，他雖然目力驚人，但此刻也只能從濃煙之中看到一些火焰的影子。

他不用思忖就知道這下面一定是海天雙煞弄的手腳，其中甚或還燃燒了一些毒草一類的東西，所以才會發出這種氣味。

於是，他立刻屏住呼吸，回身掠到石几旁邊，將石几上的每一只玉瓶都打開來看了看，這其中大多早已空了，只有兩瓶中還滿蓄丹藥，他匆忙地將這兩種丹藥都倒出一粒，塞在嘴裡。

但這種丹藥就算能夠辟毒，他仍然禁不住這種濃列的煙嗆之氣，他知道不用再過多久，自己便得被這濃煙嗆死。

於是他心念微轉，立刻將石几上的這兩只玉瓶和那些書籍極快而又極為妥善地放在身上。

然後，他拿起靠在洞角的一根長長竹竿，將自己身上的長衫脫了下來綑在這竹竿上，伸進一個約莫一尺見方的洞裡；等他將竹竿拿出來的時候，綁在竹竿的那件長衫已完全濕了。

原來這個小小的洞隙正是通到一處山泉，這竹竿上若綑住個杯子，那麼取出來的便是一杯清水，這想必也是昔年的武林怪傑上大人大婦居留於此時，費了很多力才找到的。

辛捷以極為敏捷的身手，在極短的時間裡完成了這些事，心中卻在奇怪咪咪此刻跑到哪裡去了？

他知道咪咪一定會來救自己，但是他卻不能這樣等在這裡，萬一咪咪來得太晚，那自己不就完了？

因之，他不再遲疑，先將濕了的長衫撕下一角，綁在自己臉上，然後掠至洞口。

這時這山腹裡的所有空隙都已全被濃煙佈滿了，他無法再揣量地形，身形一動，也將身子貼在山壁上，往下面滑去。

他知道在這種濃煙中，他既看不見人家，人家自也無法看到他，於是他施展開輕功中一種雖然頗為難練，然而只要輕功已有根基的人全都能夠練成的壁虎遊牆功夫，極快地朝下面滑去。

瞬眼之間，他已往下滑了二十餘丈，他心中略一忖量，知道自己此刻距離地面最多只有十丈左右了。

而這時他俯首下望，下面火焰的影子看得愈發清楚，於是將手中已經濕透的長衫一展，雄渾的內力透過長衫，使這件長衫竟然完全張開，就像是一張鐵片似的。

他的身軀也隨之提氣下躍，堪堪已到了火焰上面，他將這長衫往下一壓，下面的火焰便隨手熄滅了很大一片。

他心中不禁暗暗一喜，哪知他長衫一掀，那火勢竟又蔓延過來，惡臭之氣，竟也愈發濃烈，透過那塊蒙在他面上的布塊嗆入他鼻孔裡。

隨即，濃煙中隨來一聲冷笑，那天殘焦化森冷的口氣陰惻地說道：「姓辛的小子，你別想往外闖，你這是做夢！」語聲方落，十數縷銳風已分向襲來。

辛捷長衫往外一抖，這些暗器便全被捲落，但是他的立足之地已又成了一片火海。

濃煙中又是一聲厲叱：「姓辛的！你再接這個。」又是十幾件暗器帶著銳風襲來。

辛捷立足火焰之中，身上已有幾處著了火，身形一動，手中的長衫像是烏雲般地捲出，辛捷想朝發話之處撲去，但此刻這塊地方竟全佈滿了火焰，而這地方的窄小險惡，辛捷也知道此刻自己在濃煙之中雖然看不到別人，但別人卻可能看得到自己的人影，因爲自己立足火焰，目標自然明顯。

這情況正彷彿方才天殘焦化在黑暗中的光景，但卻比那還要凶險十倍，自己此刻如果硬往外闖，那定是凶多吉少。

這些念頭在他心中不過電閃而過，然而就這霎目之間的工夫，他身上竟已快全部著火，那種熱辣、疼痛的感覺，就是鐵打的漢子也忍受不了。

在這種情形下，辛捷除了原路退回之外，簡直別無路走。

而此刻濃煙中又是一陣陰森入骨的冷笑，那天殘焦化竟又喝道：「姓辛的小子！你就乖乖地將命交給你焦大太爺吧！」隨著喝聲，暗器又至。

這些暗器雖然只是一些有稜的石塊，但被海天雙煞這種內家高手發出，威力仍然驚人。

辛捷手中長衫再次一展，這些石塊便又被擊落，但這時連他這件長衫上都有兩處著了火，他再不抽身退去，就得立時葬身火海之中。

而這時他眼中已被嗆得流出眼淚來，呼吸自也早就屏住，他將手中的長衫一捲，這本來已張成一片的長衫立刻變成一條衣棍，而他身形暴長處，上拔兩丈，又掠回那條裂隙裡。

此刻他身上已經受了兩處火傷，身手已遠不如先前的靈活敏捷，而且他掌中那件長衫上的火焰雖然已被他方才那一抖弄滅，但是身上仍著了火，一雙鞋子更是已燒得不像話了。

海天雙煞自崛起武林以來，至今已有數十年，關中九豪昔年稱霸綠林，海天雙煞四字更是令武林中聞名膽落，這兩個魔頭的這份名聲萬兒，可不是僥倖可以得來的。愈在這種生死存亡，仄只一線的關頭裡，就愈顯出他們行事的毒辣陰狠來。

須知他們有生以來就從不知仁、義兩字爲何物，他們只要達到目的，是不會顧忌任何有關道德方面的感覺的。

這兩個魔頭久闖江湖，對各種知識都知道一些，他們在被辛捷扯斷鐵鍊，落在下面之後，竟極快的從外面採了些枯藤和一種內含油質的毒草，用火摺子點著了起來。

他兩人以逸代勞，很容易地將辛捷又逼回那條別無退路的裂隙，一面又去採集枯藤和毒草，這火勢竟在裡面燃燒了將近兩天。

奇怪的是，在這兩天裡，咪咪竟不知道跑到哪裡去了？

海天雙煞當然希望她不要現身，以免破壞了將成的好事。

但是兩天過後，海天雙煞早就退出了山腹，因爲縱然他們帶著解藥，他們已無法在這滿瀰毒煙的山隙耽下去。

同時他們也知道，耽在裡面的辛捷縱然武功絕世，此時也早就了帳，世上又有誰能夠在這種情形下兩天絕不呼吸呢？

海天雙煞兄弟兩人相視而笑，這個心腹大患此刻竟就這樣被除去。

尤其高興的自是天殘焦化，因爲他認爲自己又可以控制咪咪的心了。

「但是咪咪到哪裡去了呢？」

這魔頭兩人幾乎搜遍了這孤島上的每一個角落，卻仍然找不到咪咪的影子，就像石頭掉下海一樣，突然在大地上消失了。

「她會跳海自沉嗎？」

這答案幾乎必然是：「不會！」因爲她萬萬沒有這個必要。

但若說她還在這個孤島上，那麼她絕不會不去看一看辛捷，而自己一人跑去躲起來。

於是，咪咪的行踪去向就成了一個謎，一個不能解釋的謎。

天殘焦化急得暴跳如雷，但是咪咪的影子他仍然看不到。

天廢焦勞雖然像寒冰一樣地，永遠對任何事都無動於衷，但是此刻不禁也被這少女的行踪弄得十分奇怪？難道咪咪會突然長了翅膀飛走了嗎？但是她也不會拋下辛捷，而一個人飛去的呀！

他們去找那艘精巧的小船，那小船安然無恙。

又過了一天多，他們幾乎找得斷了氣，但是咪咪呢？仍然是不知所踪。

於是天廢焦勞就用數十年來他們彼此已經熟悉得不能再熟悉的手勢對他哥哥比劃道：「我們還是離開這孤島再說吧，反正咪咪假如還在島上，她也萬萬沒有離開的方法，那我們何必死守在這裡？假如萬一天氣變了，風浪大了，海上的行船少了，我們再也不能利用這小船離開，那麼豈非我們也要在這孤島上餓死？」

「我們現在趕緊走，最多等我們回到家裡，再弄一條船，滿儲食物，再來這島上找她，這樣豈非要比死守在這裡好得多？」

天殘焦化這種老江湖，自然早也有他弟弟同樣的想法；須知此刻正是秋冬之交，海上行船最多，他們只要乘著這小船到航程之內，便立刻可以找到搭救他們的船隻。

於是他也立刻同意，立刻將那條小船拖了出來，又準備了些食水。

在跑到石屋裡去取食物的時候，這魔頭竟僅將食糧拿了一半，留下的一半，當然是為了那已失踪的咪咪。

這平日殺人不眨眼的魔頭，由慾生情，竟然也有了些人性。

然後，他們再回到那山隙之中，想進去看看辛捷的屍身，但是裡面的毒氣瀰漫，卻似乎不是一天兩天之中能消失得了。

於是他們就弄了些石塊將這山隙的入口完全堵死，又拉了些藤條蓋在外面。

他們這當然不是爲了保全辛捷的屍身，而是爲了保全這裡面一些已被天殘焦化看在眼裡的玉瓶、書冊，等到他們再回到這島上時，他們自然要來取去的。

此時在海天雙煞的意念中只有生命才是最寶貴的東西，其餘的東西大可等到他們的生命已經完全安全時才能談到。

何況這孤島上十餘年來從來沒有見過人踪，放在這裡的東西，不是最安全的嗎？

至於辛捷，他們不用看，就能確定他已必死無疑了。

最後，天殘焦化站在海邊還停留了許久，希望咪咪會突然現出行踪，但是海風愈來愈強烈，寒意愈來愈濃厚——

天廢焦勞將小船推下了水，將船裡長大的木槳拿在手上。

於是天殘焦化也只得施展身形，掠上了那艘已漂在海水裡的小船。

天廢焦勞將長槳向岸邊一點，小船便在海面上滑了開去。

這條長逾一丈，用堅木製成的長槳，此刻在天廢焦勞手上就像是一根繡花針似的，三划兩划，小船破浪而去，便已離岸甚遠。

這兩個魔頭各有一身絕技，雖然處身之地僅是萬里大海中的一葉扁舟，但是他們心裡卻毫無恐懼之意，因爲他們久走海路，知道自己只要能捱過一兩天，便可以找到來往的海船。

他們此刻心中疑慮的還是那相同的問題：「咪咪究竟是跑到哪裡去了呢？」

第十回

難得輕舟　終難自去

且別孤島　卻易傷懷

這在大海中的一葉扁舟上的海天雙煞來說，從早上到晚上，這一段時間是極其漫長的。而從黑夜到天亮，這一段時間自然就更漫長得像是永無止境似的。

天廢焦勞　下又一下地划著手中的長槳，生像是他體內含蓄著無窮的精力，這當然也是因爲他滿含希望，期待著發現帆影。

但是，等他們已航行了一天一夜時，他們才發現自己陷入一個極大的錯誤裡，他們帶了一切在海上必需的用品，但是……他們卻忘記了最重要的一樣——羅盤。

若此時海上是晴天，那麼他們也可藉著日間的陽光、晚間的星辰來辨別方向，但是在他們自以爲非常幸運時，卻有不幸的事。

此時海上竟是陰霾滿佈，白天沒有陽光，晚間更沒有星辰，風向也令他們捉摸不定。

尤其令他們擔心的是：海上的風暴似乎快要來了！

這聲名赫赫，橫行一時的關中九豪之首，海天雙煞兄弟兩人此時也只得像一個粗獷的船夫一樣不停地輪流划著槳，冀求能夠在風暴來臨、食水斷絕之前碰到一艘海船。

但是他們迷失了方向，在大海中四顧茫茫，放眼望去，到處都是灰濛濛地一片，水天同色，沒有絲毫能夠讓他們辨清方向的東西。

他們從正午離開那孤島，此刻已到了第三天的早上了。

這兩個魔頭心中也禁不住翻湧起恐懼的意味來，內力也漸漸顯得有些不繼了。

直到此刻，他們才知道世上最可怕的敵人就是「自然」，人力再強，但是也萬萬無法勝天的。

他們不知道自己這一葉扁舟究竟是朝哪個方向行去？也不知道自己會不會遇著救星？

於是他們也開始瞭解世上最大的恐懼就是對任何事都一無所知。

突地——

正在划著槳的天廢焦勞偶然極目之處，竟在一片灰濛之中發現了一點小小的黑點，這毫無疑問的，一定是帆影了。

於是，他狂喜地將自己的這艘小舟奮力朝那點帆影划去。

天廢焦勞內力煞是驚人，在這麼勞累的情況下，這艘小船仍然被他划得其行如飛，長槳每一翻飛，小舟便在海面上滑過數丈。

等他實在累得透不過氣來的時候，天殘焦化就立刻接替著來操槳，這艘小船到了這種武林高手手裡，前行的速度直比平常快了數倍。

過了約莫半個時辰，那點黑影已可清晰地看出是一條海船的影子。

這兄弟兩人不禁透了口氣，自己總算找著生機了。

於是他們鼓起餘力，更加急地往這點帆影划去，眼睛自然瞬也不瞬地注視著這點帆影，生怕它中途改變了航行方向。

他們每划一槳，便和那艘船影之間的距離行近了一步。

漸漸——

他們竟然發覺駛來的這艘海船極爲眼熟？等到他們更近一步時，他們赫然發現駛來的這艘海船竟就是他們自己駛去那孤島的。

這一來，他們不禁大吃一驚！

但人們在已瀕臨絕望時所發現的一點希望，他們就必定會將這點希望儘往好處去想，因爲任何人也不敢將這點希望毀滅——縱是世上最強的人，可也不能忍受絕望的痛苦呀！

海天雙煞也是如此，他們不禁強替自己找了個最好的解釋：「哈！這條船被咪咪縱走了之後，就一直漂流在海上，想不到此刻卻又被我們發現了。」

心裡雖這麼想，甚至嘴角也笑著，但是不知怎地，在他們心目中卻像總有著某些不祥的預兆？使得他們禁不住生起了一種難言的悚慄！

兩條船之間的距離愈來愈近了。

海天雙煞終於發現這條船頭站著兩條人影，正向自己這邊眺望著；而他們終於又發現——站在船頭的兩條人影竟就是辛捷和咪咪！

在他們看清這兩條人影的一剎那間，他們僅存的精神、氣力、希望，便完全像一個肥皂泡沫碰著石頭似的，頓時被炸得粉碎。

正在搖著槳的天殘焦化再也支持不住自己，噗地一聲坐在船板上……

小船劇烈地搖晃一下，長槳也落入海水裡。

他仰視一眼，水天依然灰濛濛地蒼然一片，他感到一切事都是這麼不可思議，他幾乎不相信自己的眼睛怎會看到這艘船？看到這艘船上竟然有突然消失了而又重現的咪咪。

最奇怪的當然還是這艘船上竟然活生生地站著他們認爲已必死的辛捷。

天殘焦化垂下頭來，沉重地嘆出一口氣，喃喃地低問自己：「這是怎麼回事呢？」

坐在他對面的天廢焦勞寒冰似的醜臉上也不禁有了一絲扭曲，他正也在暗中問著自己：「這是怎麼回事呢？」

這究竟是怎麼回事呢？難道不過是海天雙煞眼中的海市蜃樓嗎？抑或是真實的？

原來那時辛捷退回那條裂隙之後，立刻就用掌中那件有些地方已被燒焦的長衫打滅了身上的火焰。

一面，他又從山壁上滑行而上，身上燒傷了的皮肉擦在山石上，發出一陣陣令他咬牙的痛苦。

滿佈的濃煙刺得他淚水盈眶，於是，他才開始有些埋怨自己，方才爲甚麼不在黑暗中偷偷一掌將天殘焦化擊死？以致此刻自己反而變得命在垂危。

他極快地又掠回洞穴，洞穴中也滿充著嗆喉刺目的濃煙。

他摸索著找到那支長竹竿，想再弄些水來潤一潤已被炙傷的皮膚。

他一面再次將長衫縛在竿頭，一面卻不禁自憐地忖道：「其實這又有甚麼用？反正我也活不長了。」

一念至此，他又想：「索性再躍下去和那兩個魔頭拚上一下，縱然不成，死了反而痛快。」

於是，他急急地將長竹竿伸進那一尺見方的洞隙裡。

心念忽地一轉，他又急急地將這根長竹竿抽了出來。

「我爲甚麼不鑽進這小洞裡試試？」

一有了希望，他渾身立即又滿塞了生機。

須知像他這樣的武林高手，只要有他腦袋能夠伸進去的地方，他全身就也能鑽進去了。

他極力屏住呼吸，內運真氣，只聽他全身骨節發出格格一陣聲響，那件他穿在身上本來頗爲合身的衣裳就突然變得寬大了起來。

於是，他將頭伸進那一尺見方的小洞，雙手微按，他那已經縮小的身軀便像一條魚一樣地滑了進去。

但是他覺得有些東西在他身上格住，使他的身軀不能運行自由。

他只得再退出來，取出那兩只玉瓶，卻將裡面的丹丸又塞了幾粒入口，其餘的放進袋裡，拋掉那兩只玉瓶，他再次滑了進去。

他四肢一齊用力，往前面爬了一段路，就聞到一股清冽的水氣，使得他精神不禁又爲之一振，呼吸也爲之暢順起來。

他一面調息著真氣，一面再往裡面鑽，突地頭頂一涼，原來那道暗泉由此流了下來，正好淋在他的頭上，將他的頭髮弄濕了一大片。

稍稍退後了一些，他看到這道暗泉不知從哪裡流下來？從另一條裂隙中流了下去。

此刻又得感謝他十年石室的鍛鍊，若換了別人，甚麼都無法看到，因爲這裡黑暗得幾乎伸手不見五指。

他發現這山腹中竟然裂隙甚多，原來這座孤島地近火山，不知多少年前，有過一次極爲猛烈的地震，是以才在山腹中留下如許裂隙，而這些裂隙此刻卻救了辛捷一命。

他算準一個方向，便在這些裂隙中鑽行著，有時遇著前面無路，便又得後退回來，重新來起。

他也不知道自己已經爬了多久，爬過多少路，但是他卻知道自己距離死亡已愈來愈遠了。

終於，他找到一條裂隙，久久都通行無阻，而且這條裂隙愈行愈寬，到後來，他不用施展縮骨的身法，都能在裡面行走了。

接著，他聽到由山壁之處傳來海潮沖流的聲音，他倒不禁為之一驚！假如他發現這條裂隙的出口竟是海底，那麼該怎麼辦呢？

但是這念頭尚未轉完，他已發現一個極大的山穴了。最怪的是這山穴中竟好像拴著一個體積極大的東西，他連忙從裂隙中鑽出來，定睛一看，原來這裡面竟放著一艘海船。

他不禁狂喜起來，一面不禁又暗中失笑，自己和海天雙煞這些老江湖竟都被一個未經世故的少女騙了！

原來她並未將那條海船縱走，而是不知用了甚麼方法，將它弄到這裡來。

「到底是女孩子的心思靈巧些……」

他暗笑低語著，一面卻又在奇怪：「但是她跑到哪裡去了呢？難道她也被海天雙煞那兩個魔頭害了？」

於是他不禁又憂鬱了起來。

他忽喜忽憂，沿著這條海船走了半轉，身形一展，就掠了上去。

只見這條海船雖然不大，但卻建造得極為堅固，船艙也不大，但卻貯滿了食物和清水，正是足以飄洋過海的好船。

但是這種已無慮久困此島的欣喜，卻不能蓋過關心咪咪的憂鬱，他在船上略微看了一看，就又跳了下來。

哪知目光動處，卻不禁又喜極而呼！

在這山洞的一個角落裡，正蜷伏著一個人，長髮垂肩，面目如花，不是咪咪是誰呢？

辛捷的憂鬱似乎完全過去了。

微一提氣中，他的身軀已如燕子似地掠了過去，一面呼道：「咪咪！你在這裡幹甚麼？」

但咪咪卻像睡得極熟，面孔紅得像是秋天的落日似的。

辛捷掠到她身前，在她肩頭上搖了兩搖，卻仍然搖她不醒。

辛捷不禁又暗吃一驚！伸手一探她的鼻息，也微弱得很。

他大驚之下，目光四下一轉，竟看到在這山洞最陰暗的角落裡並排著兩根白銀色的小菌，小菌的下部卻長著一圈似葉非葉，似根非根的綠色東西。

他心中一轉，目光轉回咪咪身上，果然看到這美麗的少女那隻有如玉蔥般的玉掌裡還拿著一些那種翠綠色的根葉，而那根葉上的白銀色小菌顯然已被她吃下肚裡去了。

咪咪這些天來爲甚麼不見行踪的謎，辛捷立刻便自恍然。

而他此刻看著這又像是暈迷，又像是熟睡的少女，卻又不禁爲她擔心。

他想以內力爲她推拿一番，卻又自知無用，把了把她的脈息，倒正常得很，只是她若永遠這樣沉睡不醒，那又該怎麼辦呢？

外面海潮衝擊的聲音愈來愈大，此刻正是漲潮的時候，片刻之間，海潮竟將這山穴前面的地都弄濕了。

辛捷趕緊掠到前面一看，原來這山穴的入口雖極開闊，然而卻正面對大海，最妙的是穴洞上面竟突出一大片山石來，從上面下望，再也看不到下面會有這麼一個山洞。

但是如要從海面上趁著漲潮的時候將一艘船弄進來，卻是容易得很。

辛捷不禁暗嘆造物之奇，偏偏在這孤島上造出這麼一個洞穴來，又偏偏讓咪咪發現，是以她能將這艘船藏起來，而別人卻尋找不到。

這時候海潮愈漲愈大，捲著白色的浪花，澎湃翻湧而來。

辛捷不暇多做思索，一擰身又翻進了洞，將暈睡在地上的咪咪抱上了船，安置在睡艙裡的一張床上，又掠下船，拔起本來插在地下的鐵錨，心念一轉，又將角落裡那兩根白銀色的小菌連根拔了起來，用布包好，帶上了船。

這時海浪洶湧，洞穴中已滿是浪潮，辛捷拿起船頭的長篙一點山壁，這艘海船就隨著潮落之勢出了山穴，浮到海上。

遙望海天交接之處，辛捷但覺自己有如出籠之鳥，入水之魚，心胸間舒暢已極，此刻他唯一牽縈掛懷的只有咪咪為何暈睡不醒？而海天雙煞這兩個深仇的影子卻反而變得極淡了。

心胸豁達的人，每每將「恩」看得比「仇」重得多，只有器量偏狹的人，才會將復仇看得比報恩重要。

但是，這並不是說辛捷已忘了他那不共戴天的仇人，他只是認為無論如何得先將咪咪救醒，其餘的事不妨暫緩一步。

這艘船隨著潮水往外退了老遠，但下一個浪頭衝來，它便又隨著朝岸邊靠近一些。

辛捷微一皺眉，急步掠至船頭，抄起那隻鐵錨，單臂一掄，嗖地風聲一凜，這隻重逾百斤的大鐵錨被他這一掄，立刻飛向岸邊，竟插在山石裡，船身立刻便為之頓住。

辛捷負著手在船頭的甲板上踱了半晌，突地雙眉一展，往懷中掏出一本書來，卻正是那本毒經。

須知毒君金一鵬學究夫人，對於毒之一門尤有心得，普天之下，無論任何一種毒蟲、毒草以及毒瘴一類的東西，他這本毒經上全都記載得詳詳細細，幾乎一樣不漏。這種白銀色的小菌，在這本包羅毒之萬象的毒經上面自然也有記載。

原來這種小菌叫做「銀傘」，生在極為陰寒潮濕的地方，而且還要吸收大量鹽分才能生長，其性如酒，食之與人並無大害，只是卻要沉醉旬月，若要解此，說來卻容易得很，只要將它那翠綠的根葉搗爛，和在水裡服下，立時便可清醒。

辛捷一面看，一面不禁暗暗嘆服那毒君金一鵬的淵博。

須知任何事雖然一經說穿，便像是不值一笑，但在未經說穿之前，而能探索出這種秘密的人，卻一定是個絕大的智者。

他自然很容易地將咪咪救醒轉了，一切事不用咪咪解釋，他卻已可猜到，於是他也將自己這兩天以來的遭遇向咪咪和盤道出。

咪咪輕撫著他身上的火燒之傷，將那些還留在辛捷懷裡的丹藥嚼碎了敷在上面，這份溫柔和體貼，使得辛捷又為之慰然情動。

於是他們又並肩掠上了岸，發現海天雙煞已然離去，也發現還留在石屋裡的一些食糧。

咪咪雙睛眨動了一下，辛捷卻在鼻孔裡冷哼一聲。

這孤島雖無值得留戀之處，然而咪咪生長於斯，一旦要離開，而且很可能永遠不會再回來，她徘徊在那小屋之前，一時之間，竟不忍離去。

但這是應該離去的時候，兩人都未操過船，手忙腳亂的將船起了椗，揚起帆，隨風而去。

他們也希望能遇著一艘海船，找兩個熟悉海上生涯的船夫，否則他們還真無法將船駛回去。

在水面上漂流了一日，他們果然發現一艘船，只是他們也料想不到世上竟有這麼巧的事，在這艘小船上的竟是海天雙煞。

第十一回

天網雖疏而不疏　鯨波千丈　難渡雙煞
恩仇已了復未了　雲天萬里　易念伊人

這一天來，辛捷已將行船的性能多多少少瞭解了一些，此刻他將船梢的舵用一條粗繩綁定了，讓船順風直駛，而他和咪咪則並肩站在船頭。

海風強勁，吹得咪咪那長長的秀髮隨風飄舞，髮梢如柳，輕輕地拂在辛捷的臉上。

辛捷清清楚楚地可以看到海天雙煞在那艘小船上的情景，不禁暗嘆：「天網恢恢，疏而不漏，這兩個魔頭終究還是落到我手上。」

一霎時間，新仇舊恨，如浪如潮；這海天雙煞在他心底烙下的傷痕卻還遠遠要比在他身上留下的炙傷要令他痛苦得多。

這份痛苦，他已忍受得太久了！

人們忍受了太久的痛苦，往往會有一種麻木的感覺；可是等到這份麻木的感覺再次被刺激得奔放、爆發時，那麼，這份痛苦和仇恨就自然變得更爲強烈了。

仇恨，殺父的仇恨本已是極其深邃的了！但辛捷對海天雙煞除了仇恨之外，還有著一份屈辱，這份屈辱也是亟待洗刷的。

因為他曾親眼看到他親生的母親受著這兩個魔頭野獸般的凌辱，而他的父親卻因著他，忍受了任何人都無法忍受的欺侮，最後終歸還是一死。

這慘絕人寰的一幕，此刻又湧起於心。

他本已蒼白的面色，此刻變得愈發沒有血色了！

咪咪也知道這原因，因為辛捷曾經對她說過。

一陣海風吹過，她輕輕依偎進辛捷懷裡，仰視著他蒼白的面色，微張櫻口，卻不知該說些甚麼好……

海天雙煞兄弟此刻全部癱軟地坐在那艘小船的船板上，似乎連操槳的力量也都沒有了。

辛捷披襟當風，突地縱聲狂笑起來，高亢的笑聲，在這遼闊的海面上四下飄散，直欲穿雲而去。

咪咪被他這突發的笑聲驚得微微一愕！悄悄伸出玉手，想去掩住他的嘴巴，哪知辛捷笑聲突頓，立刻面如寒霜，指著海天雙煞兄弟喝道：「你真的還要我費事動手嗎？盞茶之內，你兄弟兩人若不立刻自決，恐怕就要死得更慘了！」

語聲其冷徹骨，天殘焦化聽在耳裡，只覺一股寒意徹骨而來。這橫行一時，殺人不會眨眼的魔頭，竟不禁機伶伶打了個冷顫。

因為他還記得，這姓辛的少年此刻向自己所說的話，正是十餘年前在辛家村裡自己對「滇桂雙鵰」辛鵬九夫婦所說的，如今卻輪到人家向自己說了，雖說天道循環，報應不爽這句話他早就聽過，但是他卻想不到如今竟這麼現實而殘酷地輪到自己身上。

他目光一轉，悄悄望了立在那大船頭的辛捷一眼，只見這少年胸膛挺得筆直，目光寒意森森，端的英氣勃勃，而自己千方百計想據為己有的少女，此刻也正溫柔地依偎在這少年身上。

他再向自己望了一眼，自己身上穿著的這套衣裳，此刻已是破爛污穢，瘦污短小的肢體扭曲地橫在船板上。

相形之下，自己和人家之間的距離實在太過懸殊，而自己此刻氣力已盡，人家卻仍然精力充沛。

自己處身的這條船，只要風浪一來，轉瞬就得翻覆，而人家卻安安穩穩地站在那艘建造得極為堅固的海船上。

天殘焦化心裡翻湧著千百種滋味，然而卻又全是苦澀的！妒、羨、恨、怒，這些情緒在他狹窄的心胸間衝擊著。

辛捷厲笑一聲，又冷冷喝道：「姓焦的，我要是你，就趁早跳往海水裡。」

他心念一動，嘴角突地泛起一絲冷笑，又喝道：「可是我還是給你一條生路，只要你將你弟弟點上百會穴，抛到我這艘船上來，任憑我處置，我就再給你些食糧清水，讓你逃走。」

他身側的咪咪嚶嚀一聲，悄然閉起眼來。

天殘焦化目光動處，看到她臉上的表情，突地站起身來，大喝道：「咪咪，十幾年來，要是沒有你大哥我，你早就在孤島上餓死了，哼！想不到你現在卻來這樣報答我？」

他目光一轉，瞪到辛捷的臉上，接著喝道：「姓辛的小子，你不用耀武揚威，現在站在你身側的女人，是我姓焦的養大的，你坐的這條船，是我姓焦的製造的，你算得了甚麼東西？你有甚麼資格敢在我面前賣狂？」

辛捷再次仰天一陣狂笑，忽地腳下一浮，船身一蕩，原來一個巨大的浪頭打過，天色此刻竟變得更爲陰暗起來，而那艘小船上的海天雙煞，情況自然更是狼狽。

經過這一陣海浪，兩條船之間的距離便又拉得遠些——

海風愈勁，天色愈暗，海浪愈大，海上的風暴眼看就要來了。

天殘焦化知道，只要風暴一來，根本不需辛捷動手，自己也是凶多吉少，十成中，連一成活命的希望都沒有。

他雙手緊緊抓住小船的船舷，又大喝道：「姓辛的，你這算甚麼英雄好漢？你要報仇，就得憑著真本事和我姓焦的見一見高低，你這樣算得了甚麼報仇？哼！想不到辛鵬九那等英雄，卻生出你這種不爭氣的兒子，除了倚仗別人之外，自己連一點本事也沒有，你簡直是個懦夫！」

掉轉頭，他又向咪咪喝道：「咪咪，大哥我對你哪點不好？你現在這樣對我，你……」

海風愈來愈大，他說話的聲音似已聲嘶力竭，漸漸被浪濤聲和風聲所掩。

一個浪濤捲來，竟比海天雙煞所乘的那艘船要高出許多，浪頭打過之後，海天雙煞的渾身已然完全濕透了。

他兄弟兩人雖然使盡功力穩定著船身，但是他兩人氣力本已不繼，何況即使你功力絕世，卻又怎抵敵得過這海浪的威力？

天殘焦化雙手扳住船舷，仍在嘶聲大吼著，只是吼聲的內容已由譏諷、激將，變成哀告、懇求了。

這魔頭兩人平生所殺的人不可勝數，而且更每每藉著別人臨死之慘狀而引以爲樂，可是等到他們自己真切地體驗到死亡時，他們的一切自尊、驕橫、狂妄、殘暴便卻都輾得粉碎，而只剩下深存於其本性的卑微和鄙賤——

須知愈是兇殘之人，當他面對死亡時，這份潛於生命之內的卑微和鄙賤就會暴露得更爲明顯。

咪咪幽幽地長嘆著，一個浪頭打過，船身又劇烈地搖晃了一下，她伸手挽住辛捷的臂膀，目光望著那艘驚濤駭浪中的小舟，輕輕道：「捷哥哥，我們先把他們救起來吧，他們……他們在島上的石屋裡，還爲我們留下一半食物哩，我……我不忍看到他們這副樣子。」

多麼溫柔的語調，善良的心腸！這少女雖然心智萬分靈巧，但天性卻仍是善良而溫柔的。

辛捷的手也正緊緊抓在船舷上，船身雖然搖晃得極爲厲害，但他的身軀卻仍站得筆直。

此刻他低下頭，目光凝注處，正是咪咪那一對明媚的眼睛，而此刻這對明媚的眼睛裡，已經滿滿孕育著晶瑩的淚珠了。

他本想冷眼看著這兩個魔頭在驚濤駭浪中掙命，藉以洗刷這麼多年他刻骨銘心的仇恨和屈辱，但此刻卻不知怎地，他心底又生起一種難言的情感，驀地轉回頭，避開咪咪那孕育著晶瑩的淚珠的目光——

又是一陣浪濤打過，他們這艘船一個起伏，朝前面一竄。

而海天雙煞那艘小船卻陡然顛簸一下，打了個圈，險些翻了過來，但卻和辛捷所坐的那艘海船行近了些。

此刻海天雙煞所處之境界可謂危殆已極，這海上的風暴正是方興未艾，後面不知道還有多大的風浪？

天殘焦化抓著船舷的手一鬆，朝他弟弟打了個手勢，身形一長，他竟猛地朝兩丈開外的那艘海船上竄去。

辛捷目光　凜，左臂微微一抖，抖開了咪咪的手，雙掌一圈，往外一吐，竟以「雙撞掌」朝那想硬闖上船的天殘焦化身上劈去。

天殘焦化本來知道自身的功力已成強弩之末，絕不是辛捷的對手，是以便不敢往上面硬闖，但此刻風浪愈來愈大，他知道自己若在這艘船中容身，絕對無法捱過這場風暴，而冒險往海船上硬闖，雖也凶多吉少，卻有萬一之望。

這兩丈多的距離，在他這種武林高手的眼中看來，僅不過有如常人眼中的一尺半尺而已，他身形動處，已堪堪掠至船側。

但辛捷的雙掌已滿蓄勁氣向他襲來。

天殘焦化心中暗嘆一聲，也自揮出雙掌，準備和他硬接一下。這時自己正是凌空下擊，雖然內力已盡，卻在這方面佔著些便宜，因此也許能夠一擊成功也未可知，何況除此也別無退路。

辛捷目光中泛出殺機，真力內運，掌上加上十成勁，眼看著他和天殘焦化的兩隻手掌就要互撞，激烈的掌風已交擊而響。

但辛捷這時竟突然覺得有一股奇異而強大的力道，溫和但卻不可抗拒地由身側向自己襲來，自己的身軀被這種力道一托，竟不由自主地往旁邊滑開了幾尺，連半絲抗拒都來不及發出。

而天殘焦化卻已藉此落在船頭上。

辛捷劍眉一軒，目光動處，看到咪咪正垂著頭玩弄著衣袖。

那天殘焦化則像隻猴子似的半蹲在那裡，一副全神戒備的樣子。

目光再一瞬，那邊小船上的天廢焦勞也自做勢欲起，但這時那艘小船和這艘海船的距離卻又因浪濤的衝擊離開很遠了。

在海船上的這三人，關係可微妙得不能用任何言詞表達。

辛捷劍眉軒處，突地瞠目大喝道：「姓焦的，今天你不死在我掌下，就是我死在你掌下！」喝聲住處，雙目火赤，緩緩向天殘焦化行去。

咪咪幽幽地嘆了一口氣，垂頭走了過去，腳步稍微停頓了一下，但終於走到艙裡。

天殘焦化一言不發地往上一長身，嗖嗖發出兩掌！

他功力雖然不繼，招式仍是絕妙。

辛捷身形微矮，雙掌交錯而下，掌心外露，全是至陽至剛的進手招數，專找天殘焦化的雙掌往上硬撞。

天殘焦化一咬牙，腳下微一錯步，大擰身，右掌一揮，左掌一圈一吐，雙掌連環拍出，施展起他浸淫多年的掌法，和辛捷拆在一處。

一開頭十數個照面，天殘焦化還未露出甚麼敗象，尤其是因爲浪濤之猛烈，使得船身起伏搖晃甚劇，辛捷的武功也因此打了個折扣。

但這種內家高手的過招，仍然是劇烈萬分！尤其這兩人正是拚命決鬥，生死更是間不容髮，他們自然不會分心旁顧了。

而此時——

天廢焦勞所乘的那艘小船被一個巨人的浪濤打起丈餘高，再落到海面時，竟已船底朝天，船上的天廢焦勞早也落入萬丈洪濤裡了。

辛捷呼呼兩掌，分別劈到天殘焦化的雙肩，天殘焦化一招「雷針轟木」方才施到一半，猛地往後一撤掌，硬生生將身形擰了回來，腳步微錯，右掌一翻一轉，突地駢指如劍，指向辛捷直乳二脅端一寸五分間的期門穴。

這一招，他的掌式在中途的那一轉折的確妙不可言，竟從辛捷的漫天掌風中硬穿了出去，使得辛捷不得不往後撤身——

辛捷目光動處，卻看見那艘船覆舟了。

他冷笑一聲，進身拗步，倏然又攻出一掌，口中卻冷冷道：「姓焦的，你自己可跑上船來了，可是你弟弟呢？」

手下故意緩了緩，使得天殘焦化於已落敗象之中仍能側目而望。

那艘已經船底朝天的小船正被這種聲威漸更驚人的浪濤拋擲著，再過片刻，船身只怕都要被擊碎了。

天殘焦化大喝一聲，雙掌忽地外擊，身子卻往後而退，退到船舷，俯身而望，一個浪濤打來，已高過他的頭頂，這種浪濤裡，哪裡還看得到人影？

海天雙煞雖然心狠手辣，但兄弟之間卻是一體連心，情感之深，比之世上任何一對兄弟只有過之而無不及。

天殘焦化望著這驚濤駭浪，只覺腦中一陣暈眩渾沌，自他有知那天開始，他就和他弟弟一起，可是此刻——

他那須臾不分的兄弟，卻已永遠和他分開了，此後，這世上就真正是寂寞的了！

因為海天雙煞從來沒有一個親人，也從來沒有一個朋友，茫茫天下，除了他們兄弟彼此之外，就不再有一人是關心他們的，也不再有一人能被他們關心。

這叱吒江湖不可一世的關中九豪之首，此刻竟伏在船舷上嗚嗚地哭了起來。

辛捷目光中又露出那種難言的情感，這種情感中又攙混了一些輕蔑。

他突然覺得這原本聲名赫赫的魔頭，此刻竟變成孱弱得不堪一擊；他甚至希望自己不共戴天的仇人是個較強的人，此情此景，他縱然能一掌殲滅，又有甚麼痛快？

辛捷愕了半晌，突然一揮衣袖，也轉身走進艙裡。

這時海浪使得船身搖晃極爲劇烈，但是他行走在船面上，步履卻仍從容得很——只是他的內心卻是紊亂矛盾，絕不像他步履這般從容而已。

艙裡堆放著的東西，此時已零亂不堪。

咪咪雙手拖著腮，坐在一張椅子上，兩條白玉般的小腿向內交叉著，長長的秀髮從兩邊披落下來，直垂到腰下，使她看起來就像是一個不食人間煙火的女神似的。

她悄悄一抬眼，看到辛捷，輕輕問道：「他被你打死了嗎？」

辛捷搖了搖頭，拿起一張已經翻倒了的椅子，坐到她對面。

這時他才知道，咪咪此刻雖像是非常安閒地坐在那裡，其實卻已用了極高深的內力將椅子定住，否則便再也無法在這驚浪中的船上坐得如此安穩。

咪咪眼睛突地睜大，又問了一句：「你沒有打死他？」

辛捷沉聲嘆了口氣，點了點頭。

一朵欣慰的笑靨立刻泛上咪咪那純情絕美的面孔，她笑得像春天第一朵開放的百合似的。

隨著這笑容，她輕俏地站了起來，溫柔地伸出雙臂，俯身抱著辛捷的脖子，無限動人地說道：「捷哥哥，你真好，不但我感激你，他也會感激你的。以前他要是對你做了不好的事，以後他一定會終生後悔，這樣豈不是比殺了他要好得多？你假如殺了他，反而變得你不好了。」

從她身上散發出的那種淡淡的甜香散入辛捷的鼻孔——

從她口中說出的這種雖然像是極爲天真，然而其中卻包含著至深至奧哲理的話，散入辛捷的耳朵——

在她這一雙滿含柔情的手臂裡，辛捷的心情一霎時像是已突然開朗，一霎時卻又像是仍然紊結，對他自己此刻究竟該做甚麼？該想甚麼？該說甚麼？他自己也無法告訴自己。

他腦中也變得一片渾沌，再也不會以雄渾的內家真力在這搖晃得如此激烈的船上穩住自己的身形。

於是——

當船身再次起了一陣巨大的顛簸的時候，他的身形也隨之往前栽倒了。

咪咪只覺得一個溫暖的男性軀體鑽入她的懷裡，她的內力雖已到了無庸自己費力便能自然運用的地步，但此刻她覺得自己竟連一絲內力也運用不出來，自己的全身都像是已處於春天的太陽裡，有一種甜蜜的暖意。

她便也隨著栽倒了。

海風呼嘯，海濤洶湧——

這艘海船就像是一只羽毛球似的，被一個個此起彼落的浪濤踢來踢去，若不是這艘船的帆上得並不牢——因爲辛捷根本不懂揚帆，早就被風吹落，此刻這艘海船怕也已翻覆了。

在船頭甲板上的天殘焦化十指如鉤，都插進船舷裡，他的身子便也依附在船舷上，再大的風浪也無法將他摔下去。

他的兩隻眼睛瞪得火也似地紅，凝目遠方，也不知在望著甚麼？叭地一聲！暴風將船桅吹斷了一根，斜斜地落下來，險些打在他身上，他也似乎絲毫沒有察覺到似的，仍然動也不動。

他甚至連眼皮都沒有眨一下，生像是世上的任何一種變化都不再能影響到他的身上似的。

接著，暴風也落了下來。

天變得幾乎像墨一般地黑，鐵一般地沉重。

暴風吹得像是厲鬼的呼嘯，海水奔騰得像是壺中的沸水。

船艙中的兩個人呢？

他們互相依偎在一起，也生像是天地間的任何變化都完全與他們無關，只要他們能在一起，縱使天崩地裂，又有何妨？

在危難中的人們，是最容易互相依賴的；互相依賴著的人們，也是互相安慰的；互相安慰的人們，卻是最容易互動真情的。

有時候，人類情感的迸發，絕不是任何人能夠控制得了，也絕不是自己能夠控制得了的。

此刻辛捷的確早已忘記了金梅齡，忘記了方少堃，忘記了張菁，因爲他根本連自己究竟是否存在都忘記了——

他若不忘記自己的存在，他便會感覺到死亡已離他非常近了。

辛捷，他竟有三次在水上遭難，這三次災害都非常接近死亡，人力若是能夠違抗天命的話，辛捷就絕對會反抗天命對自己的安排。

海上的風暴，去時永遠和來時一樣突然，片刻之間，海上立刻又恢復了安詳；這竟有些像一個人的面皮皺了一下，等他面皮恢復原狀的時候，他臉上便再也找不著一絲起皺的痕跡了。

陰霾退了，西方現出晚霞，絢麗的霞影中冉冉漂流一艘船影。

這艘船雖然已被風浪摧殘得面目全非，但是它堅固的構造，卻仍經得起一次相同的風暴哩。

船艙中並肩踱出兩個人來，遙望西天絢麗的雲霞，心胸中默默交流著一股溫暖的情意——經過患難的情感，不是最最溫暖的嗎？

他們自然就是辛捷和咪咪了。

船，平穩地滑出去一段路，辛捷輕輕摔開咪咪的手，走到船舷。

那天殘焦化仍然瞪著雙睛，緊緊地抓住船舷，渾身的衣服已被浪濤衝成一條條的碎片，頭上的頭髮有如一堆水草。

這是一件很難令人置信的事，這醜惡、狼狽、瘋癡的侏儒，竟然就是在武林中跺跺腳便使人聞名喪膽的關中九豪之首。

辛捷微皺劍眉，他不知道自己此刻對這醜惡的侏儒究竟是憐憫、是厭惡、是輕蔑、還是這些情感的混合？

他只知道，此刻自己對這侏儒已不再痛恨，因爲這侏儒已變成一個真正的「殘廢」，他已不再值得任何人痛恨了。

一隻海鷗飛來，在他們之間盤旋了一下。

辛捷默默的向著西天的彩霞跪了下來，他在默禱著自己父母在天之靈的安息，他相信他父母在九泉之下也可瞑目了。

這時，咪咪悄悄地行了過來，一手扶著他的肩膀，一手指著遠方，說道：「捷哥哥！你看，那是甚麼？」

辛捷站了起來，凝目望去，只見海天交接之處，隱隱約約的，已可看到一片陸地的影子。

他知道自己經過這麼多災難、折磨之後，已將要可以回到自己生長的地方。

於是，微笑在他心裡開了花，一些他所熟悉的影子，又從他心裡湧現；梅叔叔、侯二叔……這些人影，像是走馬燈似的，在他心中翻來覆去的轉動著。

他暗暗問著自己：「他們現在怎麼樣了呢？他們都在想我吧？唉……我是在想他們呀！」

側顧咪咪一眼，看見她正在癡癡地望著自己，不禁一笑，道：「那裡就是我們的家，我們已經快回家了。」

《神君別傳》全書完

古龍精品集 52

劍毒梅香（下）

作者：古龍
發行人：陳曉林
出版所：風雲時代出版股份有限公司
地址：10576台北市民生東路五段178號7樓之3
電話：(02) 2756-0949　　傳真：(02) 2765-3799
封面原圖：明人出警圖（原圖爲國立故宮博物館典藏）
封面影像處理：風雲編輯小組
執行主編：劉宇青
行銷企劃：林安莉
業務總監：張瑋鳳
出版日期：古龍80週年紀念版2019年1月
ISBN：978-986-146-582-1

風雲書網：http://www.eastbooks.com.tw
官方部落格：http://eastbooks.pixnet.net/blog
Facebook：http://www.facebook.com/h7560949
E-mail：h7560949@ms15.hinet.net
劃撥帳號：12043291
戶名：風雲時代出版股份有限公司

風雲發行所：33373桃園市龜山區公西村2鄰復興街304巷96號
電話：(03) 318-1378　　傳真：(03) 318-1378
法律顧問：永然法律事務所 李永然律師
北辰著作權事務所 蕭雄淋律師

行政院新聞局局版台業字第3595號 營利事業統一編號22759935

定價：240元　　

國家圖書館出版品預行編目資料

劍毒梅香／古龍作.　--　再版.　--臺北市：
風雲時代，2009.07
冊；　公分
ISBN: 978-986-146-580-7（上冊：平裝）.　--
ISBN: 978-986-146-581-4（中冊：平裝）.　--
ISBN: 978-986-146-582-1（下冊：平裝）.　--
857.9　　98009962